第九章　遇　险

一匹马在道路上奔驰，似乎无方向无目的，所过之处，扬起一片尘土以及一片咒骂抱怨，行人也只能纷纷避让。

柳二媳妇将一双绣鞋放在碧云庄门口，虔诚地跪下叩个头，便起身跑开了。

不远处站着的村民议论纷纷。

"快去那边烧炷香。"

"听说抓把土回去冲水喝了能治病……"

伴着这些议论，不断有人走到那庄子前，当然，他们不敢在正门口烧香，而是在门两边的围墙下，就地堆土插香。

"搞什么鬼啊？"常云成牵着马，看着眼前的景象，皱着眉头问道。

"世子爷，小的进去问问？"一个随从低声说道。

常云成从鼻子里发出一声冷哼。

"问？有什么可问的？耍的什么把戏爷会稀罕？"他说罢，翻身上马，勒马掉转方向，"做梦去吧，管你们里里外外跟我玩什么把戏！"

他说完这句话，再不看这边一眼，扬鞭催马而去。众随从不敢怠慢，拼命追去，引起一阵喧闹。

"少夫人，您看这……"康婆子对着走出门的齐悦无奈地说道。

齐悦低头看着一双被踢到一边的绣鞋，阿如上前把它捡起来。

"其实，我也没做什么。"她又看着两边墙角胡乱插着的香，哭笑不得。

她只做了最简单的人工呼吸，是那孩子命不该绝；她虽设法解了脱水之症，

但最终起效的是柳二媳妇一开始抓的药，却惹得这些村人如此震惊，真是让她汗颜。

没有药，她还有知识，那些如今的大夫们缺少的一些急救护理知识，这些知识也可以在某些时刻起到救死扶伤的作用吧。

"少夫人，是柳二媳妇送的吧。"阿如看着手里的绣鞋，猜测道，"我见她偷看过少夫人的鞋子大小。"

齐悦接过绣鞋看了看。她当医生这么多年，收到过不少礼物，最初也激动过，惶恐过，后来慢慢地就习惯了，就如同习惯了生死，习惯了有病就治，习惯了一切都有规程，规定的检查，规定的病例，规定的用药，习惯了淡然或者冷漠地看着病人痊愈或者死亡，在她眼里，这一切就如同吃喝拉撒一样。

没想到，她来到这奇怪的时空，做了这么几件小小的事，收获的却是很久没有的心境。

她已经多久没有因为治好病而激动了？

"月亮啊，你说什么叫医道？"

"医道？爸，你又研究什么古怪学问呢？别整天神神道道的，有空带我上上手术呗。"

"想学好医术，可不是只锻炼技术就行了。"

"爸，你又来了。"

齐悦抬头看着天空，湛蓝的如同宝石的天空，没有一丝污染的天空。

"医道，就是人道，人性为先。"她喃喃地说道。

有了这两件事，再加上看出这少夫人是个好脾气，便有大胆的村人来拜访了。

"大多数病，我真治不了。"齐悦对阿如笑道，"千万别再让这些人进门了，让他们好好地找本地的大夫瞧，该吃药的吃药，免得耽误了救治，要不然这就是我的罪过了。"

阿如点点头。"少夫人，为什么您治不了？我觉得您都懂的。"她忍不住问道。

"我懂是懂……"齐悦挠挠头，说道。

"只是没有药。"阿如接过她的话笑着说道。

齐悦哈哈笑了。

"是因为我不会用你们这里的药。看病嘛，最终是要用药的，我的药用完了，你们这里的药我又不会开，自然没办法了。"她说道。

阿如点点头。

"少夫人，那个孩子没气了，为什么您对着他吹口气，他就又活了？"她又想起别的问题。

"那个啊，那叫人工呼吸。当人受到突然的创伤，自主呼吸会突然停止，这个时候人其实还没死，就要协助他重新呼吸。"齐悦笑道。

阿如一脸好奇。

"其实很简单的。"齐悦笑道，就用自己给她做示范，"这样，这样，口对口地吹气，按压心脏……"

阿如羞涩地笑。

"奴婢学不会的。"

"学得会，很简单的。"

"少夫人这么厉害，还总说自己不会，不能救人。"

齐悦坐在院子里，晒着暖暖的日光，叹了口气。

"生不逢时啊。"她感叹道。

阿如"扑哧"笑了，齐悦看着她，也笑了。

"我入错行了，早知道来你们这里，我就学中医了。"

"中医？中医是什么？还有别的医？"阿如好奇地问道。

"对啊。中医就是咱们老祖宗传下来的，在我们那里，还有从西洋传来的，就叫西医。"齐悦看阿如听不懂，便打了个比方，"就好比咱们昨晚吃的鱼，可以清蒸，也可以红烧，都是吃，吃法不同。"

阿如"哦"了声，明白了。

虽然到了近现代，有一小撮人对中医全盘否定，但是正常人都知道中医对中华民族的发展做出了多么巨大的贡献。而且中医没有躺在功劳簿上吃老本，一直在不断改革，不断进步，努力救治更多病人。齐悦学的不是中医，但是她对中医一直非常尊敬。

齐悦搓搓手，岔开这个话题："不说这个了，说说咱们来了这么久，到底该怎么回去吧。"

这是个令人发愁的话题，主仆二人都皱起眉，一脸忧愁。

"少夫人，府里来人了。"门外有仆妇说道。

又来人了？齐悦和阿如对视一眼。

"少夫人。"门外走进来一个丫头，胳膊上挎着一个大包袱，恭敬地施礼。

"是阿金啊。"阿如高兴地迎上去。

阿金抬头冲她们一笑。

"姨奶奶让我来看看少夫人，顺便带了些梳头擦脸的。天气越来越凉了，还有手炉脚炉。"她叩头施礼，就在地上将包袱举起来。

阿如忙接过包袱，齐悦叫请起。

"多谢姨娘惦记。"齐悦笑道。

"少夫人，姨娘已经和侯爷说了原委，侯爷训斥了世子，过几日世子爷会来看您的。"阿金站起来说道。

"真的？"阿如惊喜地问道。

阿金点点头。"我骗你们做什么？"她笑道，一面看齐悦，"少夫人，姨奶奶让我捎话给您。"

又一个捎话的？齐悦"哦"了声。

"我去看看厨房备了什么饭。既然来了，尝尝这里的野味，在府里你是难吃到的，东西没什么稀奇，就是图个新鲜。"阿如笑道。

"那就麻烦姐姐了。"阿金忙笑道。

阿如笑着出去了。

"坐吧，走了一路，很累了。"齐悦笑着赐座。

见她态度亲切，阿金的神情很是激动。

"少夫人还和当初一样，只是这几年，奴婢不方便来看您。"她说道，眼中似有泪光闪闪。

齐悦心里"哇哦"一声：又是一个有故事的人！

不过，再有故事，她齐悦也不知道。

"我知道。"她随口说道。

这话却让阿金更加激动，声音有些哽咽。

"少夫人知道就好。姨奶奶和我都记挂着少夫人，看着少夫人终于好了，还出来接过老夫人的遗命，姨奶奶和奴婢真是高兴得每日在佛前上香。"

齐悦弯了弯嘴角，干笑了一下。

"不说以前了，最要紧的是现在，以及以后。"阿金用手帕抹了眼泪，打起精神说道，"少夫人，姨奶奶让我跟少夫人说，万万不能再和世子爷置气，这样对少夫人是没有半点儿好处的，只会让仇者快，亲者痛。"

这个是劝和的。齐悦点点头。

"是，我知道了。"她认真地说道。

"世子爷这个人，性子是有些怪。"阿金叹了口气，"他小时候原本不是这样的。"

小时候？

"你比他还小呢。"齐悦看着阿金跟阿如差不多年纪的面容，笑道。

阿金也笑了。

"我听我爹娘说的，那时候他们在侯夫人那里当差，我娘还带过世子爷一段日子呢。"

这个侯夫人说的应该是大谢氏吧。齐悦揣测道。

"后来，侯夫人亡故了。世子爷那时候还小，才六岁，什么都不懂，老夫人让人好好地看着，然而下葬的时候，世子爷突然就像疯了一般。"阿金接着说道。

齐悦默然。失去母亲是最痛苦的事，更何况还是个六岁的孩子。这孩子是因此心理有缺陷了吧。

阿金叹了口气："后来，世子爷就变了个样，不爱和人说话，更不和人玩，总是一个人待着，直到小侯夫人嫁进来，才慢慢好了很多，但性子到底是古怪了。"

齐悦点点头。

"所以，少夫人别因此对世子爷寒了心，他倒不是特别对少夫人如何，而是对很多人都这样。少夫人，你们到底是夫妻，俗话说'水滴石穿'，你只要好好的，世子爷终能明白你的心意。"阿金恳切地说道。

"好，我知道了。"齐悦点点头，表情诚恳。

好吧，她决定了，在离开这里之前，不和这个世子爷置气了，忍他让他，就当一场噩梦吧，是梦总有醒的时候，醒了，管他谁是谁呢。

阿金露出欣慰的笑。

同采青一样，阿金亦是不敢久留，忙忙地告辞了。

齐悦将阿金的话告诉了阿如。

"当初老夫人将我和阿金分别拨给您和周姨娘，就是要我们好好地服侍你们，她是个死心眼的丫头，一心一意地遵从老夫人当年说过的话。"阿如感叹道。

"你也是啊。"齐悦笑道。

阿如被她说得也笑了。

隔日齐悦正在梳洗，就听外边一阵鸡飞狗跳、人喊马嘶。

"不会又有有故事的人来了吧？"她嘴里含着简陋的牙刷说道。

"少夫人，少夫人，世子爷来了。"两个仆妇慌里慌张地跑进来。

齐悦和阿如大喜，这可真是想什么什么就送上门来了。

同时，另有一个小厮跑进来。

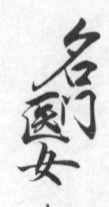

"少夫人，世子爷吩咐我跟少夫人说句话。"他大声说道，神态里没有半点儿恭敬。

齐悦要去迎接的脚便停下了。

"世子爷说，你这个女人待在屋了里别出来，他是带了弟兄们打猎顺便来此歇脚，你这个女人别出来坏了他的心情，否则，这里你也别想待下去。"小厮说道。这时候他就是代替世子爷说话，因此一字一句包括神态都学得很像。

阿如以及那两个仆妇听了这话，脸都白了。

很显然，这样的话绝对不是这个小厮疯了才说的，而是常云成说的，而且应该是毫不避讳地当着所有人的面说的。

这样已经不是不喜欢少夫人了，而是把少夫人的脸面踩在地上狠狠地践踏。

阿如的眼泪当时就流出来了，她伸手捂住嘴，死死地压住哭声。

齐悦也被这番劈头盖脸的话惊呆了，待看那小厮转身要走，才回过神。

"你给我站住。"她竖眉喊道。

小厮吓了一跳，站住脚。

阿如一把拉住齐悦的衣袖，流着泪摇头阻止。

齐悦深吸了几口气，换上笑脸。

"你回去也替我给世子爷捎句话。"

小厮迟疑了一下，低头："少夫人请说。"

"我送他两个字。"齐悦冲他笑，"去你的。"

常云成的小厮都是常云成一手调教出来的，所以他们同他们的主人一般，说话做事干净利索，他准确无误地将齐悦的话传达给世子爷。

常云成坐在地上，正擦拭一张弓。四周有七八个男人或站着或席地而坐，手里摆弄着各种武器，大声说笑着，前院里一片嘈杂。

"说什么？"常云成没听清，皱眉问道。

"去你的。"小厮便大声地再说了一遍。

院子里陡然沉寂下去，大家都看向这边。

"去你的？"常云成重复一遍，"两个字？"

他嗤声一笑。

"不识数。"

小厮点点头，显然认同这个，看常云成摆摆手，忙知趣地退下了。

院子里又恢复了喧嚣。

就在这时，原本坐在地上的常云成一跃而起。

"贱人。"他低骂一声，大步向后院冲去。

其他人怔怔地看着常云成的身影消失在后院门口。

"贱婢。"常云成一脚踢开屋门，"你是在骂我？"

齐悦正看着阿如用毛巾焐眼睛，主仆二人被这一声巨响吓了一跳，看向面容阴沉走进来的男人。

"世子爷。"阿如又惊又喜地喊道，因为哭过，带着浓浓的鼻音。

齐悦则上上下下地打量常云成，神情似笑非笑。

"去你的，是什么意思？"常云成看向她，冷冷地问道。

齐悦冲他咧嘴一笑。

"少夫人，少夫人。"阿如含泪冲她摇头，带着满满的哀求。

齐悦停下笑，咬着下唇，咽下了要说的话。

"世子爷，我知道错了。"她一咬牙，看向常云成，神情郑重地从牙缝里挤出这句话。

"世子爷，少夫人日日夜夜悔恨不已，世子爷，您消消气。"阿如也忙叩头说道。

就知道这女人把戏多，原来是为了引自己过来，可恨自己受不得激，又上了当。

常云成冷哼一声，一句话不说，转身就走。

"世子爷，我知道错了，你再给我一个机会吧。"齐悦忙追上去喊道。

常云成已经大步走到院子里，听见这话转过头，见这女人一脸期盼地看着自己。

"记住，"他伸手冲她点了点，"我说话算话，你别再出来恶心我，否则，有你好看的。"

齐悦手扶着门，停下脚步，看着那男人大步而去，消失在院门口。

"去你的！"她这才啐了口，骂道。

阿如还在屋子里跪着哭。

"起来，哭什么哭！我就不信了，离了这混账小子，我还就回不去了。"齐悦伸手将她拽了起来。

"少夫人，您不要顶撞世子爷，好好和他说，不急这一时半日的。"阿如擦泪说道。

"死心吧，阿如，这种人，你要是好好和他说话，会遭天打雷劈的。"齐悦愤愤地在桌子边坐下来。

"少夫人,您……您做的饭好吃,不如到厨下给世子爷弄些吃的……"阿如想了想又建议道。

齐悦嗤笑一声打断她。

"休想,他不配。"

没多久,前边一阵喧闹——常云成那群人走了。天色暗下来,庄子里又恢复了平静,不过这平静又有些不同往日。

世子爷让小厮给少夫人说的那些难听话,这一夜在庄子里传遍了。

少夫人半夜来到这里,大家对两人的关系心里都有数,但没想到他们的关系差到了这种地步。

"看来少夫人是回不去了。"仆妇们聚在一起叹气说道。

"少夫人现在做什么呢?"大家互相问道。

"一定是躲在屋子里哭呢。"康婆子想都没想说道,"昨天连吃晚饭都没出来,是阿如姑娘端进去的。"

"今天好些了,我刚才看到了。"一个仆妇端着一盆衣裳走过来,"少夫人吃过饭,去后院消食了。"

"没哭吧?"大家忙问道。

"没哭,还笑呢。"那仆妇说道。

"强颜欢笑罢了。"大家摇头叹息。

一个在院门外蹲着修理条凳的男仆一直没说话,此时停下来,扛起条凳走开了。没有人注意他,就算有人注意也不会理会的。

齐悦从树上摘下一个石榴。

"熟透了。"她笑着挤开,溅了一脸一手的汁液。

"哎呀让奴婢来。"阿如有些着急,"这弄身上就洗不掉了。"她慌忙用帕子擦拭。

"吃的乐趣在于亲自参与,什么都让你来,我还有什么乐趣?"齐悦笑道,在树下坐下来,分给阿如一半石榴。

阿如没接,将齐悦拉起来。

"如今凉了,别这样坐下,我去给少夫人拿垫子来。"

齐悦点点头,说声"好"。

"顺便拿个碗过来,咱们多剥些,然后一大把一大把地塞到嘴里吃。"她笑道。

一大把一大把的,像什么样子?阿如嗔怪地看了齐悦一眼,转身去了。

看着她走开，齐悦脸上的笑渐渐地散去，抬头看了看天，重重地叹了口气。

寂寞，也许用不了多久，她会在自己的寂寞里窒息而亡。

身后有脚步声传来。

齐悦当阿如回来了，便转过身，见是一个年老的男仆。

"少夫人，"他有些惊慌，"老奴收拾下院子，惊扰了少夫人。"

齐悦笑了笑，认得这是庄子里的粗使下人。

"好，你收拾吧。"她走开了。

齐悦与那老仆擦身而过，没走出几步，就听身后风声袭来，旋即脖颈、肩头剧痛。打闷棍……这是齐悦最后闪过的念头。

阿如夹着褥子端着碗向后院走，听得仆妇大声喊了句"三少爷来了"，她不由得收住脚，皱起眉头。

常云起径直走过来，看到阿如的神情。

"大嫂，"他直接问道，"还好吧？"

"多谢三爷，少夫人很好。"阿如低头说道。

好才怪。常云起默默道。看这丫头的眼又红又肿的，显然她的主人也好不到哪里去。

"大嫂在哪儿呢？"

"在后院呢。"

常云起微微色变。

"你怎么丢她一个人在外边？"他皱眉喝道，"她万一想不开……"

要是换作以前，阿如还真不敢，但现在嘛……

不待她说话，常云起撇开她，快步向后院而去，阿如忙跟上。两人几步就到了院门口，还没等她提前通报一声，常云起就大声喊起来。

"月娘！"

这声音里充满了惊恐。阿如不由得打了个寒战，又看到常云起疯了一般跑进去。越过常云起，她看到那边的老石榴树上挂着一个人。

阿如只觉得身子一软，嗓子里发出一声闷闷的呼声，便坐在地上。

常云起将齐悦放在地上，一面喊名字一面探鼻息。

他的脸色变得铁青，身子开始发抖。

"少夫人，少夫人。"阿如连滚带爬地过来。

"没气了……没气了……"常云起跪在地上,喃喃地说道。

阿如看着眼前的齐悦,耳边只有常云起的那句"没气了没气了"。

"少夫人,你救得别人的命,怎么……怎么救你的命……"她喃喃地说道。

"人工呼吸!"阿如大口大口地喘气,颤抖的手伸向齐悦的下巴,拼命回忆着齐悦曾经做过的那些……

"你……"常云起正要抱起齐悦奔去找大夫,却被阿如扑上来拦住。

还没等他呵斥,那丫头便俯身低头,对着齐悦的口鼻而去。

常云起惊呆了,看着那丫头一次又一次地俯身吹气,双手按压齐悦的胸口,虽然泪流满面,神情慌乱,但决不放弃。

就在阿如几乎崩溃的时候,齐悦终于发出"喀喀"声。一旁的常云起闭上眼,觉得浑身脱力,初冬的日子里,他的后背居然湿透了。

"你为什么想不开?"他咬牙切齿地喊道。

齐悦一手摸着脖子,一手指向一旁。

"不是,是有人害我。"她嘶声说道。

常云起一愣,立刻向四面看去,然后寻准一个方向,起身跑去。

"万幸,你们来得及时。"齐悦靠在枕头上,一面由着阿如将她的脖子裹起来,一面笑,"倒不是勒的我,而是那一闷棍敲得我差点儿死了。"

阿如依旧泪流满面。

"少夫人,奴婢该死。"

常云起从门外进来,面色阴沉。

"找到了。"

"他怎么说?为什么要害我?"齐悦忙问道。

"翻墙出去投河自尽了,找到的时候已经没救了。"

死无对证?齐悦又坐了回去。

"你们收拾收拾,我已经叫了马车,咱们立刻回去。"常云起说道,"这里不能住了。"

没有人比她更想快快回去,但此时又不能走了。齐悦抬手摸了摸后颈,没有出血,触之剧痛,伴随着轻微的恶心、头晕。

"我怕有轻微脑震荡,现在不能行路。"她苦笑一声说道,"再观察一晚吧。"

"我去请大夫。"常云起这才反应过来。从发现齐悦上吊到解救下来,再到得知是谋杀,追凶,控制这庄子上的所有仆从,他一口气提到现在还没松下来,居

· 236 ·

然忽略了找大夫,他急忙出去了。

阿如抹着眼泪扶齐悦躺下。

"少夫人,都是我不好。"

"不关你的事,又不是你害我的。"齐悦笑道,摇了摇她的手,"而且啊,还是你救了我呢,要不是你及时助我呼吸,我啊这口气真的上不来就死了。"

"奴婢不该留少夫人一个人。"阿如跪下哭道。

"傻孩子,人家要害我,自然会寻机会,岂是你能左右的?"齐悦笑道,"好了,好了,你别哭了,你哭得我心里也不好受,头更晕了。"

阿如忙抹了眼泪,死死地咬住唇。

"你去给我熬点儿盐糖水,口服用的。"齐悦闭上眼说道。

阿如忙点头,要走出去,却不敢。家里的仆妇都被常云起关起来了,但她还是不敢离开,正焦躁不安,看到常云起又急匆匆地进来了。

"三少爷。"她忙喊道。

"怎么了?"常云起看到她的神情,吓了一跳,三步并作两步过来了。

"我要去熬些盐糖水,您在这里就好。"阿如说道。

常云起点点头,迈进屋,看见齐悦躺在床上,正伸出手在眼前晃。

"这是一,这是二,这是三……"她还喃喃地说道。

这是做什么?常云起不解又担忧地过去。

"已经去请最近的大夫了,另让人通知了府里。"他低声说道,又补充了一句,"通知的都是我的人,不会惊动别人的。"

"多谢你了。"齐悦放下手说道。

常云起在一旁坐下来,沉默了一刻。

"你也别难过,许是那贱奴谋财害主。"他说道。

齐悦听了笑了下。

"失礼了,我想先眯一会儿。"她说道。

常云起忙点头。

"我在这里,你放心。"

齐悦冲他笑了笑,闭上眼,竟昏昏沉沉地睡了过去。

她是被一阵喧闹声吵醒的,猛地睁开眼。室内点着灯,喧闹声是从外边传来的,似乎很远,又似乎很近。

齐悦望着帐顶愣了好一会儿。

"阿如。"她试探地喊道。

"少夫人,"阿如从门口奔过来,看着她,喜极而泣,"您醒了。"

果然还是在古代啊。齐悦闭上眼。

阿如担心地轻声喊她。

"我睡了多久?"齐悦睁开眼,问道,轻轻晃了晃头,恶心感减轻了很多。

"一个时辰了。"阿如说道,忙端着两碗药过来,"方才大夫来瞧过了,开了药,盐糖水我也熬好了,少夫人,您吃哪个?"

"都吃。"齐悦一面指挥阿如慢慢地扶自己起来,一面随口给她讲解,"遇到人摔倒啊什么的,你别急着扶,受伤的人你也别随意搬动,可能救不了人,反而会加重病情……"

阿如点头应着:"奴婢记下了。"

"俗话说'救人就是救己',真没错。"齐悦坐好了,看着阿如笑道,"真庆幸我日常救人时你在旁边看着。"

阿如低头抹泪,要说什么,外边的喧闹声更大了,两个男人争执的大嗓门传进来。

"怎么了?"齐悦问道,停下吃药。

"刚刚外边人来回,世子爷来了。"阿如说道。

"啊?"齐悦皱眉,"怎么又来了?"

"我怎么不能来了?"常云成看着常云起,面上带着不咸不淡的笑,将马鞭子在手里拍得"啪啪"响,"你都能来了,我还不能来?"

常云起脸色铁青,看了眼四周的人。这些男人没有丝毫退避的意思,反而或不屑或好奇地打量着他。

"家务事,你们退下。"他开口说道。

堂屋里的人迟疑了一下,都看向常云成。

"什么家务事见不得人啊?老三,你有什么话就痛痛快快地说,别跟我啰里啰唆的。"常云成坐下来说道。

常云起看着他。

"那好,我问你。"他上前一步,问道,"可是你干的?"

常云成看着他。

"干什么?"他失笑,一面对着其他人说道:"瞧见没,我不喜欢跟我这些亲兄弟玩,就是因为这个,说句话能转十个弯,他们不怕累死,我都憋死了。"

大家哄笑,丝毫没有介意被取笑的人是侯府的三少爷。

"常云成！"常云起气炸了，上前一步揪住常云成的衣襟，"你厉害你光明磊落，何苦用这等下三烂的手段害她？"

常云成提脚，常云起闷哼一声跌了出去。

屋子里的人终于变了脸色，其中一个一摆手，大家立刻退了出去。

常云成这一脚没有客气，常云起哪里受过这个，疼得额头出了一层虚汗，捂着腰扶住桌角才没有跌倒。

"别跟我动手动脚的，有什么说什么。"常云成说道，"你又把什么不干不净的事往我身上安了？"

"我说了你会承认吗？"常云起冷笑道。

"我干的事都是我想干的，也是引以为傲的，我怎么会把我的荣耀推却不承认？"常云成笑道。

常云起冷笑，扶着桌角站直身子。

"那好。我知道，你不喜欢齐月娘，却顾及名声不肯休她，偏要害死她，如此对待一个弱女子，这就是你的引以为傲？"他厉声问道。

常云成看着他，啐了口。

"傻蛋。"他大步而去。

常云起被晾在原地。

"你干什么去？"他追上去。

常云成一脚踢开门进来时，齐悦正咬着牙喝下苦苦的中药，苦得脸都皱成一团了。

"常云成，你还有没有人性？你还要怎么害她？"常云起追进来，怒喝道。

常云成没理会他，看向齐悦。

齐悦端着碗看向他。

"嗨，世子爷，您来了。"她苦哈哈地打招呼。

"说。"常云成看着她，"说重点。"

"我被人敲了闷棍挂在树上，制造自尽的现场。"齐悦简洁地说道。她听到常云起在院子里说的话，知道常云成要问的是什么，仰头咽下最后一口药，"凶手是庄子里的老仆，已经溺水而亡，不知道是自尽还是被害。阿如——"

阿如从世子爷出现的惊骇中回过神，将一颗蜜饯塞到齐悦的嘴里。

常云成看着她，眼中闪过惊讶。他终于走过来两步，打量着齐悦。

"看，这是伤。这方位、力道，不是我以及阿如能做到的。"齐悦补充道，抬

手指着自己的脖子,"你别以小人之心度我,我的命很宝贵的,可舍不得用它来换什么。"

常云成看着她,忽地哈哈笑了。

"好,你既然没有小人之心,我自然也不会有小人之心。"他说道,转身走了出去。

然后门外传来他的呼喝声。

"来人,将那些贼奴都拉出来给我砍了,看他们能不能想起有什么要说的。"

这家伙不是只会口头吓唬人的人。

屋子里的齐悦跟阿如不由得打了个寒战。

常云起站在那里没动。

室内一阵沉默。

"有世子爷在就好了,一定能知道是哪个贼人如此坏心。"阿如擦泪,低声说道。

"但愿吧。"齐悦叹气。

"月娘。"常云起喊道。

齐悦看向他。

"你为什么一点儿也没怀疑他?"

齐悦愣了下才明白他的意思。

"你……那么信他?"常云起看着她,神情复杂。

"我觉得,他不是那种人。"齐悦想了想,说道。

"你觉得他是哪种人?"常云起看着她,笑了,只不过这笑有些讥诮,"一走三年,不闻不问,三年归来,毫无亲近,一脚将你踢出门,这样的人,你为什么如此笃定他是那种不会害你的人?"

这话就不是小叔子和嫂子之间该有的对话了,阿如一脸慌张,世子爷可在外边呢。

"三少爷。"她忙要劝阻。

"这跟那个不是一回事。"齐悦忙说道,打断了阿如的话,"我只是觉得他是那种如果想要我死便会自己动手弄死我,而不是假以他人之手的人而已,不是说就认为他是个好人。"

"但你其实怀疑我们家的每一个人,其中也包括我,是不是?"常云起问道。

这孩子真是……真是个孩子,还挺敏感的。

"哪有啊?"齐悦惊讶地笑道,"你怎么会这样想?"

240

常云起笑了笑。

"你快躺会儿吧，才吃了药，大夫说了要多休息。"他说道，不再继续方才的话题。

齐悦点点头："多谢三弟了。"

阿如扶着她躺下，听得珠帘响，常云起出去了。

齐悦叹了口气。

常云成的高压血腥政策很快见效，当夜他就拿到了有用的信息，第二天天不亮，醒来的齐悦也知道了。

"说是府里的人来见过这贼奴，是个丫头，但是，因为是黑夜，她们没看清，这个人是不好找出来了。"常云成说道。

常云起在一旁坐着，听到这里，发出一声嗤笑。

"打草惊蛇，自然找不出这个人了。"

"闭上你的嘴，这世上没有'做不到'这三个字。"常云成冷笑一声，大手敲着桌面，"只要做过，就会留下痕迹，只要想找，就能找到，从来没有无缘无故的事，不过是恩仇罢了。"

"说得好。"常云起冷笑道，"这自然不是恩了，那就说说仇吧，这府里谁和她有仇清楚得很。"

"滚出去。"常云成瞪他一眼。

"世子爷，我知道，将来这府里的一切都是你的，但现在，还不是。"常云起靠在椅子上说道。

常云成看着他，笑了。

"行啊，老三，几年不见，长本事了。"

"本事不敢当，不过是比某人多些人情味罢了。"常云起亦是笑道。

"既然说到这情，"常云成用手撩了下衣裳，放下二郎腿，看着他说道，"你对你大嫂的情可真深厚啊。她搬来没多久，你就往这里跑了两趟了。还偏偏是趁着你我都在的时候闹出这事，真是巧得很啊。"

"既是大嫂，亦是姐妹，仁者见仁，有情人眼中有情，无情人眼中无情。"常云起答道。

好，淫者见淫，骂得好。齐悦在内心鼓掌。不过眼下讨论这些无关的事太浪费时间了。她咳了一下，外屋的两人停止了谈话。

"可是哪里又不舒服？"常云起忙过来问道。

常云成坐着动也没动。

"世子爷。"齐悦只得喊道。

常云起的脚步在珠帘外停下。

"说。"常云成的声音透过帘子传过来,人依旧没起身。

"世子爷,我知道错了,你别生气了,让我回去吧,这里我是不敢待着了。"齐悦柔弱地哀求道。

"回去。大夫说了,要是不头晕恶心了,就能回去了。"常云起忙说道。

齐悦高兴得就要从床上坐起来。

"老三,你该回去了。"常云成在外说道。

"好啊,好啊,我现在就没事了,可以走了。"齐悦忙说道。

常云成掀起帘子,对着齐悦一笑。

"是我们走,不是你。"

此言一出,满屋子人皆惊。

阿如"扑通"就跪下了。

"常云成,你还有没有人性?!"常云起一步过去,揪住他的衣领,怒喝道。

常云成一抬手臂,轻轻松松地推开了常云起。

"来人,带三少爷下去冷静冷静。大家公子,动不动就又喊又叫的,成何体统?"

外边应声进来两个男人。

常云起气得快炸了,无奈没有当兵的人力气大,被抓着拽了出去。

怒骂的声音很快消失在院子里,也不知道那些人怎么让他闭嘴的。

"你也想下去冷静冷静?"常云成看了眼跪在地上哭的阿如,问道。

阿如死死地按住嘴,不敢让哭声漏出来一点儿。

"常云成,你说真的呢?"齐悦不敢置信地看着他,眼里已经闪着泪光了。

"我这人不爱说假话。"常云成笑道,"更何况,我也说话算话,一事归一事,你受害跟我赶你出来是两回事。"

"常云成,我回去后绝不去烦你了,我就到秋桐院里住着,也不管家了,什么都不管,什么都不要,只要让我住在那里,我保证老老实实、安安稳稳的。"齐悦真急了,上前抓住他的衣袖哀求道。

常云成哈哈大笑,伸手抚了下近在咫尺的美人面。

齐悦被这突然的亲密接触弄得打了个哆嗦,下意识地就要躲开,但想到自己的希望,又生生忍住。

爱咋咋地吧，反正不是自己的身体。

"后悔了？"常云成笑道。

齐悦咬着牙做出真诚后悔的样子看着他。

"晚了！"常云成哈哈大笑，拂袖转身，大步而去。

"世子爷！"

"常云成！"

"哦，别担心。"常云成在门口站住，回头，"我安排人留下来，保证这里安全得很，别说被人害了，就是你自己想死都不成。"

"常云成，你别后悔！"

门被关上，将那尖厉的女声以及凳子砸在门上的声音关在了身后。

一行人上马，疾驰而去。

永庆府知府后衙。

阔气的后宅里愁云惨淡，一声声惨叫痛呼从一间屋子里传出来，成群的丫头仆妇们进进出出。

屋子里挤满了人，除了来回踱步的知府老爷、哭得死去活来的妇人们，余下的便是一群年纪不等的大夫聚在一起低语。

"你们到底想出法子没？"知府大人猛地喝道。

大夫们被惊得停住话头，一时间没有一个人说话。

"说啊！"知府大人看着他们喝道。

终于，一个大夫开口了。

"大人，公子……怕是不好了。"

话一出口，知府大人身子一晃，而那正被几个仆妇伺候的中年妇人嘶喊一声，扑过来。

"大夫，你们都是神医，快想法救救我儿子，我只有这一个儿子啊！"她哭道，歪倒在地上，几乎背过气。

大夫们慌忙指挥仆妇给这妇人顺气，又命人端补气汤药来，好一阵乱。

"真的没救了？怎么会没救了？他还好好的，只是肚子疼，怎么就没救了？"知府大人喘着气，扶着桌子喝问道。

"大人，"一个大夫从惨叫不断的里屋走出来，正是刘普成，走路一瘸一拐的，似乎受了伤，"贵公子虽然外表无碍，但其实那马蹄践踏已经伤了脏腑。"

知府大人为官多年，见多识广，对脏腑之伤并不陌生。

"刘大夫，刘大夫，你快想想办法。"他一步上前抓住刘普成，哀求道，往日高高在上的官威荡然无存，一瞬间似乎苍老了许多，浑身发抖。

"你们，你们快想想办法……"

他环视四周，冲这些大夫躬身长揖。

大夫们"哄"地让开了。

"大人，使不得。"大家纷纷说道。

"大人，我已经给贵公子喂了疏风理气汤，或可拖延一两日，但……"刘普成叹息道，"还是给公子准备准备身后事吧……"

知府大人神情颓败，"噔噔"后退几步，双目发直。

站在大夫中最后的是一个小老儿，他一直默默地听着。这里的都是永庆府最好的大夫，像他这种身份的，如果不是知府大人病急乱投医，将他也拉来了，他都没资格站在这里，更别提在这些圣手面前发表意见。但就在听到有大夫说"除非华佗再世"时，他猛地举起手。

"华佗！华佗！"他似乎受了什么刺激，大声喊道，甚至盖过了里屋伤者的痛呼声，"我知道，我知道！"

"你说什么？"知府大人如同溺水中抓到一根稻草，几步冲过来，推开其他大夫，站到这老儿身前，"华佗？"

"郭大夫，休要胡说。"一旁一个大夫看了这老头一眼，低声说道。

"这老郭儿在城南开了间药铺。"另有人给其他人低声介绍这说话的老头，"多在各府里的下人中行走，在治疗风热感冒、棍棒杖伤方面倒也有些名气……"

知府大人已经抓着那郭大夫连声询问。

"我以前诊治过一个被踢伤腑脏的病人……就活过来了。"郭大夫颤声说道。

"那你快给我去治！"知府大人一把揪住他就往里屋推，嘶声喊道。

"不是我不是我。"郭大夫忙大声喊着摆手，到底是被知府大人推出去好几步。

"那是谁？"知府大人都快喘不上气了。

其他大夫也很好奇：永庆府竟然还有这等高手？

"我不知道是谁！"郭大夫喊道。

在场的人都呛了一下。

"那个丫头被治好了，但是她们不告诉我是谁给她治好的，老儿问不出来。"郭大夫一口气说道。

很多大夫摇头，都不信。

"果真是治好的？"有大夫问道，"不是你诊错了？"

误诊是每个大夫都不能容忍的指责，郭大夫也不例外。

"我怎么会诊错？我以前也接诊过这种，每一个都是这般症状，然后两三天就死了，只有这一个，我原本以为也死了，没想到前几天又遇到她，居然活得好好的，还故意吓唬我！"他涨红了脸，抖着胡子喊道。

"哪家？"一直沉默不言的刘普成忽地问道。

"定西侯府。"郭大夫说道。

屋子里响起"嗡嗡"的议论声，不过众人的意见还是这郭大夫的说法不可信。

知府大人也没了主意。

"老爷，老爷，定西侯府或许真能请到神医。"知府夫人哭着喊道，"我这就去求求他们，我的表姐跟那定西侯夫人是旧交，我去求求她。"

"定西侯府为了一个下人请神医？"知府大人苦笑了一下，"夫人，你觉得这可能吗？"

在场的大夫们亦是如此心思，都点点头。

"我没说谎啊，真的治好了！"郭大夫见大家看自己的眼神都是不信，急得喊道。

"大人，"刘普成忽地开口，走上前一步，看着知府大人，"如果是定西侯府的话，或许公子真的有救。"

常云成回到定西侯府的时候引发了一阵骚乱。

常云起一下马，恢复了自由，就直奔定西侯所在的院子。

常云成并没有喝止他，而是神态依旧，不慌不忙地先回到自己的院子，梳洗换衣之后才向谢氏那里去。

刚走到荣安院的门口，常云成就遇上了怒气冲冲而来的定西侯。

他穿着家常灰绸袍子，也没系腰带，显然是匆忙而来，看到常云成，挥手就是一巴掌。

常云成没躲，生受了这一耳光。

"给我绑起来！"定西侯怒气更盛，喊道。

他身后紧跟而来的小厮们手里都拿着棍子绳子，闻言低着头上前。

"谁敢！"谢氏的声音从门内传来，她也不用人扶，自己疾步而出，一把拉住常云成，将他挡在身后。

仆妇丫头们这才拥上来，纷纷跪下，喊着"侯爷息怒"。

"逆子！"定西侯怒喝道，指着谢氏："你让开，都是你惯的！"

"侯爷，您又听信哪个的谗言，要拿成哥儿出气？问都不问一声，抬手就打，张口就骂，纵然他有什么不对，你可有问问他？你可有亲口问问他？"谢氏气得浑身发抖，毫不避让地说道，泪光闪闪，"我惯的，我不惯，整个府里还有谁疼他一分？"

"你胡扯什么呢？他都做出逼死发妻的事了，你还要护着他！"定西侯喝道，看着谢氏，"或者，这件事你原本就知道？"

谢氏被说得一头雾水。

"侯爷你说什么呢？什么逼死发妻？"

"问你的好儿子！"定西侯喝道。

"疼不疼？"坐在炕上，谢氏抚着常云成脸上的巴掌印，含泪低声问道。

常云成笑了。

"我皮糙肉厚的，只怕害得父亲手疼。"

谢氏的眼泪掉了下来。

"你这皮糙肉厚是怎么来的？"

"行了！做出这等事，万一被人告上去，就是再皮糙肉厚也扛不住！"定西侯沉声喝道。

"侯爷怎么就非认定是成哥儿做的？"谢氏收了眼泪，竖眉说道，目光扫过屋子里站着的周姨娘和常云起，冷笑一声，"说不定是贼喊捉贼。"

"什么贼喊捉贼！起哥儿怎么就成贼了？"定西侯呵斥道，"这跟他有什么关系？"

"跟他没关系，做小叔子的，怎么三天两头往独身住着的大嫂那里跑？"她不咸不淡地说道。

谢氏这话一出口，常云起撩衣跪下了。

"母亲明鉴，孩儿只是念着兄妹之情，如有亵渎，天打五雷轰。"他伸手向天说道。

"好好的发什么誓！"定西侯不爱听了，伸手示意，"起来，好好的跪什么跪！"

常云起还没起来，周姨娘含泪跪下了。

"夫人，当初老夫人爱热闹，几个孩子都跟着她，老夫人要让他们兄弟姐妹与她多些情谊，所以那两年并没有让他们刻意回避，起哥儿是真心拿她当妹妹看待，以至如今行止失礼，还望夫人恕罪。"她哽咽地说道。

"有什么罪？恕什么罪？一家人不是该亲厚吗？难不成都像这浑小子一般逼着人去死才算合情合理？"定西侯一拍桌子喝道。看四周丫头们都退了出去，他便起身亲自去扶周姨娘。

周姨娘不敢让他扶，忙自己起身，卑微地退后一步，那哀伤无奈的神情让定西侯心里的火气更大了几分。

"说，你到底想怎么样？"定西侯一腔怒火对着常云成就去了。

"查啊，一定要查出凶手。"常云成说道，神情淡然。

"好啊，我看你能查出来什么！"定西侯哼说，看了眼谢氏，冷笑一声，"这才叫贼喊捉贼呢。"

"侯爷。"谢氏站起来，面色铁青，手颤颤地指着常云成，"这是你儿子，这是你的嫡长子！你自始至终问都没问他一句，听了别人几句话，就定了他的罪！侯爷，你的心也太偏了！"

这指责让定西侯顿时怒了。

"我问什么问？有什么好问的？一走三年，不闻不问，月娘一年四季衣裳做着，他一件也不收，还让那些手下嘲笑月娘的丫头！那是嘲笑丫头吗？那是嘲笑月娘！"他也站了起来，厉声喝道，"回来了，依旧不闻不问。要不是月娘伏低做小求到他面前，一个丫头就能挡着堂堂的少夫人，让她连自己丈夫的院门都进不去！冷言冷语也就罢了，因为个通房就将人送走了！谢正梅，这些事我不信你都不知道！你说，查什么？今天你要说不上来，你就给我滚回善宁府去！"

定西侯站起来的时候，周姨娘和常云起又跪下了。

待听到定西侯直呼谢氏的名字，又说出让她回善宁府的话，一个喊着"父亲息怒"，一个则含泪跪行到谢氏身前。

"夫人，夫人，快跟侯爷好好说。"周姨娘劝道。

谢氏气得浑身发抖，一把甩开周姨娘的手。

"常……"她张口就要喊，却被常云成一把拉住。

"母亲，让父亲动怒，是孩儿不孝。"常云成在她身前跪下，死死地拉着她的衣袖，"母亲，这是孩儿惹出的祸事，孩儿自会给父亲一个交代。"

他说完，又冲着定西侯叩头。

"父亲，孩儿知错，孩儿一定会给父亲一个交代，还望父亲宽恕母亲护子失当之过。"他诚恳地说道，抬起头看着定西侯。

"不是给我一个交代，是给月娘一个交代。"定西侯愤怒地说道，还待说什么，

听得门外有人跺脚。

"什么人在外边?"他怒喝道,"鬼鬼祟祟的干什么?"

门外的人吓得立刻跪着进来。

"侯爷,有客来访!"是一个男仆。

"不见。"定西侯没好气地说道。

"侯爷,是知府大人和知府夫人。"男仆焦急地说道。

无缘无故非节非请的,突然来了,必然是有要紧事。

"请去书房,我这就过去。"定西侯说道,缓了神情。

"侯爷,已经到这门口了,小的拦不住……"男仆叩头说道。

什么?屋中的人都很惊讶:什么事让知府夫妇连常礼都不顾了?

定西侯还没来得及再说话,就听外边传来妇人的哭声。

"姐姐,姐姐。"知府夫人哭着被一个仆妇扶着进来了。

屋子里的人都吓了一跳。

谢氏也顾不得生气,慌忙伸手接过来。

"这是怎么了?"她惊问道,扶住知府夫人的手,才发现几乎扶不住。

"怎么会被马儿踢了?"得知原委,定西侯也是大惊,同时心下凄然。这黄知府一妻两妾,却是子息艰难,好容易才有了这个儿子,合家捧着,如同凤凰一般。更可喜的是这孩子天资聪慧,今年才十二岁,学业却是极好,没想到居然遭了这大难。

"快,咱们府上还有一株老参。"定西侯对谢氏说道。

"快去拿。"谢氏立刻喊道。

仆妇忙应声就去。

知府夫人却一把拉住谢氏。

"姐姐,请你救救我的孩儿。"她喘息着说道。

"你说,你要什么我就给你什么。"谢氏紧紧地握住她的手。

"你家的大夫,快让她去救我孩儿的命……"知府夫人挣扎着起来,"我给你跪下了……"

谢氏忙扶住她。

"我家的大夫?妹妹,你糊涂了,我家哪有什么大夫?"她摇头说道,又看定西侯:"你哪里认识的好大夫,快去请。"

定西侯皱着眉还在想,却被黄知府抓住胳膊。

"侯爷,是你府里的好大夫啊!"他急切地说道。

248

两口子都说这话，那就不是胡话了。

"是七月中，一个丫头挨了杖刑……府里的管事请老儿来瞧瞧……"郭大夫低着头说道，很聪明地避开了脚踢伤不谈，"那丫头禀赋弱，竟是气血倒逆伤及腑脏，老儿说救不得了就走了，没想到不久前又来府里，遇到那丫头，还活得好好的……"

定西侯听完他的话很是惊讶，立刻让叫来府里的管事的问。

"怎么会？是大夫你瞧错了吧，原本就没事，养一养就自己好了吧。"谢氏说道。

"不会的，这是病，有脉象为证，怎么会错？"郭大夫急了，喊道。

"我们真不知道。既然你说那病症如此危重，肯定不是一般的大夫能治好的，但我们家并没有出去寻过什么大夫。"谢氏说道。

"不瞒夫人说，那丫头不肯和我说实话，任我追问，就是不说是谁治好了她，还请夫人问一问。"郭大夫躬身说道。

谢氏还有些犹豫，这边知府夫人拉着她的手大哭。

"去吧，问问她。"谢氏说道。

不多时苏妈妈就回来了。

"那丫头说没有，是自己好的。"她说道。

"你看……"谢氏无奈地对知府夫妻二人说道。

话没说完，郭大夫先叫起来。

"不可能，她是不肯说。"他喊道，急得揪自己的胡子。

"你有没有跟她说事关重大？"谢氏便问道。

苏妈妈点点头。

"奴婢说了，还说要是敢瞒着就撵出去。"

谢氏有些无奈地看着郭大夫。

郭大夫在屋子里急得团团转。

"这种病症，只有华佗再世，行剖腹疗伤之术才能，剖腹……剖腹……"他猛地收住脚，转头看向苏妈妈，双眼放光地扑过去。

苏妈妈吓得后退几步。这老头该不会是疯子吧？

"你，去看看她的肚子。"郭大夫瞪着眼，神情急切。

"我……我看人家肚子干什么？"苏妈妈结结巴巴地说道。这老不休……

"看她的肚子上有没有伤疤。如果没有，就是我看错了；如果有……"郭大夫死死地盯着苏妈妈说道，激动又紧张，浑身哆嗦。

苏妈妈有些不知所措地看向谢氏。

"快去！"定西侯一拍桌子，"都什么时候了，人命关天！"

苏妈妈慌里慌张地跑了出去。

屋子里一阵安静，安静得令人觉得时间都停止了。

门外传来跑动的脚步声，郭大夫一下子绷直了身子，几乎停止了呼吸，那脚步似乎一下一下踩在他的心上。

"夫人，夫人……"苏妈妈扑进来，满面惊恐，"真的有伤！真的有伤！"

"什么？"

所有人都猛地站起来。

"肚子上这么长一道疤，就像是用线缝起来的……"苏妈妈牙关相撞，喊道。

苏妈妈到现在还止不住发抖。那是怎么做到的？

知府夫妇绷紧的神经顿时松弛下来，黄知府一脚跌坐在凳子上，知府夫人则吐了口气，晕了过去。

阿好被两个仆妇押进来，头发散乱，衣衫不整。

"快说，是哪个大夫给你治好的？"定西侯问道。

阿好跪在地上浑身发抖，抱着身子叩头。

"没有，没有。"她哭道。

"死丫头，人命关天，你还装什么哑巴！"定西侯喝骂道。

黄知府"扑通"就冲阿好跪下了。

"姑娘，我家孩儿的命就在你手上了，求求你告诉我是哪位大夫治好你的！"他哑声喊道。

屋子里的人慌了，定西侯忙拉他，阿好也惊恐地翻身冲黄知府"咚咚"死命叩头，额头上已然血淋淋。

"是少夫人救治的你吧？"常云成的声音从门边传来。

乱哄哄的屋子安静了一刻，所有人都看向他。

阿好伏在地上，哭得浑身发抖，不承认也不否认，在众人眼里已然是默认了。

"我去接她回来。"常云成没有再问，对已经被搀扶起来的黄知府拱拱手说道："请大人在此等候。"

他说罢，转身大步走了，屋子里的人还处在震惊中。

"少夫人？"黄知府喃喃地道，看向定西侯，"果然是大夫？"

定西侯亦是一脸震惊。

我的天，怪不得娘把这个乞丐丫头当亲孙女疼，果然美人贵重……

谢氏站起来，看着常云成离开的方向，亦是满面惊骇。

晚饭的时候，阿如端上来的是热腾腾、香喷喷的饺子。

"哈，哈。"齐悦搓着手，一副迫不及待的样子，"尝尝这千年前的饺子……"

阿如抿着嘴笑。这发生了一连串事，少夫人还能有吃有喝有说有笑的，真好。明明是不好的事，少夫人怎么总是能这么开心呢？

"看，多笑笑，多好看，气色也好了。你呀，以前就是老爱苦着脸，这可不好，长期下去，人的精神气就不行了。"齐悦笑着坐下来，观察着面前的饺子，"你们这儿的饺子可真够大的，跟包子似的。"

阿如再次被逗得笑出声，好容易才将筷子递给她。

"有酒吗？"齐悦夹起一个饺子，问道。

阿如便想起那日中秋宴会上齐悦喝酒的事。

"少夫人很爱喝酒啊？酒量也很厉害？"她笑问道，一面转身去拿。

"不敢，不敢，一般，一般。"齐悦笑道。看着阿如给自己斟了酒递过来，她吃了一口饺子，仰头喝了口酒，一脸满意，"饺子就酒，越吃越有啊。"

说完她又示意阿如斟酒，阿如拒绝了。

"少夫人，您还有伤呢。"

"这算什么伤？没事没事，再吃一杯。"齐悦笑道，起身就要去阿如手里夺酒壶，"你们这儿的酒度数低，跟糖水似的……"

阿如抱着酒壶不肯给她。

二人一追一躲跑向门边，阿如刚要跑出门，陡然看到门口不知什么时候戳着一个人，吓得尖叫一声。

"世子爷？"她叫完了才看清面前的人，不敢置信地喊道。

常云成走进来，径直来到炕桌前坐下来。

齐悦和阿如站着没动。

"喂，臭小子，你还来干什么？你还想怎么着？"齐悦抓起凳子，冲他喊道。

阿如忙伸手抱住凳子，惊恐地冲齐悦摇头。

常云成没有理会她们，面色阴沉，只是看着桌上的饺子。

"过得不错啊。"他忽地说道。

"很遗憾没有如你愿再上吊一回。"齐悦咧嘴笑道。

常云成从鼻子里发出一声笑，没有再说话，伸手拿起放在一边的筷子，攥起饺子就吃。

"那是我的。"齐悦拎着凳子几步过去。

常云成没理会,又取过一旁的酒壶自己斟酒。

齐悦眼明手快,一把抓过自己的酒杯。

常云成伸出的手停下,干脆举着酒壶直接喝了。

"饺子就酒……"他自言自语道。

斗志满满的齐悦听到这句话,顿时出了一头冷汗,一旁的阿如也瞬时白了脸。

齐悦飞速地回忆自己方才说了什么,越想越冒冷汗。

"这些人也真是的,世子爷来了怎么也不说一声,太没规矩了!"她不由得朝外恨恨地喊了声。

常云成嚼着饺子笑了笑。

"坐吧。"

齐悦没反应过来,阿如悄悄地拉了她一下。

齐悦站着没动。你让我坐我就坐啊?

气氛陷入了怪异的沉默。

因为沉默,一盘饺子哪里经得住常云成这么吃,很快就空了。

"再去拿些来。"常云成说道。

"我们的东西世子爷居然吃得下,也不怕恶心。"齐悦啧啧笑道。

"奴婢去看看。"阿如忙转身出去。

这个没骨气的丫头。齐悦气闷。

守着炕桌上的空盘子,常云成和齐悦各自沉默。

"你觉得是谁干的?"常云成忽地问道。

齐悦正心乱如麻,想着自己说的那些话,想着自己是就地坦白还是死不承认自己是异魂,陡然被他这一问问得愣了下。

"什么?"

常云成抬头看她。

"你怕什么?"他皱眉审视着齐悦,"莫非你知道是谁要害你?"

原来是说这个,齐悦松了口气。

"我不知道。"她说道,"想来不过是不喜欢我或者不喜欢你的人罢了。"

常云成看着她。

"不应该是不喜欢你的人才要害你吗?"他问道。

齐悦看了他一眼。

"敌人的敌人就是朋友嘛。"她说道,"谁都知道你不喜欢我,而且你前一刻还跟我在一起,并且相处得不太愉快,弄死我,自然你的嫌疑最大,这种事,自然是不喜欢你的人给你添堵喽。"

常云成看着她笑了,端起酒杯一饮而尽,这笑看上去有那么几分自嘲。

"当然,我是瞎想的,也不排除是喜欢你的死忠为你除去我让你清净一下。这种猪一般的队友也不罕见,更何况你本就是个猪一般的主子。"齐悦笑道。

"猪一般的队友……"常云成哈哈笑着跟着说了一遍,然后才注意到她最后一句骂自己的话,脸色黑了黑。

齐悦笑得更开心了。

"说起来真是可笑,"常云成看向她,说道,"你这么个傻不楞登让人讨厌的反倒明明白白,我那些至亲则糊里糊涂。"

这是夸人呢还是损人呢?

齐悦心里明白了,这小子回去之后肯定被家人列为第一嫌疑人了,活该。她忍不住得意地笑了起来。

"这是人品问题,不要怨社会。"她哈哈笑道。

常云成皱眉。

"什么乱七八糟的话。"他嗤了一声,"又或者说,关心则乱?"

"瞧你美的,哈哈哈。"齐悦再次大笑。

常云成看着她,不说话。

"你笑得这样开心,又看得清清楚楚,也就是说你不关心我了?"他忽地一笑,说道。

废话,我干吗要关心你?

"我是受害者,自然更关心自己。"齐悦干笑道。

"你说得对,人是该关心自己。"常云成说道,"不管什么吧,无所谓了。"

齐悦没兴趣接他的话。她现在又想大笑嘲讽这小子,又想赶快回定西侯府去,到底是用威逼还是用讨好达到这个目的?

威逼,有尊严没结果;讨好,失了尊严结果也不一定好。

"回去吧。"常云成说道,站起身来。

齐悦一愣。

阿如此时也捧着饺子进来了。

"东西收拾一下吧。"常云成说道,"连夜走。"

阿如明白过来,顿时惊喜得差点儿把盘子摔了。

"是,是,奴婢这就收拾。"她放下盘子,慌手慌脚地说道。

"你是说，要我回去？"齐悦还有些不信，惊讶地问道。

"你也可以住在这里。"常云成转过头看着她，淡然地说道。

齐悦看着他，走近几步。

"没人告诉过你这样看男人是逾矩的吗？"常云成移开视线，说道。

齐悦不理会，依旧看着他，还围着他转了一圈，忽地哈哈两声，然后大笑起来。

"啊哈啊哈，哎哟——"齐悦一手扶腰一手扶头，身子摇摇晃晃，口中说道，"我这是怎么了？突然就头晕得站不住了。阿如快扶我，我喘不上气来了……"

屋子里，阿如忙前忙后，不断地将汤汤水水端上来。

齐悦躺在炕上，盖上被子，散了头发，额头上还顶着一条温热的毛巾。

"我不行了，这头晕得厉害，别是被敲留下的后遗症……"她哼哼唧唧地喘着气，好像下一刻就要死去一般。

"这怎么办？我去请大夫来。"阿如吓得不知所措，要她喝刚熬好的药。

"我不能吃了，我都不能起了，一吃就想吐。"齐悦抓紧被子不动。

"世子爷。"阿如焦急地看向常云成。

自从齐悦被扶着进了内室，他就一直坐在炕桌边，自己慢慢斟酒吃，似乎对这边的事毫无察觉。

此时大约是听够了这边的热闹，他放下酒杯，大步过来了，在床前站定，看着齐悦。

"世子爷，奴婢去请大夫，还望世子爷等等。"阿如带着几分哀求小心地说道，"少夫人的病果真没好呢。"

您千万别一甩手就走了。

"少夫人，您有什么法子能好歹撑一撑，熬到家就好。"她又借着帮齐悦换手巾低声说道。

"这病不能动的，就得躺着静养。"齐悦哼哼道，"不用担心，躺几天自己就养好了，不用吃什么药。"

阿如半信半疑。

"是我错了。"常云成开口了。

这话没头没尾的，阿如不明白，回头看他。

"你说吧，要我怎么样？"常云成接着说道。

阿如愣了下，看了眼齐悦，齐悦闭着眼，虽然嘴里依旧哼哼唧唧的，但脸上是掩不住的笑意，阿如恍然。

"少夫人。"她忍不住喊道。这也太……太……

"哎哟，世子爷这话说得真客气，您怎么会错啊？"齐悦伸出手枕在脑后，慢悠悠地说道。

半点儿生病的样子都没有。

常云成看着她，突然扬起嘴角。

"错在不该目光短浅，把话说绝。"常云成答道。

不知怎的，当他说出这句话后，原本心里的憋闷突然烟消云散，取而代之的是愉悦。

齐悦瞪眼看他。

"说你自己的事，不用捎带提醒我。"

阿如看着这两人，慢慢地后退一步。

常云成的笑意终于忍不住在脸上散开，最终变成无法控制的大笑。

齐悦也不急也不恼，就悠然自在地躺在床上，等着常云成的笑声停下。

"笑够了？"她问道，"你请回吧。"

常云成的笑便又起来了，他撩衣在床边坐下。

阿如见状，忙低下头退了出去。

"对不起。"常云成收住笑，正容说道。

齐悦点点头。

"嗯，不错，'对不起'这三个字说起来真是容易。"她亦是正容开口。

常云成打断她。

"对我来说，不容易。"

这话真是欠揍啊。

"你到底知道自己怎么错了没？"齐悦坐起来，皱眉说道。

"我说过了啊，不该目光短浅，把话说绝。"常云成亦是皱眉答道。

齐悦看着他，摇头。

"我来帮你算算你做了多少错事。"她伸手说道，"第一，为了救自己的人砍伤了无辜的元宝。"

常云成摇摇头。

"砍伤他他不至于死，而若是不砍伤他，我的手下就要死，你说值不值？再说，我手下的命，抵那小子的一百条命。"他微微抬头，带着一脸倨傲说道。

齐悦看着他，失笑。

"同样是命,怎么会有贵贱之分?"

"既然是命,自然有贵贱之分。"

二人四目对视。

"王侯将相宁有种乎!"齐悦举手高喊。

常云成嗤笑。

"没有种,何必要去做这个王侯将相?"他淡淡地说道。

齐悦看着他,皱眉。"跟你说不清,有代沟。那好吧,这个就算了。"她摆摆手说道,挪了挪,坐正几分,"那你对我呢?"

常云成沉默不语。

"先说一走三年不闻不问,你这是当丈夫的吗?"齐悦问道。

她可不信什么军务繁忙无心儿女私情的屁话,摆明了就是故意的。

"你有没有想过你这样会让我多难堪?"齐悦看着他说道,"我为什么会死皮赖脸地搬到你的院子里去?常云成,不是只有你要面子,谁都有面子,能让人撕了面子去做的事,不只是伤了你的面子。"

她说完这话,室内一阵沉默。

站在外间的阿如忍不住掩住嘴,眼泪滑落。

这样冷静地说出来的悲伤,反而比哭着喊着说来的更让人难过。

"后来,你对我又是打又是骂又是羞辱,常云成,这叫夫妻?杀父之仇不共戴天也不过这样了吧?"

常云成却笑了下,要说什么,最终没说。

"我错了。"他看着齐悦,再次说道。

齐悦看着他,笑了笑。

"那你以后打算怎么对我?"

"好好待你。"常云成看着她答道。

"怎么好好待我?"齐悦手拄着下颌,饶有兴趣地看着他问道。

常云成的脸色越发难看。

"你说。"他吐出这两个字。

"从现在开始,你只许对我一个人好,要宠我,不能骗我;答应我的每一件事情,你都要做到;对我讲的每一句话都要是真心,不许骗我、骂我;要关心我;别人欺负我时,你要在第一时间出来帮我;我开心时,你要陪我开心;我不开心时,你要哄我开心;永远都要觉得我是最漂亮的,梦里你也要见到我,在你心里只有我。"齐悦手拄着头,笑着看着他,慢慢地说道。

当年他们胸外科的年末文艺会演她准备来个恶搞版的《河东狮吼》，只是因为原本的男主角成了前男友而泡汤，没想到居然还有用到的一天。不知怎的，她笑着说完，眼泪却忍不住流下来。

真是……真是不知廉耻……一个女子说出这样的话……．

常云成脸色黑如锅底，忽地看到面前原本笑得得意嚣张的人居然哭了，顿时又有些僵硬。

"好，我记下了。"他沉默了一下，答道。

"那今天就到这里吧，我累了，剩下的改天再说，我要睡了。"齐悦摆摆手，兴趣全无。

常云成猛地站起来。

"差不多得了。"他带着隐忍的怒意说道。

齐悦却是爱理不理地瞥了他一眼，扯过被子躺下。

"世子爷，现在不是你把我轰出来的时候了。"她懒洋洋地说道，"再说，我又不是小孩子，那些好听话也就是听个热闹，还能真往心里去啊？"

常云成的拳头攥起来，看着这个已经躺下，只从被子里露出一头黑发的女人。

"别以为离了你就没办法了。"他从牙缝里挤出一句，转身大步就走。

在外间的阿如吓得慌了神，下定决心如果世子爷走出来，她就死死地抱住世子爷的腿，死也不放他走……

有力的脚步声在门口停下了，阿如的心跳也几乎停下了，就在她要憋死过去时，脚步声又动了，只不过退了回去……

阿如长吐一口气，靠在隔扇门上。

常云成又站回床边，看着床上那个女人。自始至终她动也没动，如同睡死过去。

常云成的拳头攥起来又松开，最终一咬牙，伸手"刺啦"一下扯开外袍。

齐悦抱着被子，沉浸在过去那段情伤中。

齐悦叹口气，想要换个姿势躺着，才转过身，就被吓得呆住了。

"你……你干什么？"她掀了被子就坐起来。

常云成已经脱得只剩裤子了，手正在解腰带，听见问，抬起头看她。

齐悦见他看过来，又猛地用被子把自己裹起来。

"喂，我告诉你啊，我可是有原则的，士可杀不可辱，你这样威胁我是没用的。"她喊道。

常云成原本黑着脸，待看她这样子又听了这话，嘴边浮起一丝嘲讽的笑。

"我怎么了？你不是说我扔下你三年不闻不问不对吗？我们是夫妻，自然要做夫妻该做的事。"他说道，抽掉腰带。

齐悦"哇哇"两声用被子蒙住头。

"我是你的夫，你是我的妻，还会有孩子……"

常云成的声音透过被子传进来。

"这样，你可安心了？"

然后有手在拽她的被子，齐悦死死地揪住。

"你这人有病啊，这时候谁有心情跟你做这个啊？"她喊道，"你快穿上衣裳，我们接着说，好好说。"

"完事了也能说。"常云成的声音从外传来，紧接着一股大力将被子扯开。

"阿如，救命啊！"齐悦尖叫，连滚带爬地就要下床。

外边的阿如在听到常云成的第一句话的时候就羞红了脸，又惊又喜地跑了，当然不忘贴心地将里门外门都关好。

"行了，别欲迎还拒了，我知道你们女人心里想的都是什么。"伴着这句话，齐悦被一只手按住肩头，旋即，如山般的男人压了过来，将她扑倒在床上。

第十章　切　除

阿如站在院子里，想起那一年的初夏，世子爷和少夫人大婚的日子，院子里挂满了红灯笼，照得所有人都像披了一层红纱。

这个洞房等得太久了，而且……

一阵夜风吹来，阿如不由得打了个寒战。

而且那个等的人再也等不到了。

现在这个……

阿如猛地回过神，转身就往回奔去。

齐悦差点儿被压死过去，她用手捶打这个男人，所触之处光溜溜的……

常云成的手自觉地寻了过去，下一刻就感觉双耳剧痛。

当医生的好处就是知道人身上的弱点。

齐悦将这男人从身上推下去，三下两下跳到地上，差点儿被掉在地上的被子绊倒，总之很狼狈地才站住了。

"你这臭女人，发什么疯？！"常云成捂着双耳怒骂道。他几乎听不到自己的声音，只听到"嗡嗡"的耳鸣。

他不会被一个女人打聋了吧？

"我发疯？你疯了才是！"齐悦怒意满满，扭头四下查看，一把抓起一旁的凳子砸过来。

常云成抬手格挡。亏得他是练家子，准稳狠地抓住了凳子，要不然纵然抓住了，也得添些痛。

"这不是如你所愿？"他也怒了，喊道，一把夺过凳子，"啪"地扔在地上。凳子在地上应声裂开。

齐悦骂道："鬼才想和你上床！也不掂量掂量自己！"

常云成被骂得气结，不由得低头去看自己。

他很差吗？

齐悦还处于抓狂状态。

"想和老娘上床！想和老娘上床！你妹的，别说咱们现在有仇，就是没仇，也没这么容易！"她在屋子里转，又抓起一件防身的武器，这一次不是对准常云成，而是对准自己。

常云成看着她，神情阴沉，眉头微皱。齐悦这一连串的话他大部分没听明白，不过有一点明白了。

"你再敢非礼我，我就死给你看，你就带具尸体回去交差吧！"齐悦将银簪子对准脖子。

常云成看着她，眼神探究。

"看什么看！把衣服穿上，你个暴露狂！"齐悦瞪眼说道，忙又眯眼。

常云成忽地哈哈笑了，不仅不穿衣裳，还四肢大张躺在床上。

"穿上衣服，就能走了吧？"他问道。

"常云成，认清现实，是谁求谁呢？"齐悦气道。

"我求你呢。"常云成痛快地答道，"要是不走，咱们就早点儿睡吧。"

齐悦扭头就走，伸手"啪"地打开里门。

在外间的阿如吓得立刻跟兔子一般跳了出去。

"阿如，你跑得挺快啊！"齐悦喊道。

常云成在门被打开，听到齐悦喊阿如后，伸手捡起地上的衣服穿上了。

他走出来时，齐悦已经抓住阿如了。

"你太不仗义了！你这是见死不救啊！"她揪着阿如，恨恨地低声说道。

阿如一脸歉意地赔不是，又指了指门边，示意她小点儿声。

常云成站在那里，外袍穿在身上，也不系带子，结实的胸膛若隐若现。

"齐月娘，"他喊道，"过来。"

齐悦哼了声。

"你让我过去我就过去啊？我不过去。"

常云成大笑，迈步走过来。

"喂，你别过来啊！你惹急了我，我就是死在这里也不会跟你回去的。"齐悦躲在阿如身后。

"世子爷，少夫人她……她还病着……您……您多担待。"阿如赔笑，慌张地说道，挡在齐悦身前。

"齐月娘，过来，咱们商量一下，看看你的病怎么才能治好。"常云成笑道，大步走过来，伸手从阿如身后抓住齐悦拉出来，转身就走。

齐悦被他抓着胳膊，踉跄地跟上。

"再上些热饺子。"常云成说道。

阿如愣了下才忙忙地应声"是"。

"总之，以前的事，我有错，你也有错。"常云成说道。

齐悦瞪眼。

"以前的就不说了。"常云成抬手制止她开口，将一个饺子一口吃下，"我保证，以后不会有过河拆桥的事。"

齐悦顿了顿筷子，夹了饺子吃。

"我的酒呢？"她看着自己面前空空的酒杯。

阿如迟疑了一刻。

"少夫人，酒还是别吃了。"她低声说道。

常云成伸手。

阿如不敢违抗，将酒壶递给他。

常云成伸手给她斟酒。

"请。"

齐悦点点头。

"这态度像是求人了。"她端起酒杯浅浅地吃了口酒，举起筷子优雅地吃饺子，"不过呢，一朝被蛇咬啊……"

"君子一言，快马一鞭。"常云成说道。

"哟，君子啊？"齐悦似笑非笑地看着他。

"上一次我并没有说不过河拆桥。"常云成端起酒杯一饮而尽，然后自己添上，含笑说道。

好像是没有……齐悦回忆了下。"不过，这不是应该的吗？"

"应该的？"常云成嗤笑，"这世上应该的事多了。"

"那这世上说过的誓言也多的是。"齐悦也嗤笑了下，端起酒杯一饮而尽。

有用吗？没用。该忘的自然会忘，该变的依旧会变。

齐悦叹了口气，抬起头冲他举了举酒杯。

常云成伸手，再给她斟了一杯酒，也给自己斟上。

"记住你说的话。"齐悦举起酒杯，"我要的其实很简单，就是尊重。"

尊重，一个女人要尊重……

常云成笑了。

齐悦顿时拉下脸，放下酒杯。

常云成忙起身，探身伸手，拿起酒杯递到她嘴边。

"好，我记住了。"他说道，将自己的酒杯与齐悦的碰了下，一饮而尽。

齐悦这才伸手接过他递到嘴边的酒杯，仰头吃了。

"好了。"她放下酒杯，又吃了一个饺子，撂了筷子，"不早了，歇息吧。"

"你不许在这里睡，另找地方去。"她带着几分防备说道。

常云成站起来，看着这女人眼里明显的戒备，心里有些不是滋味。

当察觉自己心里那丝不是滋味后，他又冷笑一声。这女人果然搞这些欲迎还拒的把戏，也不知道哪个人教她的，还真有些管用。

"放心，等着我睡的女人多的是。"

"慢着。"齐悦看着他说道，"你这么快就忘了你说的话了？"

常云成皱眉。这女人有完没完，又发什么疯？

"说话简单痛快点儿。"他忍着不耐烦说道。

"我是你媳妇，我在家里，你去睡别的女人，让人怎么看我？"齐悦说道，"这叫尊重吗？"

常云成皱眉："只睡你？"

说完了他才察觉，他们一直"睡"来"睡"去地交流，怎么跟男人之间说话似的？这种事对女人来说，不是难以启齿的吗？

阿如在一旁脸红得跟煮熟的虾一样，恨不得钻到地下。

"说话注意点儿。"齐悦皱眉说道，"尊重。"

"谁说话注意点儿啊？"常云成站起来，有些哭笑不得，"你一个女人家，说的什么话！"

"谁让你先说的。"齐悦也反应过来，有些不好意思地摸了下鼻子。不过要紧的事还是得提前说好。

"不是只睡我啊，你想跟我那啥……没那么容易。"她忙说道，"你道歉了，我原谅你，只是针对你把我赶出来的事，咱们之间可算不上多么好，至少还没好到……好到能那啥的地步。"

常云成看着她，第一次觉得无话可说。

"你放心吧，我一定等你求我的时候才……才那啥……"

"那太好了，你等着吧。"齐悦笑吟吟地说道，卸下一副重担般松了口气。

"走。"常云成实在是不能再看她了，甩袖说道。

"走好啊。"齐悦在后边笑着恭送。

常云成深吸一口气，转过身，一把抓住她的手腕。

"干吗？你要干吗？"齐悦吓了一跳，实在是方才差点儿失身的危机太吓人了。

"回家。"常云成吼道。

齐悦笑了。

"谁说我要回家啊？"她一手抓住桌子说道，"我觉得这里挺好的，再住几天再说吧。"

常云成看着她，面上隐隐青筋暴突。

"你的意思是，我刚才的话白说了？"

"哪能啊？"齐悦正容道，"我这人不爱说假话。更何况，我也说话算话，一事归一事，你道歉跟我回不回去是两回事。"

这话听起来有些耳熟。

常云成看着齐悦，一句话不说，忽地伸手将她扛起来。

齐悦再没料到这个男人会如此做，不由得尖叫。

"说几句好听话，还真惯得你不知道天高地厚了！"常云成冷笑道，"走也好留也好，你以为你做得了主？"

伴着齐悦的尖叫怒骂，常云成稳稳地将她扛在肩头，大步走出去。

夜色沉沉中，一辆马车疾驰进定西侯府。

亲自去看过受伤的知府公子，定西侯和谢氏的腿都有些发软。

"那大夫说了，阿好跟子乔是一般的病症，既然阿好好了，那子乔自然没问题。"定西侯说道，带着几分欣慰。

谢氏不说话，眼中还是有几分疑惑。

小乞丐救老侯夫人飞上枝头的故事已经成了人人皆知的故事，但谢氏以及家中众人可不这么认为。

但那日的事只有老侯夫人和齐月娘祖孙两人在场。谢氏也曾暗中指使人去查问后来给老侯夫人诊治的大夫，结果，还没问出什么，那人就在回来的路上溺水

而亡了，吓得谢氏再不敢动心思。

专门收拾出来的厢房里，所有的大夫都一脸焦急，三三两两地聚在一起低声交谈，丫鬟仆妇们进进出出地伺候汤水，黄公子的痛呼一声接一声，嗓子都哑了。

胡三一路走来，眼珠就没停过，虽然是黑夜里，但在那明晃晃的灯笼的照耀下，这侯府的一草一木都让他觉得新奇。

"胡三。"大师兄不得不一路提醒他注意言行。

胡三恋恋不舍地从屋子里悬挂的八角灯上收回视线，然后才看到满屋子的大夫，都是他往日只闻其名没资格得见的大夫，顿时又是一脸惊喜。

"师兄，师兄，朱大夫在呢。哎，袁大夫也在呢。还有还有，圣手钱大夫……"他忍不住拽着大师兄，瞪大眼，嘀咕道。

大师兄一把甩开他的袖子，恭敬又不好意思地冲屋中的大夫们躬身施礼。

"你们来了。"刘普成从屋子里走出来。

胡三和大师兄忙过去。

"师父，您要的药。"大师兄将一个锦盒捧过来。

刘普成点点头，伸手接过。

"这是……？"有一个大夫询问道，看着刘普成手里的锦盒。

"这是我用来缓解黄公子疼痛的药，让他在等待那位大夫过来诊治期间不至于力气消耗过多。"刘普成说道。

"师父，真的是在等我师父吗？"胡三问道，一脸激动。

这两个"师父"，说得四周的其他大夫有些迷糊，纷纷看他。

"是。"刘普成说道，只不过面色有些怪异。

胡三顿时激动得满脸红光，将胸膛挺了又挺，接受四周惊讶的注视。

"哎，对了，师父，我前一段时间过来，想见见我师父，可是这里的人说没有这个人。"他又想到什么，靠近刘普成，低声说道，"我去问元宝，这小子还是那么嘴硬。"

刘普成看了他一眼，张了张嘴，最终还是什么都没说。

一行三人进去了，很快，从室内传出的痛呼声小了。

"刘大夫，果然有效！"

"怎么不早点儿用呢？"

知府大人和知府夫人的惊叹声以及抱怨声传出来。

"此药不到万不得已，还是不要用的好。此时给公子用些，是为了撑到那位……大夫赶来。"刘普成说着话，退后几步，因为站立时间过久，退后时有些踉跄，大师兄忙扶着他。

"师父，您的腿还行吧？"大师兄低声问道。

"师父的腿？"胡三听到了，忙不解地问道。

看到屋子里其他人都看过来，刘普成笑了笑："没事。"

东方渐明，黑夜退去。

"世子爷回来了！"

看到马车驰近，门房的人大声喊道。

齐悦扶着二门仆妇的手下了马车，被一群迎接的人吓了一跳。

"少夫人回来了！"下人们乱哄哄地喊着。

齐悦听了很是感动，看来自己人缘不错，走了这几日，大家很惦记她。还没来得及和迎接的人表达一下归来的喜悦，她就被常云成一把抓住。

"快走。"常云成只是说了句，没有再解释，拖着她避开人群，径直奔入一个院子里。

这个地方齐悦第一次来，她不由得好奇地打量四周，还没问，就见屋子里拥出一大群人，看得她有些眼花。

"师父，您回来了。"胡三在人群中跳起来，一眼看到那个迈进门的女子。

不管在哪里在何地，这女子只要出现，就是那么亮眼。

胡三高兴地挥手招呼，不过很快，他的声音戛然而止。

"少夫人。"定西侯府的丫鬟仆妇一齐施礼问候。

知府夫人也被两个仆妇扶着快步迎过来。

"你……月娘……少夫人，少夫人，你快救救我儿子！"她扑过来抓住齐悦的手。

"少夫人……"胡三整个人都僵在原地，傻了一般瞪大眼。

那些一心要看看这位据说能剖腹疗伤的高人的大夫也傻了眼。

齐悦不由得扭头去看常云成。

"这是你亲妈？"她脱口而出。

常云成好容易才抑制住在这女人脸上揍一拳的冲动。

"这是知府夫人。知府的小公子受伤了，你快去瞧瞧吧。"他说道。

265

齐悦的脸色"唰"地变了。

"常云成，你要我回来，是为了救人？"她瞪眼说道。

常云成毫不掩饰嫌弃地看着她。

"我不是说了吗？急着救命的。"他皱眉说道。

齐悦还没来得及再说话，这边知府夫人抓着她就要下跪。

"这位夫人，这位夫人，误会，误会，我不是大夫，你先别这样……"她慌忙去搀扶知府夫人，急急地说道。

话音未落，又一个人跳出来："少夫人，少夫人，那个丫头果然是你治好的！少夫人，你骗得老儿好苦！"

齐悦一眼看到这个几乎是手舞足蹈而来的老头，头上的汗"唰"地就下来了。

阿好……

齐悦咽了口口水，似乎听不到周围人都在喊什么、说什么。

"常云成，你害死我了！"

屋子里，齐悦揪住常云成，大声喊道。

"我看你现在活得挺好的，力气还很大。"常云成扯开她的手，透过窗户，可以看到外边的人焦急地向这里张望。

"你怎么不说清楚你不是因为被你爹打所以才接我回来的？！"齐悦抓狂，伸手去挠头，触手不是自己熟悉的鬃发，而是高高的发髻，只得甩手。

"我爹打我所以我来向你求救？"他似乎听到了天下最可笑的笑话，哈哈大笑，"你这个女人，真是狂妄又无知。我常云成长这么大，还从来没想过为了自己的命向人求救。"

齐悦重重地吐了一口气。都怪自己，高兴得昏了头了，居然没问这小子为什么低声下气来向自己认错。

"我救不得，你们找别的人吧。"她双手扶着桌子说道。

"你还要要挟什么？"常云成皱眉，带着几分讥讽说道。

"我要挟什么？我从始至终要挟过你什么？"齐悦抬起头喊道，"一个妻子要和丈夫一起住，这算是要挟吗？做妻子的被下人欺负，要依靠一下你这个当丈夫的，这算要挟吗？屁大点儿事，你念念不忘叨到现在，还算个男人吗？"

常云成脸色青紫。这女人……这女人……难不成是吃炮仗长大的？

"现在不是说这个的时候，人家等着救命呢，你把我拉到这里说这些做什么？你救完人，再说也不迟。"他深吸一口气，说道。

"我救不了。"齐悦干脆地说道。

"你还没看呢,怎么就知道救不了?"常云成已经忍不住怒气了。

齐悦转过头看他,沉着脸,然后朝窗外扬了扬下巴,问道:"这些人都是大夫吧?"

常云成点点头。

"知府大人能请来的大夫都不是一般的大夫吧?"齐悦再次问道。

"有话痛快说。"常云成没好气地答道。

"夫君。"齐悦转头看他,喊了声。

这一声"夫君"喊得常云成脸皮跳了跳,心里酿酸水,觉得还是"常云成"听来顺耳些。

"你太看得起你媳妇了。"齐悦苦笑道,"那么多好大夫都治不得,我就能治?"

"你治好了阿好。"常云成说道。

齐悦叹气。

"我说过了,我没有药了。阿好那时候还有药呢,所以她捡回来一条命,但现在,根本就不可能!"她再次想要抬手抓头。

常云成还要说什么,门外一阵骚动,定西侯夫妇过来了。

已经等得恨不得一头撞进来的知府夫人再忍不住,拉着谢氏说了原委,跪下就哀求。

"月娘,快些出来瞧瞧,救人要紧,有什么话等等再说。"定西侯听说儿子媳妇这时候居然躲进屋子里说话去了,有些不高兴,忙喊道。

齐悦看看常云成,常云成看着她。

"该!"齐悦最终什么都没说,反而抬手轻轻地打了自己的脸颊一下,一跺脚,出去了。

常云成站在原地看着她的背影,神情变幻不定。

看到她出来,知府夫妇松了口气,激动地迎过来。

"好,我看看,但是我能力有限,可能也治不了,你们做好心理准备。"齐悦不忍心看着这夫妻二人的眼,微微低头说道。

在等待常云成去接齐悦的时候,知府夫人亲自去看了那个传说被治好的丫头,亲眼看到了那肚子上明显缝过留下的伤疤。

竟然有人能被割开肚子又缝起来还得好好的,知府夫妇对这个高人已经是充满了信心,听了齐悦的话,不以为意,只当是谦虚。

夫妻二人欢天喜地地拥着齐悦向屋子里去,两边的大夫纷纷让开路,看着齐

悦的神情有探究，有好奇，有震惊。

刘普成站在屋门口，身旁是处于呆傻状态的胡三和大弟子。

"少夫人。"刘普成冲她施礼。

"刘大夫。"齐悦忙还礼。

"师师……师父……"胡三结结巴巴地喊道。

大师兄在一旁狠狠地扯了他一下。

齐悦冲他笑了笑。

"请。"刘普成说道。

齐悦提起千斤重的脚，迈了进去。

其他大夫也一拥而进。

阿如听到消息后也狂奔过来，挤进屋子时，齐悦已经在查看伤者的情况了。阿如紧紧地抱着那被布裹着的医药用具看过去，齐悦并没有看她，也没有要惯用的器具。

伤者是个十二三岁的男孩子，看得出锦衣玉食养得很好，只不过此时被伤痛折磨，整个人都脱了相。

"不痛吗？"齐悦有些讶异地问道，看着躺在床上面如金纸但并没有因疼痛而翻滚的孩子。

方才听刘普成简单地说完，她已经可以断定是腑脏创伤，这种症状会让人疼得死去活来，怎么这个孩子看上去没什么事？

"我用了药以及针灸，暂时止住了疼痛，要不然这孩子撑不住啊。"

"原来你有这种药啊。"

"不到万不得已不能用啊。"

齐悦点点头，不说话了。

"少夫人。"知府夫妇一直急切地看着她，此时见她停下来，忙喊道。

"实在是抱歉，"齐悦抬起头，一脸歉意，"我无能为力。"

此话一出，知府夫妇大惊。

"怎么会？少夫人，你都治好那个丫头了！"知府大人喊道。

"对啊，对啊，少夫人，那丫头都能治好，怎么就……"一直一脸兴奋激动地挤在一旁的郭大夫也大声喊道。

其他大夫则低声耳语，面上并没有多么震惊，反而是"早知如此"的神情。

"那丫头……那个……和这个不一样。"齐悦只得干巴巴地解释道。

"怎么不一样？一样的！我看得清清楚楚！"郭大夫大声喊道。

"你喊什么喊！"齐悦看向他，也提高声音。

郭大夫被喊得一愣，脸涨红了。

"你知道什么？人和人能一样吗？病症和病症就百分百一样吗？"齐悦说道，带着焦躁、气愤、不安以及愧疚，"要是能治的话，我能眼睁睁见死不救吗？"

果然是侯府少夫人，气势不凡，屋子里的人被她这陡然的一通喊喊得安静下来。

一时的安静之后，知府夫人眼一翻，晕倒了，屋子里顿时又是人仰马翻。

"我就说，真是丢人丢到家了。"谢氏看了眼定西侯，低声说道，一甩袖，忙去照看知府夫人。

定西侯神色尴尬。

救治知府夫人自然有很多人主动请缨，刘普成看着呆呆的齐悦，叹了口气：

"少夫人，可还是因为药？"

齐悦看向他，对这个她尊敬的老者，并不隐瞒，点点头，眼圈竟忍不住发红。

眼睁睁地看着病人在自己的面前死去，对她来说亦是极大的折磨。

刘普成看着她，露出笑容，伸手示意大弟子。

大弟子忙将手里紧紧抱着的锦盒递过来。

齐悦不知道他要做什么，低头看去。刘普成打开锦盒，拿出两个小瓷瓶。

"齐娘子……哦不，少夫人，这是老夫这些日子炮制出来的麻醉药。"

齐悦惊讶地看着他。

"虽然少夫人你说了那效果奇好的麻醉药非我中原能有，但我想，既然在他乡存此物，那么我们这里也许是还没人发现吧，所以我这段时日走了些深山老林，寻访了些老药农，取曼陀罗、生草乌、香白芷等物逐一试验，最终得出一味药。"

齐悦看着刘普成，内心五味杂陈，她原以为自己说了那番话后，这刘大夫就能打消了念头，没想到他还是……

他怎么这么执着呢？难道不怕最终只是竹篮打水一场空吗？

"只是，这疗效……"

"疗效老夫已经亲自试过，虽然不知道比之少夫人您的药如何，但对刀割针缝还是有效的。"

齐悦咬着下唇没有说话。

"少夫人，我知道你的为难。"刘普成接着说道，叹了口气，"这孩子的病症，想必您心里也明白，如果不能剖腹疗伤的话，是熬不过今晚了。"

此时，止痛药效过去，那孩子又开始呼痛，佝偻着身子满床翻滚。醒过来的

知府夫人趴在床边哭，一口一个"让我替孩儿去死吧"。

齐悦心里自然清楚这一点，低下头，没说话。

"少夫人，治可能死，不治也是死，横竖一死，不如试一试吧。"刘普成将手中的药瓶递过去，带着几分殷切看着她。

"刘大夫，这真的不是简单的事，开腹疗伤涉及的方面太多了，稍有不慎就……"齐悦低声说道。

"不试一试，怎么知道呢？"刘普成和蔼地说道。

"少夫人，"一旁的大弟子看不下去了，一步站过来，"您……您怎么能这样狠心呢？明明知道怎么救治，就是不肯试一试。我师父为了炮制这麻醉药，几乎送了性命……"

刘普成回头喝止他。

齐悦惊讶、不解地看过来。

大弟子一咬牙，一把撩起刘普成的外袍，拽起裤腿，露出小腿。

"您看我师父的腿都要被他自己割烂了！"他大声说道。

刘普成慌忙拍他，要整理好衣衫，无奈腿脚不便，身形有些踉跄。

齐悦低头看着老人的小腿，忍不住掩住嘴，压住惊呼声。

这条干瘦的腿上遍布伤疤，有缝好的旧伤，也有翻着红肉的新伤，伤痕蔓延向上，可以想见其腿上必然还有。

"你……你这是……"她颤声问道，"是……是在自己身上做……麻醉试验？"

医生在自己身上做试验不算什么稀罕事，齐悦上学时还见过同学在自己身上练习打针呢，但这完全不能跟刘普成做的事相提并论。

她们那是练习技术，是无害的，最多疼一下，但刘普成这是在玩命啊！

"你疯了吗？！"齐悦颤声喊道，"疼不疼暂且不说，万一伤口感染怎么办？药没有找出来送了命，值得吗？刘大夫，我给你说过，这药总有一天会造出来的，你何苦……何必……"

刘普成笑了，整理好衣衫。

"值得，就算找不出，也证明了哪几种不可用，后来人便能少走些弯路。"他温声说道，"我们为人医者，怕的不是伤痛，而是看不到路。娘子已经给我们指明了路，这就好了，不管走多少弯路，总有走对的那一天。"

齐悦看着他，什么话也说不出来，只有震动、激动以及满腔崇拜。

这就是医者，这就是医道，对他们这种大夫来说，医生不仅仅是职业，更是人生。

医道，在意的或许不是结果，而是过程，你敢不敢做、会不会去做、如何去做的这个过程。

哭声喊声再一次冲击着齐悦。

医道，见到病人首先考虑的不是能不能救，而是怎么救……

"阿如。"她转过身大声喊道。

阿如一直紧张地看着这边，听到齐悦这一声，她忙应声过来。

"胡三，备凉开水、酒。"齐悦又说道，一面穿上阿如拿出的罩衫。

胡三尚处在对齐悦身份的震惊中，被身旁的大师兄推了一下才反应过来。

"是，师父。"他举起手，冲着四周的人大声喊道："请让一让。谁能带我去烧水？"

他的嗓门大，所有人都看过来，然后就看到穿上奇怪衣服的齐悦。

"请大家回避一下，我要给伤者做详细的检查。"齐悦大声说道。

屋子里的人愣了下。

"还瞎折腾什么？你这什么样子，别在这儿丢人现眼。"谢氏看着齐悦，皱起眉头，低声呵斥道。

胡三很快将凉开水和酒拿过来了。

齐悦没理会谢氏的话，用凉开水洗了手，又用酒擦手。阿如递来手套，齐悦穿戴完毕，就大步走向伤者。

"少夫人，你……"已经满面土灰的知府大人怔怔地看着她。

"我想试一试。"齐悦说着话，在满床翻滚的伤者前站定："乖，躺好，让阿姨……不是，让我看看。"

伤者是个十岁出头的孩子，疼得已经神志不清了，哪里理会她的话。

"帮我按住他。"齐悦说道。

站在近前的是知府夫妇，闻言愣了下，知府夫人用力将孩子的头抱住。

"少夫人，求求你。"她看着齐悦，哽咽地说道。

知府夫人一动作，知府大人也坐下来，按住了孩子的腿脚。

"我会尽力。"齐悦从口罩后发出闷闷的声音，接过阿如递来的听诊器："这里疼？这里？"

随着她的动作，那孩子发出痛苦的哭叫。

"大夫，再给他用些止痛的药吧。"知府夫人哭道。

"不行，我需要找出关键伤在哪里，不能给他止痛。"齐悦伸手在伤者的胸膛、腹部按压不停，伴着按压，孩子发出一声高过一声的哭号。

没有仪器就只有用手,只有听。

太残忍了。屋子里的其他人包括那些大夫都忍不住转开视线。

"太粗暴了,就是没伤也弄出伤来了。"有大夫低声说道。

这时,一声最凄厉的叫声响起。

"是这里?"齐悦如同发现了新大陆,高兴地停下手,再一次按了下。

孩子发出一声惨叫,饶是被爹娘按着也蜷曲起来。

知府夫人几乎昏厥过去,恨不得给齐悦跪下。

"怎么个疼法?"齐悦问道。

孩子哪里知道怎么疼,任凭齐悦问,除了哭喊还是哭喊。

"你这个贱人,贱人……"他嘶喊中夹杂着咒骂。

齐悦没有理会。从疼痛的部位以及身体特征、血压以及听诊器探查的结果来看,基本可以确定是脾脏破裂,不过让她奇怪的是,看症状,内出血似乎控制住了。

"我给他喂了止血的汤药。"刘普成在一旁说道。

"太好了!"齐悦握了握拳头,看着刘普成,"我还有一些缝线,可以立刻给他动手术,但是我需要助手。"

刘普成点点头:"是老夫的荣幸。"

"师父,我也能帮忙。"胡三也忙喊道。

"好,阿如带他们换衣服消毒。"齐悦说道。

阿如点头。"跟我来。"她说道,转身出门。

刘普成和胡三忙跟了去。大弟子不知所措地站在原地,最终一咬牙,也跟了出去。

过了这个村就没这个店了,这种亲眼见证神奇技艺的时刻,哪怕不要脸皮也不能错过。

"请大家都出去,我需要准备手术。"齐悦举着手高声喊道。

屋子里乱哄哄的。

"真的要开腹?"

"快出去,都出去!"知府大人此时最关心儿子的生死,听到齐悦的话,立刻开始撵人。他一开口,定西侯也回过神,指挥着几乎傻掉的下人们清场,很快,人都被赶了出去。

这边齐悦指挥下人们布置手术室,这一次没有药可以依靠,每一个细节都要小心。

两张桌子并到一起，搁在堂屋正中。

阿如带着消毒完毕的刘普成和胡三进来了。

"我需要那种能消毒、抗菌、消炎的汤药，中药里一定也有吧？"齐悦对刘普成问道。

"消毒抗菌消炎？"刘普成对这些词汇很陌生，皱眉沉吟。

"就是……对付那些痈疽、疔疮、腐烂之类的症状的药，比如……比如……"齐悦焦急地在脑海中搜罗自己知道的那些中药词汇，"比如紫花地丁！"

她说出这个词，却见面前的几人依旧神情茫然。

"紫花地丁？是何物？"刘普成皱眉问道。

"啊？"轮到齐悦茫然了，"这里没有吗？就是一种药材啊。"

"从未听过。"刘普成摇头。

齐悦傻了眼。

"不过，对付痈疽、疔疮、腐烂等我倒是惯用苦参、黄柏、蛇床子之类的。"刘普成又说道，"不知道是否可用。"

可用不可用我也不知道。时间紧迫，死马当作活马医，试一试吧。

刘普成立刻写了药方，大弟子忙忙地去熬制了。

齐悦接着给刘普成分析手术中可能出现的状况，罗列要准备的东西。

"虽然止血了，但腹内肯定有血，没有吸引器，只能用纱布、棉花。"

胡三飞快地将要用的东西写下来。

"再就是抗休克……"

经过几次和齐悦的接触，刘普成对她的用词已经熟悉了，休克的意思刘普成明白。

"人参四逆汤。"他立刻对一旁的胡三说道。胡三"唰唰"记下，听齐悦说"快去准备"，便和阿如飞也似的出去了。

很快，手术前的一切准备工作都完成了，但在清场时又出了意外。

知府夫妇说什么也不肯离开，非要守着亲眼看儿子进行手术。

"你们在这里会影响我的，你们看不得血啊肉的，会害怕。"齐悦耐心地劝解。

"可是，我不看着实在是不放心，我一定不会影响你的。"知府夫人哭道。

每个人都这样说，可是，就算是现代人，虽然有强大的信息覆盖，看到外科手术的场景，还是会被吓到，别说这些从来没见过这种血腥治病手段的古代人，

想想阿好娘，还不是被吓晕了？

齐悦耐着性子解释。

"不亲眼看着，我不放心。"知府夫人终于喊出心里话。

知府大人一脸坚定地表达了同样的信念。

"既然如此，你们就带公子走吧。"常云成的声音从人群后传来。

人群分开，齐悦看到常云成一步步走来。

"既然你们不愿意信任她，那就另请高明吧。"他走近，在台阶上站定，说道。

知府夫妇很是尴尬。

"怎么说话呢？"谢氏第一次忍不住训斥儿子。

谢氏心里五味杂陈，看了眼常云成，然后看了眼站在他对面的齐悦，仿佛被刺痛一般转开视线。

察觉到母亲的不悦，常云成忙看过去。

"母亲，有些话还是提前说的好。"他的语气缓和了些，但依旧坚持，"我不想人没救下来还伤了和气。"

谢氏一向是站在儿子这一边的，方才的话脱口而出已经有些后悔，此时听了他解释，便不再多言。

"所以，"常云成再看向知府夫妇，"我想大人和夫人要明白一件事，贵公子我们会尽力救治，但是生是死，还是要看天意的。"

知府夫妇顿时色变。

"什么？"知府大人忍不住说道，"是……是说打开肚子也不一定能救活吗？"

这涉及病情告知，是她做大夫的应该说明的。

"是的。"齐悦点点头，接过常云成的话，"手术风险很大，我不能保证贵公子能救活。"

"少夫人谦虚了。"知府大人勉强笑了下，说道。

"我没谦虚，这是事实。"齐悦说道，"其实，成功的希望不到一成。"

一成！那不等于根本就没希望？

知府夫妇的脸色更难看了，知府夫人更是软倒在地上。

"可是那个丫头……"知府夫人哭道。

"那个丫头跟贵公子不一样，我会尽力救治，但是结果如何我不敢保证。"齐悦说道，虽然于心不忍，但病危通知书还是要下的。

"怎么样，你们想好了没？治还是不治？"常云成说道，"我话说在前头，这些大夫也都证实了贵公子本是无法可救唯有等死，那么，治好了，皆大欢喜；治不好的话，大人，夫人，你们心里要明白，这是贵公子命该如此。"

这番话难听又残忍得很，在场众人皆是色变。

"云成，怎么说话呢？"定西侯斥责道。

"丑话还是说在前头的好，免得白费力气反而成恶人。"常云成对父亲躬身施礼说道，态度依旧强硬。

知府夫人掩嘴痛哭，知府大人神情变幻不定。

"师父，麻醉药到时候了。"大弟子的声音从屋内传出。

"试还是不试？"常云成看着知府大人说道。

知府大人一咬牙。

"不是还有一成希望吗？治。"他哑声说道，"本是将死之人，治好了是少夫人的恩德，治不好，我们认了。"

"好。"常云成一抬手，"来人。"

伴着他的话，外边拥进来七八个人，皆是护卫打扮。

"无关人等请离开定西侯府，知府大人及夫人请到客房休息等候。院子守起来，没有少夫人的允许，任何人不许进来。"常云成负手说道。

护卫们应声。

齐悦看了看常云成，常云成并没有看她，而是面向院中。

"少夫人，开始吧。"刘普成说道。

齐悦点点头，转身迈进去。满院子的人退出去后，四扇屋门被阿如和大弟子逐一关上。

"四肢回暖，脉搏增强，心音也好多了。"齐悦用听诊器探查完毕，又将血压计、温度计在已经麻醉的伤者身上安置好："阿如，你负责看着这些数据，一旦数字有变化，立刻提醒我。"

同样换上罩衫、戴上口罩、包住头的阿如点点头，站定在床头。

"大师兄。"齐悦看向那大弟子，开口。

"少夫人，小的名叫张同。"大弟子忙躬身施礼，不敢担她这一声"大师兄"。

"好，张大夫，你来协助我做术前消毒。"齐悦说道，举着双手开始指导。

张同看了眼师父刘普成，刘普成对他点点头。

"听娘子吩咐。"张同这才激动地再次施礼上前。

齐悦指挥他一一脱了伤者的衣物，加设铺垫，用汤药、烧酒逐一擦拭伤者的前胸、铺巾、手术巾。

消毒，手法，顺序，范围……

这些事齐悦已经有日子不做了，这时她不由得想到刚上手术的时候。

"别小看这手术铺巾，一位前辈说过，这铺巾就是手术医生的脸面。"齐悦笑道，"我以前……"

她说到这里，收住了话头。

"以前怎么了？"刘普成问道。

以前没铺好铺巾被主刀医生劈头盖脸地骂是常事，后来挨自己骂的小护士也不少……

齐悦笑了笑，一句"没什么"含糊地揭了过去。

张同眼睛都不敢眨一下，死死地看着，打算印在脑海里，按着齐悦的指示递上不同大小的铺垫。

"这就是娘子常常强调的消毒吗？"刘普成在一旁问道。他是第一次看到如此详尽的步骤。

治病救人都是紧急匆忙的，他从来没见过如此精细的准备工作。

这些都是很有必要的吗？

齐悦点点头。

"是，它能尽量减少细菌感染，是治伤救命很重要的一步。"

刘普成点点头，说了声"受教了"。

"师父，我和师父后来接诊病人时，也会学着娘子这样做呢。"胡三忙补充道，说完又忍不住笑了下，"虽然大家都觉得这样做的结果跟以前那样没什么区别，但师父还是要大家这样做了。"

"时间长了会看到区别的。"齐悦笑道，再次对刘普成满带敬意地微微点头。

谁说古人保守封建？这个从未接触过西医的千年前的刘大夫，接受新事物是多么快速。

"那么现在，手术开始。刘大夫，胡三，你们要协助我完成止血、结扎、拉钩、拭血、剪线部分。"齐悦拿起手术刀，在伤者暴露的手术区域前站定，看着刘普成和胡三说道，"你们以前见过人体内脏吗？"

胡三眼带惊恐地摇摇头，刘普成沉默一刻，点点头。

"我们……有时候会买些无主尸首……"刘普成低声说道。

古代就有人体解剖了。

"那太好了。"齐悦松了口气，"那刘大夫想必就不会害怕了。"

"大夫嘛，有什么好怕的？"刘普成笑道。

"我也不怕。"胡三忙说道。

齐悦笑了，吐了口气。

"好，那我们开始了。"她低下头，稳准地在伤者的左上腹落刀切入。

肌肤被划开，虽然已经有了心理准备，但屋内另外的三人还是浑身僵硬，胡三和张同一阵气血翻涌，阿如强忍着不看过来，眼睛死死地盯着血压计。

刘普成的视线半点儿没移开，看着齐悦的每一个动作，越看眼中惊讶越盛——那样娴熟的动作，似乎对人体的五脏六腑和经络熟悉得不能再熟悉了。

这女子背后到底是什么样的高人在指点？

腹腔打开时，就连刘普成都倒吸了口凉气。

血，到处是血……

胡三转身就奔向屋角，对着痰盂开始呕吐。站在一旁负责看着炭炉、烧酒等物的张同吓得面色苍白。

"这里要用盐水浸泡的布……这里用干布……"齐悦手下不停，口中也不停地指挥着。

刘普成的动作很快就熟练起来，齐悦的动作也越发流畅，她伸手拖出脾脏。

"果然是脾脏破裂。"她观察后说道。

刘普成也凑过来看。

"脾脏为什么会这么大？"他忍不住问道。

"内里有血。"齐悦答道，飞快地进行动脉结扎，"幸好刘大夫你事先给他服用了止血的汤药，出血量得到了控制，要不然不等我做手术，人已经因失血休克死亡了。"

刘普成无心听她说夸赞的话，点点头，视线半点儿不错开，看着那双灵巧的手止血缝合，刀子、剪子以及好些不知名的工具飞快地交替，每一步、每一个动作看在刘普成眼里都是问题，但他知道此时不是发问的时候，因此只是认真地看着，同时也没忘了自己要做的协助工作。

"剪线也有很多要注意的，动作要求可以总结为四个字：靠，滑，斜，剪。日常外伤伤口的缝合也是如此。"齐悦手中动作，口中简单地对刘普成解释说明。上一次阿如给她做人工呼吸的事震动了她，她虽然没有了那些有奇效的药，但还有很多现代医疗知识，随便告诉其他人一些，指不定什么时候就能用上，也许能救下很多人。

"我需要切除脾脏。"齐悦说道，"创面太大，修补已经没有必要了，而且时间来不及，且后期并发症更是危险。"

这边胡三吐完了，又咬着牙颤巍巍地站过来。

"需要告知家属……"齐悦额头上汗珠密布，看了眼那边用于计时的滴漏，"不行，来不及了……"

切除内脏的事，就是在现代医院，也得跟家属好好地说一通，要是跟从来没有接触过这种事的古人解释，需要花费的口舌难以估计……

"先切了再解释吧。"她喃喃地说道，一咬牙，低下头，将切除的脾脏放在一旁的托盘里。

胡三转头又去吐了。

刘普成也脸色发白。他的精神高度集中，根本没听到齐悦的自言自语，此时陡然见到一个内脏被放到面前，不由得浑身哆嗦了一下。

"切……切下来……"他终于忍不住发出声音。

听到刘普成的惊呼，齐悦并没有停下手里的动作。

"注意填塞纱布。"齐悦提醒他，来不及跟他讲解什么。

刘普成略一惊慌之后，便收了心神，稳住手中的动作。

"记下用了多少块布，我缝合时避免其遗留在体内。"齐悦说道。

刘普成点点头。

"血压升高了。"阿如在一旁喊道，"少夫人，时间快到了。"

齐悦点点头，加快了动作。汗水布满了额头，不断地滴到眼中，影响了她的视线。

"帮我擦汗。"齐悦说道。

一只手颤巍巍地伸过来，用一块布给她擦汗。

齐悦这才看到是张同。难得他没有像胡三那样初次见手术呕吐不止，不愧是刘普成的大弟子。

她冲他微笑了一下表示感谢和赞扬。

"引流管子给我。"齐悦又说道。

张同有些跟跄地转身，拿了两根消毒过的管子。由原本的一根管子变成两根，现在又被剪成三根了，估计没多久就不能再用了，齐悦带着几分感慨地看了眼这些管子。

她带来的东西越来越少，也许某一天就只剩下她自己这个人，不是，是这个灵魂……

"心跳如何？"齐悦问道，完成了引流。

阿如忙将听诊器塞到她的耳内。

齐悦松了口气——心跳平稳。

剪断最后一根缝合线时，天已经蒙蒙黑了，伴着胡三举着的灯，齐悦插了导尿管，手术终于彻底完成了。

几人身上都被汗湿透了，面色苍白，如同刚打了一场仗。

当齐悦宣布手术完毕时，阿如、胡三、张同竟控制不住地坐在了地上。

虽然疲惫，但每个人脸上都浮现出几分轻松以及喜悦。

然而齐悦的面色依旧郑重。

"我知道大家都想喘口气，但是……"她沉声说道，"真正的战斗刚刚开始。"

什么？刚刚开始？不是已经结束了吗？几人都惊讶地看向齐悦。

院门打开的时候，齐悦第一眼看到的竟是常云成。

他就站在院门口，像一尊门神，牢牢地守住了大门，他对面是知府夫妇以及定西侯夫妇。

虽然设置了藤椅、软榻，但没有一个人坐着，都紧张地看着这边的院子。

听到门响，知府夫妇的心差点儿跳了出来，当看到齐悦走出来，他们几乎停止了呼吸。

"好了，手术顺利。"齐悦说道，解下口罩。

知府夫人身子一软，倒在两边搀扶的妇人的手里。

齐悦的视线落在常云成的身上。虽然他一直背对门，没有看齐悦，但齐悦还是发现，听到这句话时，他挺直的身形略微松弛下来。

知府夫妇抹着眼泪，被下人搀扶着，就要进院子。

"你们现在还不能进屋看，可以隔着窗户缝看一眼。"齐悦知道他们念子心切，这种前所未闻的治疗方式实在是太骇人了，这夫妻二人能等到现在已经很不容易了。

"啊？为什么啊？"知府大人问道。

"因为他刚做完手术，身体很虚弱，需要静养。"齐悦尽量用最简单的话来解释。

"我们不吵他，我们悄悄的。"知府夫人忙说道。

"那个，里面很干净，他身体虚弱，我们……"齐悦用手在身上比画了一下，"身上不干净，对他不好。"

知府夫妇被说得一头雾水。被人说不干净，这是前所未有的事，二人都下意识地去看自己身上，这两天因为孩子的伤不得安生，没吃没睡没洗没换衣裳，又

是哭又是闹的,身上的确不太干净……

"我去换。"夫妻二人忙说道。

"等明日再看吧,真的对他的身体不好。"齐悦忙劝道,"我会一直守着他的,你们放心。"

知府夫妇还想说什么,常云成站过来看着他们。

"那……那我们从窗户看。"知府大人立刻说道。

齐悦点点头,让开路请他们进去。定西侯和谢氏迟疑了一下,跟着进去了。

常云成站着没动。

"谢谢你了,站了这么久,辛苦了。"齐悦看着他说道。

常云成看了她一眼,似乎有些不习惯,抬手摸了下下巴。

"我辛苦什么?"他转过身就走,走了几步又停下,"你辛苦了。"

齐悦已经转身要进院子了,听到这句话,很惊讶,又转过头。

常云成已经大步走开了。

"嘿,我真的很辛苦,多谢你明白。"齐悦提高声音笑道。

夜色深深,小院里依旧亮着灯火。虽然答应不进去看儿子,但要离开这个院子知府夫妇是无论如何也不肯答应,齐悦知道不能强求,便让人收拾出一间屋子供夫妻二人歇息。

"我会亲自守着他的,我知道怎么护理。你们现在要做的就是好好休息,等公子过了危险期,就要你们费心照顾了。"齐悦再三劝说道。

"危险期"这个词又刺激了知府夫妇。

"不是说那个……什么……术很顺利吗?怎么还是……危险?"知府夫人抓着齐悦的手颤声问道。

"一般做完手术,都有个观察期。"齐悦笑道,安慰他们,"我们简称为'危险期',也可能危险,也可能没事,我只能保证我会尽力的,但结果,我真不敢说。"

这种在现代医院常说的话,让知府夫妇听得更糊涂了。

"那这到底是什么啊?"知府夫人哭道,"到底是治了还是没治啊?"

齐悦正不知道说什么,刘普成打开了窗户。

"治了。大人、夫人,公子只是因为麻醉还没醒来。"他说道,一面回头唤张同。

张同拿着一碗汤药,用鹤嘴壶给知府公子灌下去,然后掀开搭在一个用花架改造而成的支架上的被单。

伤者身上的创口包扎展露在知府夫妇眼前。

知府夫人立刻哭得扑在窗户前，一声接一声不停地喊儿子的名字。

伤者似乎听到了喊声，慢慢地晃动头，转过来。

"母亲……"他动了动嘴唇，喃喃地道，除了离得近的张同，都没人听到。

但这对知府夫妇已经足够了。

"那……那些……"知府大人到底是男人，关注点更多，指着儿子身上那些包扎以及从身体里出来的管子，颤声说道，"是真的割开了肚子？"

"那当然了，要不然怎么切……"齐悦说道。

话没说完，刘普成咳嗽一声打断了她。

"要不然怎么打开肚子将破了的脏腑修补好呢？"他接过话头，看了眼齐悦。

齐悦略一迟疑，领会他的眼神，便没有再说话，只是点点头。

"割开肚子啊，真的割开了……"知府大人喃喃自语，看着从麻醉中醒过来，虽然神志模糊，但的确还活着的儿子，神情震惊。

稍稍放心的知府夫妇终于肯去另一间屋子稍微歇息下。

齐悦回到屋内。"刘大夫，你为什么不让我告知家属脾脏被……"她问道。

刘普成制止了她。"同儿，去唤胡三来。"他说道。

张同忙应声去喊，下去熬药的阿如以及清理手术垃圾的胡三都急匆匆地过来了。

将屋门关上，刘普成带着他们站在熬制汤药的小隔间里，看着他们。

"记住，这次少夫人救治黄公子的手法和救治那个丫头的一模一样。"他低声说道。

屋内的人包括齐悦在内都没反应过来他说的是什么意思。

"也就是说，就是割开肚子治好了伤，别的，你们什么也不许说。"刘普成再次说道。

这一次齐悦明白过来了。她想到方才被刘普成打断的话。

"刘大夫，只是这次和阿好那次不一样，这是脾脏切除，这个，不告诉家属……"

对病人隐瞒病情倒是有情可原，但隐瞒治疗情况，尤其是切除内脏这种大事……

阿如、胡三、张同也反应过来了，都看向刘普成。

"少夫人，这件事不能说。"刘普成看着齐悦说道。

"为什么不能说?"齐悦不解地问道。

医生做手术的每一步操作都是要详细记录的,更别提切除了病人的脾脏这样的大事,不告知病人,那是要被起诉的。

"因为,我不想少夫人像我师父那样。"刘普成沉声说道,面上浮现出一丝哀戚,"这个世上总要有人去尝试新法子,但是这种尝试挑战了世人的认知,世人对不识之事便是如同看到妖魔一般恐惧。我的师父不止一次被打,在他救人的时候,他的医馆不止一次被砸,在他救人的时候,救得活,会被打;救不活,更是要被打……"

齐悦看着他。

"少夫人,身体发肤,受之父母,切除脾脏的事,太过惊世骇俗,不能说,至少现在不能说。"刘普成看着齐悦,郑重地说道,"我不想娘子这么好的技术毁在无休止的质疑以及解释里。"

齐悦看着他,鼻头发酸。

她自然想到自己将脾脏切除的事告知家属后,要面对知府夫妇怎么样的质问,也做好了承受怒火的准备,只是没想到会有这么一个人站出来,不惜违反医德将事情隐瞒下来,只为了不让她面对这些纷扰。

"刘大夫,你……"她有些哽咽。

"少夫人,我相信你,你做这些事都是有信心的,绝不是胡乱妄为,那么,你就做你想做的吧,至于别的事……"刘普成微微一笑说道,"治好病人,就是你给他们的解释。"

她何德何能,何德何幸!

齐悦看着刘普成,感动得说不出话,只能弯身施礼。

"老师,谢谢你。"

"老师"这个称呼让刘普成有些意外,但他没有说什么,看着齐悦复杂的神情,他只是温和地笑了笑,没有继续这个话题。

他是医者,眼前这个女子在他眼里已然也是医者,医者都有自己恪守的规则,他明白违反规则时医者会有怎样的复杂心情。

刘普成再看向阿如、胡三、张同。

"你们可记住了?"他问道。

"记住了。"三人齐声答道。

"好,去做该做的事吧。"刘普成看着他们,点头微笑。

三人应了声,各自忙碌。

"师父,这个……"张同端着切下的脾脏,低声请示。

刘普成看了眼。

"先收起来,我们一并带走。"他低声说道。

张同点点头。

齐悦负责守下半夜。她走出屋子,却没有睡意,这一天连奔波带做手术,到现在脑子里还乱哄哄的。她信步来到院子里,在石凳上坐下来。

一旁传来一声轻咳。

齐悦扭头看去,见常云成从一间屋子里走出来。

"你怎么在这里?"齐悦有些惊讶地问道。

"这是我家,我哪里不能去?"常云成淡淡地说道。

"你这人,说话真是不讨人喜欢。"她摇头,笑了,"不对,应该说,就是不想和我好好说话。"

常云成没有说话,似乎默认了这一点。

一阵沉默。

"不休息吗?"二人同时开口,又愣了。

齐悦先笑了。

"不休息了,也睡不着,一会儿还要起来。"

常云成微微皱眉。

"不是已经顺利治好了吗?"

齐悦摇头叹气,望着夜空。

"万里长征才开始第一步啊。"她说道,"手术反而是小事,术后才是大事。"

常云成不懂这个,也没再问。

二人再次沉默。

"那个,今天多谢你了。"齐悦搓搓手,看着他说道。

"谢我害死你吗?"常云成弯了弯嘴角。

齐悦哈哈笑了:"这事以后再和你算账,现在呢,你快去休息吧,我还需要你当这个门神呢。"她伸手拍了拍常云成的肩头,站起来。

这个时候,定西侯府大多数人都处于无眠中。

苏妈妈帮谢氏放下帐子,吹灭了外边的灯,退了出去。

不知道过了多久,帐子被掀起来,只穿着里衣的谢氏慢慢地走到蒲团前跪了

下来："善恶有报，那贱婢不该有此好命，菩萨保佑，她……救不得……"

齐悦和刘普成等人都一夜没睡，阿如和胡三负责测量血压和脉搏，张同熬制汤药，所有人都等着患者醒来的那一刻。

齐悦和刘普成在外间低声说话。

"气血乃生化之源，切除之后果真对人无害？"刘普成低声问道。

"也不能说无害。"齐悦说道，"不至于害命，只是免疫力会下降。但遇到不切除会丧命的时候，还是要切除的。不只脾脏，人体内很多器官都是可以的，可以切除，可以移植，可以修补……"

刘普成的面色越来越惊骇，但更多的是激动。

"剖胸口探心，互为易置……"他喃喃地说道，"原来那些古书中记载的神医之事都是真的，都是真的可行……"

他不可抑制地发抖，看向齐悦。

"少夫人，这些……这些你都会……"

"我会是会，只是……"齐悦不知道怎么说才好。

刘普成已经知道她要说的"只是"是什么了，打断她的话。

"少夫人，你到底从……"他忍不住问道。

"我不能告诉你我从哪里学来的，只能告诉你，我做过这样的手术，不止一次。"齐悦知道他要问什么，但无法回答，只能叹气。

"那结果如何？"刘普成忙问道，带着几分紧张。

"没问题啊。"齐悦苦笑道。

刘普成对她的神情有些迷惑：没问题就是没事的意思吧？那不是应该高兴？

"那时候，要什么有什么，哪像现在，要什么没什么。"齐悦叹气说道，"我真不知道能不能闯过术后感染以及并发症这一关。"

虽然对齐悦说出的很多词不理解，但刘普成明白她的意思。

从第一次见面到现在，刘普成很清楚这姑娘对药的依赖以及紧张。

不过也可以理解，那么厉害的药，简直非人间能有，实在是神奇之极……

"需要注意什么，我们一起看着就是了；遇到什么病，治什么病就是了，别担心，再好的药也是人造出来的，所以到底是人更厉害吧。"他笑道。

齐悦感激他的安慰，笑着点点头，只不过眉间的忧色并未缓解。

天亮的时候，心急如焚的知府夫妇又来探望了，同来的还有定西侯夫妇。

这一次齐悦不能再阻拦家属探视，便让阿如带他们进行了消毒才让进来，不过，其他人还是被拒绝探视。

为了避免齐悦说的话知府夫妇听不懂更添焦虑，便由刘普成给二人介绍病情以及手术情况。齐悦则被难耐好奇的定西侯留住询问情况。

"月娘，你真的能把人的肚子切开人还不死？"

齐悦笑了。

"父亲，不是随便切人肚子的。"她笑道，"切开是为了治病救命，不是要人命的。"

"那怎么能不死呢？有人身上破了个口子就死了呢，肚子啊，那么大……"定西侯一脸惊叹，不解地说道。

"父亲，没那么大，只有这么点儿。"齐悦笑着给他比画了一个长度，"再说，这也不稀奇啊，以前很多大夫都做过。"

"是吗？没有吧，神医扁鹊才会，一般大夫哪里会？"定西侯摇头说道，"月娘，你不会是神医扁鹊一脉的弟子吧？"

齐悦哈哈笑。

"是啊，不知道月娘师从何人啊，学来如此技艺。"一旁的谢氏淡淡地说道。

齐悦看了她一眼。

"我不知道，我祖母没说。"她很痛快地答道。

定西侯对这个不感兴趣，眼前这个大媳妇会如此技艺就足够他震惊了。

"这种技艺，连京城那些御医都不会吧。"他喃喃地说道，只觉得浑身发热。

"那倒不一定，天下之大，高人众多，还有很多大夫不一定是不会，而是不轻易施展吧。"齐悦叹气说道。

比如缝合术，刘普成的师父就会。只不过或许绝大部分大夫都如刘普成的师父那样，遭遇太多失败，不得不放弃。

不知道自己这一次会是什么结果。

知府夫妇探视完，从屋子里出来了，相比进去时的焦虑，此时二人面上都难掩喜色。

"多谢少夫人。"知府夫人几步过来，就冲齐悦施礼。

齐悦忙去搀扶她。

"多谢侯爷，多谢夫人。"知府夫人含泪又对定西侯和谢氏施礼。

"谢什么，这就见外了。"定西侯说道。

谢氏伸手拉着知府夫人，不知怎么的，那句"孩子怎么样"硬是吐不出来。

"子乔醒了，喊了爹娘。"知府夫人主动对她说道，喜极而泣，"姐姐，这是救了我们母子两个的命……"

谢氏握紧知府夫人的手。

"老天爷都看着呢，你别担心，这不都好了？"她低声说道。

"是。"知府夫人擦泪，又转向齐悦："少夫人，是老天爷赐下你这个贵人，请受我一拜。"

她说着，果然要跪下，知府大人也过来道谢，齐悦忙还礼搀扶。

"少夫人受累了，都一天一夜没歇息了，我们这就带子乔回去，少夫人快好好歇歇吧，隔日我们再来道谢。"知府夫人哽咽地说道，看着齐悦疲倦的面容、因为熬夜而红红的双眼。

"那可不行。"齐悦吓了一跳，"这种手术最少要住院半个月，哪能这么快回去？"

"住院？"知府大人不解地问道。

"就是他的情况很严重，虽然现在看起来没事，但不敢保证不会反复，所以我必须时时刻刻看着他，这样才能随时救治。"齐悦忙说道。

此言一出，在场的人都愣住了。

"少夫人是说……子乔还没好？"知府大人惊愕地问道。

"是。"齐悦说道，"还在观察期，能不能好，目前还不能下定论。"

"可是……可是他不是已经醒了，还能说话了？"知府夫妇不能理解，结结巴巴地问道。

"暂时看起来没事了，还需要进行后期观察，看有没有并发症，这几天非常关键。"

屋内众人都沉默了，知府夫人的眼泪顿时又流出来。

"少夫人，"她腿一软就要跪下，"求求你……"

齐悦扶住她，点头。

"我知道，我知道，我也想治好他，你放心，我一定尽力。"她郑重地说道。

"是啊，是啊，你们放心，有月娘在，子乔会没事的。"定西侯也说道。

"菩萨保佑。"知府夫人含泪念佛。

一直静默不语的谢氏也慢慢合手垂目，神情同大家一般焦急紧张，只是微微睁开的眼里闪着几分兴奋以及期待。

菩萨保佑……

送走知府夫妇等人，齐悦重新消毒之后进了屋子。

"怎么样？"她问道。

胡三和张同正在按照她的吩咐劝说伤者换个体位。

"你们……这些……浑蛋……小爷……疼……得要死……还……怎么动？"知府公子虚弱地骂道，一面不停地呻吟。

麻醉药的药效过去了，这么大的切口，自然是会疼的，而且不是一般的疼，搁在现代，是要用止痛泵的，可是现在……

"刘大夫，你那种止疼的药给他用一些吧。"齐悦拉过刘普成，低声说道。

"不行，那种药用多了会成瘾的。疼痛乃人之灵性之一，再说这是伤愈之痛，而非夺命之痛，怎么能一疼就用药呢？"刘普成摇头说道。

随着科技的发达，止疼的药物越来越多，人的耐受力的确是越来越差。

齐悦叹口气，同情地看了眼在床上呻吟不停的知府小公子。

孩子，你早生一千年，所以只能受些罪了。

"那么只有靠意志抗痛了。"齐悦看着阿如、胡三等人："你们要多和他说话，转移他的注意力。"

胡三等人忙应声"是"。

"要是不动，肠子是会粘在一起的，那样的话，可是要再打开肚子一次。"齐悦又蹲到床前，说道。

知府夫妇来探望的时候，刘普成详细地说了治疗过程，这孩子已经知道自己是被割开肚子治伤了，虽然对于怎么割开肚子又缝起来还能活着完全不理解。

"就是……你把……我的肚子割开的？"他看着齐悦，虚弱地问道。

齐悦冲他一笑。

"是啊。你叫什么名字啊？"她问道，一面查看他身上的引流管子。不错，都很正常。

齐悦心里也不由得念了声佛，念完了又苦笑了一下：没想到人称"胸外小快刀"的齐悦也有依赖神佛的一天。

"你是……云成哥哥的……老婆？长得……还不错嘛。"

这小子怎么说话呢？胡三等人无语。

"多谢多谢。"齐悦笑道，"来，我们侧个身。我知道你疼，但是男子汉大丈夫的，连割开肚子都敢，还怕这点儿疼吗？"

这话少年们都爱听，知府公子立刻来了精神，想到自己被割开肚子还能活下

来，将来是多么大的谈资啊，于是在胡三和张同的协助下成半卧式。然后齐悦一直陪着他说话：你多大了？日常都爱做些什么？……

"你这女人……怎么……这么爱……跟男人说话？"知府公子有气无力地说道，"不守妇道。"

齐悦哈哈笑起来。

"你这小屁孩。"

"你才……小屁孩！"小屁孩很不满意，虽然浑身疼得一点儿力气也没有，但还是挣扎着喊道，结果动作过大，不由得倒吸凉气。

"哎，别怕疼，要多咳嗽，深呼吸。"齐悦说道，做了个深呼吸的示范，"这样能避免肺不张……"

"又不是你疼……你说得轻松。"知府公子有气无力地说道，额头上一层虚汗。他连呼吸都想停，还深呼吸呢！

这孩子到底是术后虚弱，又被引着说了这么多话，不多时便昏昏睡去了。

"精神看起来不错。"刘普成含笑说道。

齐悦没有了在那孩子面前的轻松，依旧皱着眉。

"但愿吧。"她嘀咕道。

"少夫人，你别这么紧张。"刘普成摇头，无奈地笑道。

"我就是紧张嘛。"齐悦叹气，眼中难掩焦虑，伸手揉了揉脸。

在这种什么都没有的环境下做了脾切除手术，这简直是不可想象的事。

"黄公子看起来恢复得不错，没事的。"刘普成再次说道。

"没事我才紧张。"齐悦嘀咕道。

刘普成笑了："依着你的意思，非要有事了你才不紧张？"

第十一章　选　择

不知道是刘普成一语成谶，还是谢氏的祈祷起效了，当天夜里，轮歇才睡着没多久的齐悦被惊慌的阿如叫了起来。

"少夫人，黄公子不好了！"她颤声说道，手里还紧紧捏着体温计。

齐悦一跃而起，一把抓过阿如手里的体温计。

39℃……

齐悦这边的异动很快传了出去，原本就忐忑不安的知府夫妇立刻过来了，但他们依旧被挡在院门外。

"子乔怎么了？"知府夫人焦急地喊道，"让我进去看看。"

"大夫在给他救治，只是有些发热，你们别担心。"胡三结结巴巴地解释道。

里面的人都在忙，只有他被推出来做解释工作，可是老天爷，他自己都不明白发生了什么事。

"你让我进去。"知府夫人顿时慌了，就要往里闯。

"不行，这个时候不能打扰大夫，等一会儿，大夫会让你们进去探视的。"胡三伸手挡住门。

"你这个下贱的东西，给我让开！"知府夫人急了，抬手就冲胡三打了过去。

胡三生生挨了一巴掌，脚下却一动不动。

"您现在进去，反而对公子不好。夫人您要真关心公子，就再等等。"他也不敢推搡知府夫人，只能双手死死地撑住门堵着。

知府夫人也顾不得什么男女之防，冲上去踢打胡三。

"夫人要是敢走进这院子一步，我就敢立刻将公子送出去。"常云成的声音从

知府夫人的背后传来。

厮打喧闹声顿时停了下来。

知府夫妇转过头，看着常云成一步一步走过来。

"夫人信不信？"他说道。

这话可就太过分了，知府大人的脸色很难看。

"世子爷，这世上没有这样的道理，我们是来治病的，不让看着治疗也就算了，怎么能连生死都不让知道？"他沉声说道，带着隐忍的愤怒。

早听说定西侯府的这个世子顽劣不堪，行事放荡，因为是后生晚辈，没打过交道，他只当是一般富贵大家年轻人共有的通病，这几日接触了才知道，那些话不仅没有夸大，反而说得太客气了。

这小子简直是蛮不讲理！

"你们既然来治病，就是将命交给大夫，是生是死，她总会给你们一个交代的。"常云成挥挥手。

散落在四周的护卫们上前。

"夫人，请在此稍等。"常云成看着知府夫人说道。

看着那些上前的护卫，知府夫人只得后退。

"老爷。"她转身抓着知府大人的胳膊放声大哭，又是担心，又是愤怒，又是焦躁。

知府大人握紧她的手。

"好，我们等。"他从牙缝里吐出这几个字，面色铁青，死死地看着院门口，"等她给我们一个交代！"

劝住了知府夫妇，常云成没有再说什么，只是吩咐下人搬来坐具、暖炉。

定西侯和谢氏听到消息，也赶了过来。

"到底怎么了？不是说好了吗？"定西侯焦急地问道。

没有人回答他的话，胡三在局面得到控制的时候已经转身跑进去了，门虽然开着，但没有人敢走进去问一问。

"好了，世子爷来了，他们不会进来了。"胡三进去说道。

"出去。"阿如正端着一盆水从门边走过，扭头对他竖眉喝道。

胡三被喊得反应过来，忙举着手道歉，退出来，跑到另一间屋子里重新换了衣裳洗了手、脸面，才过来。

"怎么样了？"他小心地问道。

张同站在一旁，和他一起看着伤者身旁的齐悦、刘普成。

"不太好。"张同说道，"高热不退，已经开始说胡话了。"

胡三只觉得头上的汗"噌噌"地往外冒，不由得抬手擦了下。

"师父……吓坏了吧？"他喃喃地说道，想到那女子自从接手救治以来，没一刻安心，他们对这种不安心都觉得莫名其妙，如今，悬在头上的巨石终于落下来了，那女子该不会被压垮吧？

齐悦有没有被压垮她自己也不知道，反正现在她人已经木木的了。

她最担心的伤口化脓并没有出现，没有腹痛、头痛，没有肢体肿胀……没有，什么都没有，可是为什么，为什么会这样？

到底是怎么了？

"到底是怎么了？如果是脾热，不会出现这样的症状啊……"齐悦喃喃地说道。

血压升高，体温升高，神志昏迷，齐悦看着手里这仅有的两样工具，突然有种想哭的冲动。

"脉细数，舌绛色暗，唇乌黑，甲发青……"刘普成一面诊脉一面说道。

阿如虽然面色发白，神情慌张，但还是飞快地记录下刘普成说的话。

"少夫人，"刘普成看了眼阿如，又看向齐悦，声音骤然提高几分，"看看这个丫头，再看看你。"

齐悦被这一喝惊得回神，看向刘普成。

"她也害怕，可是她还记着自己要做的事。"刘普成沉声喝道，"你呢？你在做什么？"

齐悦身子微抖，看向阿如。

阿如被口罩罩住了半边脸，露出微微发红的双眼，此时放下了纸笔，正在拧泡在盆里的毛巾，被刘普成这一声喝喝得停在原地。

"你在做什么？你怕什么？你慌什么？"刘普成继续喝道，"你不是早知道会出现这种情况？现在出现了，那就治吧。"

齐悦神情焦躁。

"我不知道怎么治……"她紧紧攥起手，"我不会……"

"你怎么不会？"刘普成喝道，向前跨了一步，"你会剖腹缝合，你会消毒，你会观察病情，你会安抚病人，你会护理。你动不动就'不会'，不会，怎么不会？什么叫不会？行医之人，遇到的没见过的病症多的是，难道遇到一个没见过的就要说'不会'吗？不会，不会就想，想怎么会，想怎么治，有什么大不了

的？！尽心竭力，治得好就治得好，治不好是老天爷不留这条命，有什么大不了的？！你这是什么样子？你试都没试就慌了，你这样，你这样，对得起你这一手技术吗？"

声音阵阵如滚雷过耳。

屋子里的人都被吓呆了，自从认识这老者以来，他都是温和淡然的样子，连大声说话的时候都没有，没想到突然如此激动地吼出这些话。

张同、胡三、阿如都怔怔地看着刘普成，不敢动，也不敢说话。

齐悦的神情倒是慢慢恢复了平静。

"是。"她大声应了声，拿起身前挂着的听诊器，深吸一口气，在伤者身前站定，开始探查，"心音杂乱，但是没有积液，不是这里引起的高热。膈下没有感染，没有肺叶不张……"说这话时，她看向刘普成。

"目前来看，伤者正有心衰之象。"她从一旁的盆里拿出毛巾拧干，在伤者的身上擦拭，"至于为什么会有这种症状，我暂时还没想到。"

刘普成点点头。

"此人有阳脱之症。"他抖了抖衣袖，恢复了日常的温和，似乎方才的事从来没发生，转身对还愣着的张同说道："用炙甘草、桂枝、生姜加生地、阿胶、大麻仁，和人参、麦冬，补大枣，酒做引。"

张同回过神，大声应"是"，转身跑到另一间屋子里，这里已经事先准备了各种药材并炮制器具。

"我去帮师兄。"胡三说道。

"你师兄自己应付得来，胡三，你来帮我给病人降温。"齐悦喊道。

胡三快步跑过来。

阿如飞快地将刘普成和齐悦方才的对话记下，接着拧手巾敷在伤者的额头上。

天色渐渐暗下来，院子外的灯逐一被点亮，照着依旧守候在门外的众人。

因为夜里凉，谢氏吩咐仆妇取了两件狐裘来给知府夫妇披上。

知府夫妇木木地任凭人伺候。

谢氏端了碗热汤走向一边的常云成。

"多谢母亲。"常云成接过说道。

谢氏笑了笑。

"昨个好好的你关了几个丫头是为什么？"她想到什么，低声问道。

"月娘的事，就在这几个丫头中间。"常云成亦是低声答道。

谢氏这才想起来还有这么一档子事，知府夫妇这事闹得她都忘了。

"依你看，是谁干的？"她忙低声问道。

常云成要说什么，忽地停下了，看向院门口，人也猛地站起来。

谢氏愣了下，随着他看去，面色不由得沉下来。

齐悦站在院门口，解下了口罩。

所有人的心都提到了嗓子眼。齐悦没出来时，他们有无数的话要问要说，但当这女子真的站到面前时，他们发现自己一句话也说不出来。

"公子的情况不是很好。"齐悦深吸一口气，说道。

此话一出口，知府夫人一口气没上来，身子一软，从嗓子里发出一声"儿啊"的含糊喊声。

"怎么会？"知府大人一个箭步就冲过去。

但有人比他更快，常云成站在了齐悦身前。当然，他没有面对齐悦，而是转过身看着拥过来的众人。

"不过，我们会努力救治的，情况虽然不是很好，但还在控制范围内。"齐悦大声说道，"你们要相信，我们不会放弃的。现在你们可以进去看看，当然，是从窗户那里看，刘大夫会回答你们的问题……"

她的话音未落，知府大人就推开她冲了进去，紧跟在他身后的是被人搀扶着的知府夫人，定西侯迟疑了一下，也跟了进去。

谢氏站在原地没动，静静地看着门口的齐悦以及与她站得很近，明显做出护佑姿态的常云成。

齐悦没有进去，没听到刘普成是怎么安慰以及给知府夫妇解释的，总之，过了一会儿，知府夫妇含着泪离开了。其他人自然跟着离开了，院子里外又恢复了安静，只不过每个人的心里都如同开了的水一般沸腾不安。

刘普成开的汤药给伤者灌了下去，伤者的情况好些，但也只是好了些，人依旧处于昏迷之中。

日光照亮室内，新的一天又来临了。

"尿微黄。"齐悦蹲下来查看尿盆，说道。

阿如提笔记下。

齐悦站起身，从伤者腋下拿出体温计。

"40℃。"她叹气，"温度又上来了……"

刚吃了汤药的时候，伤者出了一身汗，温度降了些，这才没多久，体温又上

来了。

"脉依旧细数无力。"刘普成说道，放下袖子，收回手。

齐悦看着伤者沉思，伸手在其肋下轻轻按摸。阿如紧张地屏住呼吸，只怕影响了她。

"虽然看不到，但我觉得这里一定有积液。"齐悦说道。

刘普成听了，也伸手来探。

昏迷中的伤者发出呻吟。

"叩击有痛。"齐悦补充道。

阿如认真地记下来。

室内一阵沉默，只有伤者急促的呼吸声。

"气阴两伤，所以脾虚水滞。"刘普成来回踱了几步，说道，"用炙甘草、黄芪、白术、当归、黄精、茯苓水煎。"

张同忙应声"是"就走。

"还有，"齐悦接过阿如一直以来的记录翻看，看到什么，说道，"病人的体温午后最高。"

刘普成看着她，不太明白。

"也就是说，他是不规则发热。"齐悦再次翻看记录。

刘普成负手沉思。

"再加知母、丹皮、车前子、地骨皮。"他一拍手说道。

张同应了声，站着没动。

"还不快去。"刘普成皱眉看他。

"师父，还有吗？"张同眼巴巴地问道。

齐悦被他逗笑了。

"有了自会告诉你，自作聪明什么，快去。"刘普成也笑道。

张同这才笑着应声去了。

室内沉重的气氛稍缓。

"拿盐水来，我给他做口腔护理。"齐悦说道，在一旁的水盆中洗了手。

胡三应了声，轻车熟路地去端盐水，然后几人站在一旁，看着齐悦认真地给昏迷的知府公子漱口擦脸。

随着她那平和稳重的动作，室内紧张低沉的气氛似乎得到了缓解。

夜半的时候，轮班的齐悦走出室内，站在院子里，觉得浑身都累，却没有睡意。

她干脆在台阶上坐下来。

"起来,这里怎么能坐?"常云成的声音从一旁传来。

齐悦吓了一跳,忙循声看去。

"你怎么在这里?"她惊讶地问道,话一出口自己先笑了,"你看我又忘了,这是你家嘛。"

常云成从廊下走出来。

"那两个丫头去看你,都说了什么?"常云成忽地问道。

齐悦被问得愣了下神。

"什么?"她收回视线看向常云成。

"你在庄上住着,婶娘以及周姨娘派丫头去看过你,说了什么?"常云成看着她问道。

他是说这个啊。齐悦抬手揉了下鼻子。

"一个劝离,一个劝和。"她笑道,看着常云成一挑眉,"你猜哪个劝和,哪个劝离?"

常云成嗤笑了一下,表达对她这个问题的不屑。

"你在查我遇害的事啊,查得怎么样?"齐悦问道,带着几分好奇。

"只要是我想要做的事,就没有做不到的。"常云成带着几分倨傲抬头说道。

齐悦摇头嗤笑。

"说得简单,这世上有些事不是你努力就能有结果的。"不知怎的,说出这句话时,她只觉得鼻头发酸。比如治病救人……

"你到底在多愁善感些什么?"常云成皱眉看她,"治个病而已,怎么一副要死要活的样子?真令人恶心。"

这一次,这个女人没有像以前那样勃然大怒、反唇相讥。

齐悦依旧靠着柱子,以女人不该有的不优雅姿势抱着胳膊,依旧看着夜空。

"治病,简单的两个字,却关系到命。别人把自己的命交给你了,"她苦笑了一下,"可是,你却没做到,这种滋味,你不会明白的。"

常云成没有说话。

四周又陷入夜的静谧中,只有身后的屋子里不时传来伤者的呻吟以及胡三等人轻轻的走动声。

"三年前,我负责了一次前锋探查。"常云成忽地开口。

这还是这小子第一次主动和她说话,还是谈他的过去。

齐悦看了他一眼，没说话。

"这是我第一次距离贼寇那么近。"常云成没有看她，也是看向夜空，声音低沉，"我派出二十人的小队，每个士兵都是我精挑细选的。这些兵跟了我很久，是我的亲信，我相信，我们这一次一定能大获全胜。"

他说到这里停顿了下，似乎沉浸在回忆中。

齐悦靠着廊柱站直了身子。

"我按照事先获得的情报，确定了探查路线，然后令他们出发。"常云成说到这里，又不说话了。

"然后呢？"

"然后就没有然后了。"

"啊？"

常云成转过视线看着她。

"我判断失误，他们不仅没有探查到情报，还被伏击，全军覆没，无一生还。"他的神情、声音没有一丝变化，似乎在说今晚吃的什么饭。

齐悦怔怔地看着他。

"你是说，都死了？"她脱口问道，以为自己听错了。

"是啊，都死了。"常云成看着她，笑了笑，答道。

"那……那……"齐悦看着他，不知道该说什么。

"那我怎么没事是吧？那我怎么现在还过得开开心心的是吧？"常云成看着她，一笑，"要不然怎么办？我也去死吗？我死了他们就能活过来吗？与其悲痛懊悔，还不如好好活着，多杀几个敌人，多打几场胜仗，这样他们也算没有白死。"

他的面容依旧平静，声音却隐隐有些发抖，可以想见内心必然极力控制着情绪。

齐悦看着他。

"对不起。"她迟疑了一刻，说道，"让你想起这个。"

"你这个女人，总是莫名其妙，该道歉的时候从来不道歉，不该道歉的时候却来道歉，不可理喻。"常云成冷笑一声，大步迈下台阶走出去了。

"客套话而已，你想那么多干吗？"齐悦看着他的背影，摇头说道。

夜风吹来，齐悦打了个寒战，抬头又看了眼星空。

这个时候，那片星空下，那些值夜班的同事应该也没睡，还在各自忙碌吧。

遇到病人这种并发症，她们应该不会像自己这样压力如此大吧。

你们这些家伙可没我这么好运能遇到这样的挑战！

齐悦露出笑脸。

"好，休息一下，接着来。"她挥挥手，转动下僵硬的脖子，向休息的屋子走去。

转眼三天过去了，这边院子里的救治还是没有好消息传出，而齐悦、刘普成等人已经熬得不成人形了。

知府夫妇已经被允许进屋子了，每日陪着或者昏睡或者说胡话的知府公子，夫妻二人眼泪都流干了。

"我先回去一趟，也该准备准备了。"知府大人木木地说道。

看着他这样子，定西侯心里也很难过。

"你别急，他们正在救治……"他说道，如今也不敢说出"没事了"这三个字了。

"还有什么用？"知府大人喃喃地说道，目光转向室内，那里齐悦正在忙碌，"命该如此，我不该强求，反而让孩子多受些罪，让他早点儿去，早点儿解脱吧。"

定西侯叹了口气，也不知道该说什么，随着他的视线向内看去。

"子乔，子乔，你觉得怎么样？"齐悦凑到伤者的耳边唤道。

伤者神志昏沉没有反应。

"少夫人。"抱着本子的阿如神情哀伤，看到齐悦神情郑重，并没有丝毫放弃颓废，她要说什么，最终却没说，咬了咬下唇，低下头，接着记录。

"高热倒不可怕。"齐悦站直身子说道，"可怕的是神志不清。"

"高热不可怕？"刘普成不解地问道。

"对，这种手术后，基本上都会出现发热症状，我们始终找不到原因……"齐悦说道。

我们？刘普成敏锐地抓住这两个字，张张嘴，但没有说什么。

"可是为什么会出现昏迷症状？爆发性感染吗？"齐悦吐出口气。积液到底有多少？还有没有其他部位出血？血小板如何？ B 超，血常规，哪怕让她用一次也好……

刘普成捻须沉吟一刻。

"张同，将炙甘草、黄芪再各加十个，再加炒谷、麦芽、陈皮。"他说道。

张同应声，忙去炮制。

齐悦扶着桌椅慢慢地坐下，看着汤药被用鹤嘴壶给伤者灌下。

297

能做的他们都做了，只有等待了。

齐悦和刘普成一个坐着一个站着，都在凝神苦思，阿如、胡三等人在帮伤者翻身。

"病情有好转的时候，说明药方对症了。"刘普成说道。

齐悦点点头，叹了口气。

"但是为什么始终不能完全起效呢？总是会出现反复。"

二人再次陷入思索。

"阿如，你要的盐水。"胡三捧着盐水低声说道。

阿如点点头，放下记录的笔记。

胡三跟着她过去，殷勤地取过一个干净的口罩。

"不用戴这个，我只是给他漱漱口。"阿如说道。

"还是戴着吧。"胡三低声说道，"我方才给他翻身时，闻到他嘴里可臭了。"

"那也不该嫌弃啊，他病着嘛。"阿如不高兴了，瞪了他一眼。

胡三讪讪地笑。元宝事件后，他时时刻刻都在努力讨好阿如，可阿如对他的态度始终没有改观。

"别在这里说话了。"张同低声说道，冲他们指了指一旁凝神沉思的刘普成和齐悦。

胡三缩缩头，阿如也不再说话。

"臭？"齐悦忽地看向胡三，"你说什么？"

胡三忙摆手。

"我什么都没说。"他慌张地说道。

"不是，你说了，什么臭？"齐悦站起来问道。

这样子不是训斥自己呢，胡三放了心。

"那个，伤者，有口臭。"他指了指身后的病床，带着几分不好意思说道。

作为大夫，嫌弃病人脏臭实在是不合规矩。

"口臭？"齐悦猛地眼睛一亮，几步冲过去。

正要给伤者清洁口腔的阿如被推到一边。

所有人看着齐悦俯身在伤者的口、鼻、脸上嗅来嗅去，不由得都目瞪口呆。

"肝臭！"齐悦抬起头，神情激动地喊道，"是肝臭！"

肝臭？

刘普成走过来。

"是肝昏迷，是肝昏迷！"齐悦看着他说道，激动得面色发红，声音颤抖，"老师，是肝昏迷！安宫牛黄丸！快拿安宫牛黄丸！"

她虽然不懂中医，但是也知道中药"急救三宝"之一的安宫牛黄丸的大名以及用途。

屋子里顿时一片忙乱。

这动静传到外边，下人听到了，都摇头叹息：拖了这么久，人终于是不行了吧……

到了晚间，谢氏过来了。

"你们收拾收拾，将黄公子送出去吧。"她淡淡地说道。

"那不行，现在不能送他回去。"齐悦断然拒绝。

谢氏冷笑了一下。

"你非要他在咱们家咽气不可吗？"她带着嘲讽说道，"你已经折腾这个孩子这么久了，连死也不让他安生地去吗？"

"现在说不行还早了些，他还活着呢。"齐悦说道。

"活着？这样也叫活着？"谢氏往里间看了看，嘲讽地笑道。

她的话音才落，就听里间一声惊呼。

看吧，要死了吧。

谢氏脸上浮现出隐忍的兴奋。

"少夫人，少夫人，醒了，醒了！"阿如尖尖的声音传出来。

齐悦立刻冲了进去。谢氏怔在原地，透过晃动的珠帘看到那躺在床上的伤者正缓缓地移动头颈。

"我……在哪里啊？这是……哪里啊？"伤者发出虚弱的声音。

这声音对齐悦等人来说，无疑是有生之年听过的最动听的声音。

醒了，醒了！齐悦不由得伸手掩住嘴，挡住破口而出的欢呼，却挡不住在眼里打转的欢喜的眼泪。

爸，你看到了吗？我做了什么……

爸，你相信吗？我做了什么……

第二日天色大亮时，知府夫妇已经在病床前坐了好一会儿了。

"母亲，我饿。"知府公子虚弱地说道。

"好，好。快，快去做少爷最爱吃的鸭羹来。"知府夫人颤声说道，一面催促下人。

299

"现在可不能吃那个。"齐悦走过来，笑道，俯身查看引流管，"先吃点儿米粥，再过四五日，就可以吃点儿肉了。"

"小爷就……爱吃……"知府公子虽然虚弱，但反应很迅速地抗议。

"好，好，快去熬米粥来。"知府夫人立刻打断儿子的话。

"母亲……"知府公子不满地哼哼道。

知府夫人如今对齐悦可是言听计从，不理会儿子，带着几分感激，小心地看着齐悦问道："少夫人还有什么要嘱咐的？"

齐悦抿嘴一笑，拍了拍知府公子的肩头。

"好好躺着，要翻身就喊人，不要逞能，要多做深呼吸。"

知府夫人牢牢记下，再次道谢。齐悦笑着走出来，让他们母子说话。

刘普成在一旁斟酌药方，齐悦走过来，认真地看他写。

"加败酱草……"刘普成提笔写完，看齐悦看得认真，不由得一笑，"少夫人看可使得？"

齐悦笑了。

"我哪里懂这个，老师别取笑我了。"她笑道，再次感叹，"中药真神奇啊。"

刘普成将药方递给张同，站起身来。

"少夫人可放心了？"他笑问道。

齐悦没反应过来。

"不怕没有药了？"刘普成笑道。

齐悦不好意思地笑了。

"刘大夫，谢谢你。"她收了笑，看着刘普成，郑重地施礼。

"你又来了。"刘普成摇头说道，"老夫怎么当得起你的谢？老夫能亲见少夫人此神技，这辈子无憾了，倒是要谢谢少夫人你。"

他说着话，果真弯身施礼。

齐悦忙上去搀扶。

"技术是好是坏，最终还是看能不能治好病。我虽然会这个技术，但是如果没有刘大夫你相助，也是没用的。"

"你们就别互相谢来谢去了，该谢的是我们。"知府大人的声音在一旁响起。

齐悦和刘普成忙看去，见知府大人果然冲他们躬身施礼。

"不敢，不敢。"二人抢着搀扶。

"这是医者本分。"

"这是我该做的。"

二人同时说道。

"大人不可行此大礼。"

"好了，那就谁都不要客气了。"知府大人笑道，看着眼前这两个已经熬得憔悴得没法看的人，"我这就带小儿回去。少夫人，刘大夫，你们快回去好好歇息，这些日子辛苦你们了。"

大夫，辛苦你了。

这样的话齐悦听过很多，多得已经麻木了，但此时听来，心里热潮涌动，她似乎又回到了第一次以实习医生的身份迈入医院的大门，接诊第一位病人，听到病人的感激之语时的心情。

"不过，现在还不行。"齐悦含笑说道。

知府大人被这句话吓了一跳。

"怎么……怎么还……"他一时紧张得说不出话来。

这种煎熬，还没完啊？

"虽然已经过了危险期，但是毕竟伤了元气，还是再观察一段时间。就在这里，我照看也方便，等再过一周……"齐悦忙说道。

"一周？"知府大人打断她，不解地询问。

"哦，再过七八天吧，就让他回家去养着。"齐悦笑着说道。

知府大人这才稍微松了口气，点头表达谢意。

"至于公子的吃食，就由我来安排，别的人也别操心了，那些养的补的暂时别乱用。"齐悦又嘱咐道。

知府大人忙应了。

"真是辛苦少夫人了，大恩无以为报……我们夫妇不知道该怎么……"他的情绪有些激动，叹气说道。

"也要谢大人信任我，这也是大人自救。"齐悦笑道。

这话说得知府大人心中熨帖。

"那些背后笑侯爷的人真是太可笑了。"他出去后和定西侯说道，"少夫人这样的神技，又这样聪慧伶俐，能言善道，贤良淑德……"

他一连串的夸赞词汇说出来，定西侯不由得捧腹大笑。

"什么家世地位，天下的豪门大族多的是，但神医有几个？"知府大人一脸感叹，看着定西侯，"侯爷，少夫人真乃神人也，你们家有福气。"

"哪里，哪里，小孩子家家的，可当不起这样夸。"定西侯哈哈大笑，嘴上客气，可脸上却写满了"没错就这样，你再多说点儿，多夸夸……"

谢氏冷冷地看了眼笑得跟开了花一般的定西侯，慢慢地垂下视线，放在膝上的双手紧紧地攥起来。

屋子里，齐悦正看着胡三和张同搀扶伤者下床。

"疼死了，小爷都被割开肚子了，怎么可能这么快就走得动？"知府公子骂道，说什么脚都不敢挨地。

他求助地看向一旁神情紧张担忧的知府夫人。

知府夫人却看向齐悦。

"稍微走一走，稍微走几下，别怕，要不然肚子里的肠子会粘在一起。"齐悦说道。

这话让知府公子有些怕，再看母亲也不会给自己说好话，只得咬牙走了几步。

齐悦让胡三扶他躺回床上。

"蘑菇汤做好了。"阿如这才端着汤碗过来。

"有肉吗？"知府公子闻到香味，忙问道。

"想要吃肉，再等几天。"齐悦笑道，接过汤碗。

"少夫人，可不敢劳动你。"知府夫人忙伸手接过。

知府公子无奈，只得喝母亲喂的蘑菇汤。本来皱着眉、一脸嫌弃的他吃了一口后，眉头一挑。

"咦。"他说了声，明显张大了嘴，喝下第二勺。

"是我们少夫人亲自做的。"阿如在一旁说道。

"怎么样？还行吧？"齐悦笑问道。

知府公子哼了声，没答话，知府夫人忙低声教训他要有礼貌。

这时外边有仆妇说了声"包子好了"，人并没有进来。

阿如忙转身去取了来。

齐悦洗过手，亲自掰了一小块包子喂知府公子。

"这也是我亲手做的，你尝尝，比那些肉菜还要好吃呢。"她笑道。

知府公子本要矜持一下，但毕竟是半大孩子，又空腹这么多天，哪里经得住这香味的诱惑，张口吃了。

"真是，还让少夫人亲自动手，我们真是……"知府夫人满面感激，不知道说什么好。

"我是大夫嘛。"齐悦笑道，再次掰下一小块包子喂给知府公子，"我好容易治好了他，当然要善始善终，手术前重要，手术后的护理也很重要，半点儿都不能马虎的。"

知府公子到底是身体虚弱，再加上方才的活动，伤口又开始疼，吃了一半就不吃了，躺在床上哼哼。

"和他说话，多说话，转移他的注意力。"齐悦对知府夫人嘱咐道。

"刘大夫不是有那个能让人不疼的药吗？不如再用些。"知府夫人心疼孩子，哀求道。

"疼，表明伤口在长好，还是不要用药了。"刘普成说着话，走进来。

众人忙向他问好。

休息过后的刘普成精神了很多，虽然眼中的血丝还没完全消退。

"少夫人，你去歇息一下吧，我来看着他。"刘普成说道。

齐悦点点头。

虽然出了危险期，但他们二人还是不敢大意，时时刻刻至少有一个人在伤者身边。

"阿如你和胡三也去吧，我和张同在这里。"刘普成说道。

阿如点点头，跟着齐悦退了出来。

"少夫人，我给你打水泡脚。"阿如说道。

"不用了，你照顾好你自己吧，这些日子也够你累的。"齐悦笑道，看着明显也瘦了一圈的阿如。

"不累。"阿如摇头笑道，眼睛亮亮的，"少夫人，我知道你为什么不会见死不救了。"

"啊？为什么啊？"齐悦笑问道。

"因为救人的感觉真好。"

"也有可能救不好，那感觉就不太好了，会吓死哦。"

"可是努力的感觉真好。"阿如说道，神情坚定。

齐悦看着她，点点头。是的，尽心尽力去做一件事的感觉真好。

"阿如将来一定也是个好大夫。"齐悦说道。

"奴婢哪里能学好这个？"阿如低头，带着几分不好意思，随即又抬起头，"奴婢一定好好学，能帮上少夫人就知足了。"

齐悦抿嘴一笑。

"那阿如一定会是个好护士。"

护士，这词阿如第一次听，但神奇的是，她似乎明白这个词的意思，带着几分羞涩冲齐悦笑了。

这是几天来齐悦第一次彻底睡着。

齐悦是被闹铃声叫醒的。

这是她上夜班专属的闹铃，再熟悉不过。

"今天我值班吗？"她摸摸头，坐起来，眼前白亮亮的一片。

白色的灯，白色的墙壁，白色的桌子，桌子上乱乱地堆着书、笔、病例，还有一摞泡面桶。

这是她的……办公室！

"齐大夫，"有人敲敲门，同时推门进来，"有急诊！"

"齐大夫，病人有心脏病史，血压下降得厉害……"有大夫大声说道，焦急地催促着，"齐大夫，齐大夫，您快来，您快来，快点儿！"

心跳得厉害，齐悦大声应着，向手术室内冲去。

门猛地关上，齐悦下意识地抬手去挡，只觉得身子一颤，猛地睁开眼。

屋内漆黑，是那种在现代社会光污染环境下不可能有的黑。

她抬起手，大口大口地呼吸。

齐悦从床上起来，努力在黑暗里适应，一声炸雷陡然响起，吓得她不由得惊叫一声。

闪电划破夜空，照得屋子里如同白昼。

齐悦清楚地看到身边这些绝对不属于现代的古朴摆设。

原来是梦啊……

雷声又响起，齐悦起身点亮了灯。

"走水了！"喊声似远似近。

齐悦忙跑出去，出了屋门，就见西边半边天果然冒着火光，空气中弥漫着烟火气息，嘈杂声更加响亮。

"好好的，怎么着火了？"她不由得大声喊道。

院子里呆呆地站着一个仆妇，正看向那着火的方向，合着手祈祷，听见她问，看过来。

"少夫人，不知道……"那仆人答道。

齐悦看着那边。这里的消防措施怎么样？火灾的伤亡率很高……

"是哪里？人跑出来没？"她忙问道。

"没事，没人，是秋桐院那边，没人住。少夫人别怕，已经没事了，烧不到这里。"那仆妇大声答道。

她的话音才落，就见齐悦向外冲去。

秋桐院！秋桐院！我的天！

又一道雷滚过。

齐悦不由得抬头，大口大口地呼吸。对了，这雷……这雷她见过，她跌下山的时候，空中就在打雷……

这么说，她是不是可以回去了，只要这个时候赶到秋桐院？

齐悦只觉得浑身发抖，汗毛倒竖。

方才梦里医院在召唤她，是在召唤她回去……

我要回去了，我可以回去了……

齐悦迈过门槛时几乎摔倒，她扶住门，然后跌跌撞撞地接着跑去。

"少夫人，少夫人，不好了！"阿如的声音在身后响起。

脚步不由得一顿，齐悦回头。

"少夫人，黄公子又发烧了！"阿如从病房里冲出来，廊下的灯笼照出她脸上焦急的神情。

什么？齐悦一怔。

"怎么又……"

"下午开始发热的，刘大夫说无碍，没让叫醒你，可是到现在温度还是没有降下去。"阿如跑过来，说道。她也抬头看了看那边的火光。

"阿如，是秋桐院着火了。"齐悦说道，看着她，呼吸急促。

阿如一怔。她知道着火了，但因为得到消息说烧不到这边，又忙着照顾伤者，所以并没有问是哪里。

秋桐院？！

"我……我想过去看看，是不是可以回去了。"齐悦压抑着激动，低声说道。

阿如看着她，瞬时神情复杂。

"少夫人，可是，着火怎么……"阿如结结巴巴地说道，看着齐悦，满眼担忧。

少夫人是想回去想疯了吗？

"你看这雷。"齐悦指了指天。

伴着她伸手一指，一道炸雷在不远处落下，发出震耳欲聋的声音。

阿如吓得捂住耳朵大喊一声。

"我来的时候，就是这样在打雷。"齐悦因为激动紧张，沙哑着嗓音说道，"也是……冬天……"

真的吗？

"那……那……您快去吧。"阿如看着齐悦，干涩地说道。

齐悦深深地看了她一眼，伸手抱了抱她，低声说道："阿如，你要保重。"

阿如点点头，眼泪涌了出来。

齐悦松开她，转身大步跑开。

"阿如，快些，叫醒少夫人了没？开始吐了！黄公子在吐啊！"胡三冲出来，大声喊道。

齐悦才跑了没几步的脚猛地停下了。

"还是让刘大夫想想办法。"阿如转过身，哽咽地说道。

胡三被她说得一怔，然后看到已经跑到门外的齐悦。

"少夫人醒了？少夫人要去哪里？"

烧了，吐了……

齐悦急促地呼吸着，只觉得心都要跳出嗓子眼了，她抬头看了看空中还在不断滚过的雷，又看了看火光冲天的西边……

胡三的话音才落，就见齐悦转身跑回来。

阿如怔怔地看着齐悦从自己身边跑过去。

"怎么了？"齐悦大声问道，几步上了台阶冲进屋子里。

天色渐明，齐悦终于站到了秋桐院前，在她面前的是还冒着黑烟的断壁残垣。

滚雷没了……

屋子没了……

没了……

没了……

秋桐院被烧掉了半边，负责灭火的人还在不停地往其上喷水，四周乱乱的都是人，嘈杂声一片。

穿着白布做的医生大褂的齐悦站在这里格外突兀。

"少夫人，少夫人，别来这里，很危险的！"认出她的下人们纷纷跑过来说道。

齐悦没有理会，似乎听不到也看不到，只是呆呆地看着眼前的半边废墟，不断有冒着黑烟的残椽掉下来，砸在地上，溅起一片烟灰火星。

"少夫人，您不能去，这边余热未散，不能进去！"阿如死死地抱住齐悦的胳膊。

其他的下人也吓坏了，不明白这种状况下，少夫人怎么跑过来站在这里，傻了一般，此时还要往里冲。

"别拦着我，都让开，让开！"齐悦受到阻拦，下意识地就要挣脱，只看着面前的断壁残垣，别的什么也看不到了。

回不去了……

回不去了……

这个梦永远也不会醒了……

"少夫人，咱们现在不能进去看！等等再进去，等等阿如陪您进去看……"阿如死死地拽住她，哭道。

远处又是一阵热闹。

"你来这里做什么？"常云成喊道，看着阿如拽不住反而被拖着向那废墟走去的女人。

齐悦充耳不闻。

她一直以为这是一场梦，总有一天会醒来，醒来后她还是她，过着熟悉的生活，所以她才能这么开心自在，饶有兴趣地看着这些人在自己面前演出这些哭笑爱恨的戏码，但此时此刻，她突然发现，她不是看戏的，而是演戏的，是这戏的一部分……

或者说，她早就想到了，只是不愿意承认——

其实，她原本就是回不去的，从她在这里醒来的那一刻起……

可是她不愿意放弃这个希望，不愿意相信这个事实，固执地守着这个念头，好逃避这可怕的事实。

再也见不到亲人，再也回不到熟悉的生活环境，一个人在这个陌生的时空里，孤独地活着，直到孤独地死去的事实。

我要回家……

我要回家……

我不要一个人在这里……

"放开，你放开我！"齐悦大声喊着，用力甩开阻挡她冲向秋桐院的力量。

阿如经不住她几近疯狂下的力量，人被甩倒在一边。

失去阻拦，齐悦毫无牵绊地向前冲去。

一股大力拽住了她的胳膊。

"你又发什么疯？！"常云成喊道，将齐悦拽在身边。

手腕的剧痛让齐悦清醒了一些，她转过头看着眼前的人。

眼前这个男人俊朗英气……

这是个活人，是个真实的人，不是游戏里创造的人物，也不是梦里虚构的幻影，他绝不会随着自己的意愿而消失……

一切都是真实的，不是梦，醒醒吧蠢货。

"我……"齐悦缓缓开口，声音沙哑。

她一开口，常云成的神色稍缓。

"我……我想休息一下。"齐悦缓缓说道。

这话让常云成有些意外。他审视着眼前这个女人：精神憔悴，神情恍惚……

这个女人的视线落在自己脸上，但似乎又没有看他，完全没有以前那种看着自己满脸满眼流露出的好奇、不屑、轻松、肆意种种交织的复杂意味，反而是陌生以及躲避……

躲避？这女人会躲避自己？

常云成暗嘲道，甩开这个念头。

"那就快去休息，乱跑什么？"他沉脸喝道，手并没有放开。

阿如小心翼翼地扶着齐悦的另一条胳膊，晃了晃，低低地唤了声。

"哦，好。"齐悦点点头，嘴边浮现出一个笑，看着常云成，"谢谢。"

常云成眉头皱了皱，但没说什么，松开了手。

齐悦果然提脚迈步，虽然步伐有点儿僵硬。

阿如小心地扶着她，但齐悦越走越快，阿如小跑着才能赶上她，更不要说去搀扶了。

常云成站在原地看着齐悦的背影。这女人干什么呢？怎么看上去怪怪的？

旋即他又抿了抿嘴。

这个女人，不是一直都看上去怪怪的？跟他所知所见的女人们完全不一样……

"世子爷，那人活不成了，问不出是谁指使的。"旁边急匆匆地走来一人低声说道。

常云成收回视线，看了眼这烧成一片焦土的院落。

"毁尸灭迹吗？"他冷冷一笑，"毁尸灭迹就可以高枕无忧、安然无事了吗？"

午后的阳光透过窗棂照在室内，胡三上前将开了半扇的窗子关上。

"少夫人来了。怎么不多休息会儿？我在这里，没事的。"外间响起刘普成的声音。

齐悦从秋桐院离开就进了屋子里睡觉，连午饭都没吃，阿如很是担心，此时听说她自己出来了，心里很是激动。

她一激动，猛地站起来，这边张嘴等着喝水的知府公子被淋了一鼻子水。

"你这臭小娘！"他大骂。

阿如这才发觉，慌乱地跪下给他擦拭，却被他一把推搡开。

齐悦走进来，将阿如拉起来。

知府公子还在大骂。

齐悦看着他，不说话。她不说话，屋子里的其他人也都不说话了，在这诡异的安静中，知府公子的骂声渐渐小了。

"看什么看？"知府公子看着齐悦，被这女人看得有些发毛，故作凶恶地瞪眼喝道。

"为了救你，我们这些天来几乎都没睡过。"齐悦说道，"虽说这是当大夫的本分，但是真的是很不容易啊。"

知府公子瞪眼。他虽然年纪小，但也明白这女人是给自己丫头找场子呢。

"你跟我说这个做什么？"他哼了声，"再说，能伺候小爷，是这奴婢的福气。"

"你能有命被她伺候，是你的福气。"齐悦说道，"她虽然是奴婢，但不是你的奴婢，是我的奴婢，黄公子，你是在说我能救你，是我的福气吗？"

"你吃错药了？"黄公子气道，"一个下人而已……"

"下人怎么了？"齐悦打断他的话，拔高了声音，"她日夜不休地伺候你这么久，你给点儿尊重就那么难吗？你们这些人给人点儿尊重就那么难吗？"

满屋子人包括知府公子在内都被她突然的激动吓到了，呆呆地看着她。

"少夫人，少夫人，没事，没事，是奴婢先疏忽，不关黄公子的事。"阿如忙伸手拉住她的胳膊。

刘普成咳了一下，看着胸口起伏、面色激动、额头上出了一层细汗的齐悦，伸手搭上她的脉搏。

齐悦喊完也清醒了，慢慢地垂下视线。

"少夫人太累了，去坐一坐，我让张同熬碗莲子芯水给你喝。"刘普成说道，松开手。

听到动静，知府夫妇也赶过来了。

"怎么了？怎么了？"知府夫人急忙问道。

"母亲，这女人有病！"知府公子气呼呼地喊道，指着齐悦。

知府夫人吓了一跳，忙伸手打下儿子的手。

"怎么说话的？"她拉下脸喝道，"给少夫人赔罪。"

知府公子哼了声，扭过头，不说话。

309

"没事，是我太焦躁了。"齐悦深吸一口气，含笑说道，"惊扰夫人了。"

知府夫人听她如此说，神情更是不安。

"都是为了我们，少夫人受累了。"她拉过齐悦的手，恳切地说道，"我们家子乔被惯得顽劣，有得罪之处，请少夫人见谅。"

齐悦含笑摇头。

"那我先出去一下，你们让他喝点儿水。"她说道。

知府夫妇点点头。

齐悦坐在院子外的石凳上，望着远处发呆。

"少夫人，莲子芯水好了。"阿如端着汤碗走过来。

"阿如，以后我就要在这里过一辈子了。"齐悦叹了口气，喃喃地说道，"其实我早就该知道……"

"少夫人，都怪奴婢，我那时不该叫住您。"阿如哽咽地说道。

齐悦摇摇头，笑了笑。

"其实就是不叫住我，我也回不去了。"她笑道，带着几分自嘲，"哪有那么幸运的事，时空旅行又不是坐火车，能碰上一次就够烧高香了，我只是一直自欺欺人，不愿意承认罢了。"

阿如看着她，不知道说什么好。

希望被打碎一定很难过吧，虽然她从来没有过希望……

"这样也好，是该清醒清醒，认清现实了。"齐悦甩了甩胳膊。

她的脸上带着故作的轻松，看在眼里更让人难过。

"少夫人，你别难过，"阿如心里一酸，哽咽地说道，"你别怕。"

齐悦深吸一口气。

"我不怕。"她点点头，"我只是有一点儿不习惯。"

她冲阿如露出笑脸。

"不过，我一定会很快习惯的。"她接过阿如手里的汤碗，轻轻地吹了吹，大口大口地喝起来。

"师父。"胡三看齐悦走进来，忙打招呼。

齐悦已经穿上罩衫，冲他点头笑。

"我接班了，已经让刘大夫去歇息了，你也去休息吧，我和阿如来。"

"我不累，我要跟着师父多学点儿。"胡三笑呵呵地说道。

"不急于这一时，等有时间，我会仔细教你。"齐悦笑道，"该休息的时候就要休息，这样才有精神好好地给病人看病。"

胡三心花怒放，这是齐悦第一次开口说要仔细教他，说明承认他是她的弟子了，他这些日子厚着脸皮终于收到成效了。

"是，是。"他忙恭敬地施礼，退了出去。

知府夫人亲自在这里守着，待他们说完话，才走过来，小心地审视齐悦的神情。

"少夫人，子乔没什么事了吧？"她低声问道。

齐悦看了看里间，见知府公子睡着了。

"暂时没什么事了。"她含笑答道。

"那他还是发热啊。"知府夫人担忧地说道。

"没事，那是因为……""切除脾脏"四个字几乎脱口而出，幸好到嘴边时，齐悦一个激灵吞了下去，"伤了元气，是自限性发热。"

知府夫人哪里听得懂，迷惑地看着她。

"总之刘大夫配了药呢，过个十天半个月就好了。"齐悦简单地说道。

这话刘普成跟她说过，但知府夫人还是相信从齐悦嘴里说出来的，听了，舒了口气，点点头，再次道谢。

不多时，知府公子醒了，阿如捧来汤药。

"我来吧。"知府夫人忙说道。

"奴婢来吧。"阿如施礼道。

"不用，不用，你是跟着少夫人做要紧事的，这些小事，别劳动姑娘了。"知府夫人含笑说道。

阿如被说得诚惶诚恐，齐悦却明白知府夫人这是替儿子道歉。

"谢谢夫人体谅。我如今就她这一个帮手，虽然做的也不是什么大事，但护理对病人的恢复很重要，再者这吃吃喝喝擦擦洗洗的，也是在观察病人的情况。"她含笑说道，竟是坦然接受了知府夫人的客气。

这个丫头在少夫人眼里果然不一般，知府夫人再次肯定了自己的想法，丈夫说得对，这就跟朝廷里似的，朝中的高官一时得罪了倒不打紧，但得罪了皇帝的近身侍从，那可就麻烦了。

"你这是在治病呢，人家救了你的命。"知府夫人趁着没人，又好好地教训了儿子一番。

"我又没怎么她！"知府公子气呼呼地辩解。

"不管怎么样，你对人家尊重些。"知府夫人说道，拉下脸，"这少夫人是神医

啊，人这一辈子，谁能离了大夫？结交个好大夫，那是增寿的福气啊。儿啊，你这次吓死娘了，你要是有个好歹，娘也活不成了！"

知府公子毕竟是个半大的孩子，从最初经历那让人死去活来的痛，到如今在肚子上割了一刀，种种想起来足以让他吓得脸发白，不过是面上装得满不在乎，此时听母亲这样一说，也不由得想哭。

"母亲，儿不孝，让母亲受惊了。"他闷声说道。

母子二人又是一番唏嘘感叹。

第十五天，齐悦下达了出院通知书。

"这是要注意的事项，吃些什么，忌讳些什么，遇到什么症状要怎么样，等等。"她将写得密密麻麻的两张纸递给知府夫人。

最终还是没告诉知府夫人脾脏切除的事，齐悦心里到底如同压了一块巨石。

"公子动了大手术，脾脏破损，基本上已经失去功能。"她斟酌着用古人能接受的词汇告诉知府夫妇，"所以他的身体会变得不如以前结实，尤其是这几年，要注意保养。"

"那会很严重吗？"知府夫人害怕地问道。

"也不用太过紧张，还是要注意锻炼，这样身体也能恢复得更快，只是毕竟动过大手术，一开始万万不可剧烈运动。"齐悦说道。

知府夫妇似懂非懂地点点头。

"总比那些伤胳膊断腿残了的好，他好歹齐全得很。人就是得个小病还得将养呢，更何况他这是在鬼门关前走了一圈。"知府夫人面带感激地说道。

齐悦见她多少明白了，心里松了口气。

"记住，一旦有我上面说的症状，立刻来找我或者刘大夫。"

看着齐悦郑重的神情，知府夫人如获传世珍宝，连一旁的仆妇都不交予，自己小心地将两张纸收起来贴身放好。

"这是药方，按方子先抓十剂吃着。"刘普成也将开好的药方拿过来。

知府夫人也赶忙地收起来。

"辛苦二位了。"她面带感激地说道。

这边知府大人也正向定西侯躬身道谢。

"叨扰侯爷了，我心里实在是……"他说道，声音有些发抖，显然是真情流露，言语无法表达。

定西侯哈哈大笑，又故作恼怒："见外了不是？休要再说这样的话。"

知府大人冲他深深躬身。

"大恩不言谢。"他抬起头，郑重地说道。

定西侯心里乐开了花。他知道，不管是在门庭相当的王侯眼中，还是在朝中重臣清贵眼中，他都是个靠着祖上荫荣的废物，如果不是儿子常云成承祖志重新入军伍，老定西侯打下的基业就要烂在他手里，从来没人对他如此发自内心地恭敬过。

当然，这次靠的不是祖上荫荣，而是儿媳妇的神技。

但管它呢，反正知府大人这种发自内心的恭敬是实实在在的。

定西侯府的正门轻易不开的，就连两旁的侧门也鲜有打开的时候，门前更是不许闲人停留，几丈之内都保持肃静。

但不知从什么时候起，这几丈外多了很多闲人，他们也不靠近，或者站，或者坐，日夜不休，关注着定西侯府的大门。

"你哪里的？"一个蹲在墙角的小后生闲得无聊，忽地冲对面的小后生打了个招呼，问道。

那小后生看了他一眼。

在这里等了这么多天，大家互相也都眼熟了。

"汇仁堂的。"小后生说道，冲他扬扬下巴，"你保和堂的？"

先说话的小后生点点头，往这边挪了几步，嘴里叼着一根枯草嚼着："你说，掌柜的让天天守着这定西侯府，有什么意思啊？"他往定西侯府看了眼，"你信他们说的吗？真有神医能剖腹治病？"

汇仁堂的伙计缩着肩，嗤笑一声。"剖腹应该可信。"他故作深沉地说道。

保和堂的伙计瞪大眼，一脸敬佩地看着他。这小伙计莫非是个高人？

"只不过剖开之后人是死是活就说不定了。"汇仁堂的伙计挤眉弄眼地笑道。

保和堂的伙计才知道被他耍了，哈哈笑起来："真不知道掌柜的们怎么就信了，让咱们来这里守着……"

"管他呢，反正每天给一文钱，不要白不要。"汇仁堂的伙计撇撇嘴，一屁股在墙角坐下来。

正说得热闹，汇仁堂的伙计忽地"哎呀"一声。

"那几个跑什么？"他看着另一边几个跟自己差不多年纪的后生。

此时那几个后生飞一般地在街上四散而去。

"不干了？"他喃喃自语，下意识地看向定西侯府。

"出来了！"保和堂的伙计也看过去，一口吐出枯草，撒腿就跑了。

反应有些慢的汇仁堂小伙计还看着从定西侯府侧门驶出的两辆马车。

一溜仆妇小厮小心地护着，瞧那阵势，恨不得将马车抬着走。赶马的也不是赶马车了，而是牵着马，一步变成三步地走着。

马车慢悠悠地走到路中间，不小心在哪颗小石子上轧了下。

"你个作死的，没长眼啊，颠坏了少爷，你的贱命还要不要了？"管家立刻怒气冲冲地斥骂道。

赶车的诚惶诚恐地赔罪。

"我的天啊……"汇仁堂的小伙计怔怔地看着这一幕，一拍腿，转头就跑。

齐悦和刘普成看着知府一家离去。

齐悦重重地吐出一口气，觉得这些日子沉甸甸的心终于轻松了一些。

"刘大夫这些日子辛苦了。"她对着刘普成施礼，感激地说道。

"我不辛苦，少夫人你才辛苦。"刘普成含笑还礼。

"要不是刘大夫你，我这次的手术肯定以失败告终。"齐悦神情激动。而且，这次刘大夫帮她的不只这些……

还有精神，还有信念，还有呵护。

"要不是少夫人你，根本不会有这次的救治，老夫获益颇多啊。"刘普成亦是感叹道。

"那客套的话我就不说了，总之这次，合作愉快。"齐悦重新展露带着几分俏皮的笑颜。

刘普成笑着点点头。

张同和胡三在收拾药材、器具。这些日子他们住在这里半步未离，家都没回过一次，更别提在千金堂出诊坐堂了。

"不过到底是耽误了千金堂的生意。"齐悦叹了口气，带着几分歉意又说道。

刘普成摇头。

"治病救人怎么能说是生意呢？"他看了眼齐悦，带着几分不赞同。

"是，是，我俗了。"齐悦忙认错。

"阿如，你让师父别担心，这次生意可是赚大发了。"胡三听到了，悄声对一旁帮着他们收拾东西的阿如说道，"知府大人已经让人包了丰厚的诊金送过去了。而且啊，好多人知道我们师父在救治被宣判不可救治的知府公子，名声大盛，每天药铺里都挤得不得了。师父不在，他们也愿意让其他师兄弟看病，生意可好了，我这个月肯定能多拿些钱……"

阿如看了他一眼，拿起东西走开了，只留下眉飞色舞的胡三。

"阿如姑娘，你想要什么？如果不方便出门，我买来送你……"他喃喃地将剩下的话说完，将张大的嘴尴尬地合上。

张同伸手拍了下他的头。

"快拿好东西，走了。"

齐悦一直将刘普成等人送出府才停下。

"师父，"她忍不住喊道，"我能跟你学中医吗？"

这一声"师父"喊得刘普成有些惶恐。

"少夫人，你要学什么我教你便是了，这声'师父'万万不敢当。"

你自然当得，这几天你教会我的，比我当医生以来学到的还要多。

齐悦看着刘普成，含笑再次施礼。

刘普成一众人的马车消失在街上，门前又恢复了安静。

齐悦站在门前呆立不动，门房上的人不敢催她，恭敬地垂手侍立。

冬日天黑得早，似乎一眨眼天就变得朦朦胧胧。

"少夫人，回去吧。"阿如知道齐悦又走神了，低声提醒道。

虽然嘴上说认了回不去的现实，但相比以前，这女子会不经意地发呆，眼中会有一闪而过的迷茫。

"哦，好。"齐悦回过神，冲她笑了笑。

主仆二人走回了治病的院子，除了浓浓的中药味，这里已经空了。

"少夫人，您的饭您看摆在哪里？"两个婆子恭敬地走过来问道。

是吃晚饭的时候了。

摆在哪里？哪里都不是她的家……

"还是这里吧。"齐悦说道。

婆子们半点儿不敢询问，急忙去了。

不多时，丰盛的饭菜就摆了上来。

"怎么比定例多了好些？"齐悦扫了眼，问道。

前些日子忙，她吃饭都是匆匆扒几口，看都不看一眼，根本就不知道吃的是什么。

"侯爷说少夫人这些日子辛苦了，要厨房单独给少夫人做了些菜，灶上熬着参汤呢，一会儿就送来。"来伺候的仆妇是厨房的管事婆子，虽说她也是齐悦提拔上来的，但从来没有像今天这样露出如此恭敬讨好的神情。

齐悦笑了。

"我不用吃那个。"她说道，看阿如："你待会儿去替我向侯爷道谢。"

阿如点点头。

"那少夫人的东西可要收走？"又一个仆妇恭敬地问道。

齐悦拿着筷子的手一顿。

"收走？去哪里？"

仆妇们愣住了。

治病的人都走了，少夫人自然也不用再在这里凑合了。

齐悦问完回过神，笑着摇头。

她想去的地方已经没了……

"不用了，挪来挪去的麻烦，我就住在这里吧。"她低下头，慢慢地吃着碗里的米，不再说话。

天色大亮的时候，阿如挨不住心中的担忧，轻轻掀开卧房的厚门帘往里探看。

齐悦躺在床上，只穿着里衣，头枕双手，跷着二郎腿，望着帐顶。

阿如没料到会看到如此场景，不由得怔了下，又有些尴尬。

"哎哟，阿如，你真是太瞧不起我了。"齐悦哈哈笑道，坐起来，却没有下床，只是盘腿坐着，"你怎么总是猜想我会不想活呢？"

阿如被看穿心思，很是尴尬。

"我哪有？我是看看少夫人您醒了没。"她干脆大大方方地走进来，伸手去卷窗帘，"时候可是不早了，少夫人也该起来了。"

"又没什么事，起来做什么？"齐悦笑道，又倒在床上，拍着软软的被褥，"睡觉睡到自然醒，不用操心吃喝拉撒，衣来伸手，饭来张口，这是我以及很多人都梦寐以求的生活啊，没想到真的有实现的这一天……"

少夫人又说听不懂的话了。阿如抿嘴一笑，没有接话，而是从炉子上取过温热的水捧给她。

"那少夫人您也得伸手张口啊。"她说道，"光这样躺着可不行。"

齐悦接过水杯，面上带着惊讶看着阿如。

"阿如，原来你也会开玩笑啊。"她啧啧说道。

阿如笑而不语，取过一旁的云肩，拉齐悦起来。

"奴婢给您梳头，梳个简单点儿的，好让少夫人您随时躺下发髻却不乱。"

说到梳头，齐悦想到一个人。

"阿如，阿好她怎么样？"她一面下床，一面说道。

阿如摇摇头。

回来之后，她们一直忙到昨天才歇了口气，连这个院子都没出过，别的仆妇丫头也不许进来，她们自然打听不到什么消息，而且也真没想起来去打听什么。

"她吓坏了吧？"齐悦摇头笑道。

"奴婢待会儿去看看她。"阿如利索地将齐悦的头发绾起来。

"让她回来吧。"齐悦说道。

阿如愣了下，有些意外。

"以前我一直以为自己会走，所以想给你们安排好退路，但现在，我能护你们一辈子了。"齐悦对着镜子笑道。

齐悦在院子里活动了下手脚，看着阿如去开门。

"让她们别再送那么多的饭菜来，我只要白粥和小菜。"齐悦嘱咐道。

阿如点点头，打开门，顿时怔住了。

"你，你们……"她看到门外乌压压的人，吓了一跳。

"怎么了？"齐悦转动着手腕过来问道。

"少夫人，您可回来了。"一个丫头哭着冲进来。

阿如被她撞得退后，伸手拉住她。

"鹊枝啊。"齐悦看着这丫头笑道，然后看到鹊枝身后那群人也拥了进来，其中有熟悉的，也有面生的。

"少夫人，我们来开早会了。"她们带着恭敬讨好的笑说道。

对啊，她还揽了件大差事呢，这也不是做梦，她做过的那些事不会睡一觉就像什么都没发生一般。

齐悦看着一院子的仆妇丫头，摇头笑了。

"开会不开会的，有日子不见了，大家随便说说话吧，不用拘束。"

院子里热闹起来。

乱哄哄中，阿如倒被挤到一边去了。

她没说什么，看着被众人围起来的齐悦，也露出笑容。

不管愿意还是不愿意，经此一事，少夫人在定西侯府中的地位那是稳稳的了，除非她想走，否则没人能赶她走。

这个念头闪过，阿如不自觉地怔了下，觉得心里怪怪的，但哪里怪却又想不出来。那边齐悦不知道听谁说了什么，发出爽朗的笑，阿如丢开念头，重新看向那边。

齐悦在管事婆子们终于告退之后，有些疲惫地伸了个懒腰。

"话说多了也挺累的。"她笑道。

"少夫人今日说的话比以前少了很多呢，怎么还说说话多了？"鹊枝低声对阿如说道。

因为心境不一样吧。阿如默默地想，看了眼齐悦。

以前这女子面对这里的人、事、物，都露出好奇探究的神情，但现在，她的脸上再没有这些，反而带着疏离。

真要把梦当成现实来过，她还是不习惯吧。

"你们既然来了，就把这里再收拾收拾，把少夫人的铺盖、梳头的东西都拿来吧。"阿如没有和鹊枝继续这个话题，而是说道。

鹊枝愣了下："住在这里？"

阿如看了她一眼。

"秋桐院烧了，别的院子还得再收拾。"

"那个，阿如姐姐，我听说，"鹊枝忙低声说道，"世子爷那边给少夫人收拾好屋子了。"

阿如愣了下，不由得看了眼齐悦。

齐悦望着天空，不知道在想什么，神情倒是悠闲自在。

"阿如。"她忽地看过来。

阿如忙应声。

"你跟我串个门去。"齐悦说道。

阿如有些意外，但什么也没有问，点头。"外边风大，我去拿件斗篷。"她说道，走过鹊枝身边："按我说的去办吧。"

鹊枝"哦"了声，看着这二人走了出去。

"少夫人，您要去哪里啊？"阿如问道。

"去……"齐悦想了想才说道，"去二夫人那里瞧瞧。"

二夫人？西府？

阿如很是惊讶。

第十二章　真　凶

西府那边更是惊讶,这还是少夫人第一次踏入西府呢。以前老夫人在时,逢年过节的二夫人也邀请过少夫人,但她都出于这样那样的因由没有来。

门上的仆妇慌忙拥着她去二夫人那里,所有人都悄悄地打量这个久闻名不常见的少夫人。

齐悦走进二夫人陈氏的院子时,陈氏竟然已经站在廊下了,正被两个丫头扶着,苍白的面容上惊喜交加,在看到齐悦迈进门的那一刻,似乎才相信这个消息是真的。

"月娘,"她向前走了几步,喊道,"你怎么过来了?"

不知道是因为激动还是身体虚弱,她的身子一软,差点儿跌倒,幸好两边的丫头死死地扶着。

齐悦紧走几步,伸手扶住了她。

果然,只有这个妇人对齐月娘流露的关怀是情真意切的。

"婶娘,你这贫血太严重了。"齐悦坐下来,看着被丫头小心扶着躺下,又盖上厚厚的毯子,塞上手炉脚炉的二夫人,直接说道。

二夫人经过这一番照料,才稍微缓了过来,看着齐悦,一笑。

"月娘真的是神医啊。"

齐悦干脆站起来走到她身边,拉过她的手,仔细地看了甲床,又审视面色,然后抬起手,微微扒下她的眼睑。

二夫人的病情好像比她想的还要严重,齐悦心微沉,但面上不显:"婶娘,让我看看你的腿。"

在她做这些动作时，二夫人一直是含笑不语，任她行事。

采青闻言，掀开毯子、裙子，露出一双白皙的腿。

看到齐悦皱了皱眉头，二夫人微微一笑。

"我老了，吓到月娘了吧？"

齐悦笑了，看着眼前这双腿，虽然浮肿，肌肤干燥，带着老态，但依旧能看出年轻时的美丽。

"哪有，姆娘的腿长得真好看。"她说道，伸手轻轻按揉二夫人的腿。

二夫人微微一怔，看着齐悦，神情有些恍惚，似乎透过齐悦看到了另外一个人。

"你……也是这样说吗？"她喃喃地道。

齐悦没听清，抬起头看她。

"姆娘说什么？"

二夫人回过神，抿嘴一笑。

"我说我老了，还有什么好看难看的。"

"谁都会老，谁都有年轻的时候，不能因为老了，就抹去曾经美丽的事实啊。"齐悦笑道，示意采青给二夫人盖上毯子，"再说姆娘还年轻呢。"

二夫人还没四十岁吧，这年纪搁在现代也是正青春呢。

她坐下来，想了想。

"姆娘。"

"月娘。"

二人同时开口，又看着对方笑了。

"你先说。"二夫人笑道。

"姆娘吃饭不行吧？"齐悦问道。

二夫人没料到她问的是这个，但还是乖乖答了。

"是，我吃得少。"

"最近基本上什么也没吃。"采青忍不住说道，看着齐悦，带着几分期盼。

她看出来了，少夫人真的是在给二夫人看病。少夫人的事她自然也听说了，虽然觉得匪夷所思，但事实摆在这里，由不得她不信。

齐悦"哦"了声，点点头。

"睡得如何？"她又问道。

"还好。"二夫人答道。

"什么啊，根本就没怎么睡过。"采青急忙说道。

二夫人看了采青一眼，收了笑。

"去拿盛哥儿昨日带回来的点心来。"

采青知道这是要打发自己出去，带着几分委屈低下头，应声"是"。

"婶娘别忙活，我不吃，才吃过饭，出来消消食。"齐悦忙说道。

采青还是出去了。

"婶娘常常头晕吧？"齐悦接着问道。

二夫人对她一笑，拉过她的手拍了拍。

"多谢你。"她说道，"我的身子我知道，不用费心了。"

这话齐悦可不爱听。

"怎么能不费心……"她就要争辩。

二夫人打断她。

"不说这个。你不来，我也正想去看看你，我听说你在那庄子里遇了害？"她担忧地问道，"你快和我讲讲是怎么回事。"

这消息都传到这边了？按理说，这种家丑常云成他们应该封锁了。不过二夫人毕竟是一家人，这种事告诉她也不为过。

齐悦便和她说了。

二夫人沉默地思索着。

"我也查着呢，定要把这作恶的贼人找出来。"她慢慢地说道。

她的声音轻柔，但这话很有力度。

"不用，婶娘别操心了，常云成……世子爷查着呢。"齐悦忙说道。

"我知道他查着呢。"二夫人说道，微微喘了口气，"我就怕他查不出什么来。"

"怎么会？"齐悦笑着摇头。

看着齐悦的笑，二夫人神色微沉。

"他能查出来？他要是能查出来，就不会才刚有头绪就着了一把火，将那圈着的婆子丫头都烧死了。"

齐悦听了很惊讶，不过惊讶的却不是二夫人期望的那个。

"火？是秋桐院的那场火？"她问道。

那日一把火烧了她的希望，事后她也没力气和闲情去打听怎么着的火，只知道秋桐院及附近得重新修整。

"在秋桐院关着人，结果半夜着了火，屋子里的丫头婆子都烧死了。"二夫人嘴边泛起一丝冷笑，"哪有这么巧，就要问出来了，人死了。"

"死人了？"齐悦的关注点再次与二夫人的违背了，她吐了口气，"这里的人

命真不值钱……"

二夫人看着她，放弃了这个话题。

"月娘，你今日过来是有什么事？"她问道。

"没什么事，就是过来让婶娘看看，我挺好的，免得婶娘担心。"齐悦笑道。

二夫人脸上浮现出欣慰又激动的笑。

"好，好。"她拉着齐悦的手，"我看到了，我放心了。"

采青的声音在外响起。

"太太，大少爷和世子爷来了。"

二夫人和齐悦都有些意外。

大少爷自然是二夫人的大儿子，来自己母亲这里不算意外，但常云成也来了？

采青的话音未落，常云成和常云盛已经掀帘子进来了。

"母亲，听说大嫂来了？"常云盛面带惊喜激动，一面迈步，一面问道，一眼看到站起来的齐悦，忙上前施礼，喊了声"大嫂"。

齐悦看着这个年轻人，中秋的时候见过两面，倒还有些印象。

然后她的视线落到在常云盛身后慢步跟过来的常云成身上。

他并没有看齐悦，似乎屋子里没有她这个人，将手里的斗篷扔给上前接的丫头，便直接冲二夫人行礼问好。

齐悦暗自撇撇嘴，也不再看他。

这边常云盛一脸激动地看着齐悦。

"大嫂，你果真剖腹救了那黄公子？"

齐悦笑了笑。

"其实，是刘大夫的功劳，要不然也救不活的。"

"大嫂，你真的切开黄公子的肚子啦？"常云盛固执地问道。

齐悦点点头。

"是，不过不是你们想的那样，就是切开了一条小口子。"她伸手比画了一下。

这就足够让常云盛惊叹不已了，就连二夫人也有些惊讶。

"切开肚子竟然能不死？"他激动地来回踱步，"切开肚子能不死，日常看到有些人被割了腿脚什么的都要死要活的……"

"那不一样的。"齐悦笑道，也不知道该怎么给他解释。

所幸常云盛也不要解释，确认了这个事实就够了。

"天啊，大嫂竟然还是神医！"他激动地笑道，搓着手，似乎不知道该说什么好，"出口成诗，谈笑机敏……"

他反复地重复这几句话，说得齐悦和二夫人都笑了起来。

"世子爷，你太有福气了，娶了大嫂！"常云盛干脆伸手，一把拍在常云成的肩头，大声感叹道。

常云成没想到他突然说这个，原本木木的神情变得丰富起来，惊讶、尴尬、恼火，甚至还有一丝羞意一闪而过。

按照他的本性，此时脱口而出的自然是嘲讽，但他张了张嘴——

"几年不见，力气见长了啊。"他吐出这么一句话，伸手抚了抚肩头，看着常云盛。

齐悦没绷住，哈哈笑出声。

常云成终于将视线落在她身上，带着几分警告。

齐悦冲他咧嘴一笑，又伸手掩嘴。

看着这二人的神情，二夫人脸上的笑慢慢地收了起来。

求证过剖腹疗伤的常云盛很快被人叫走了。父亲不在了，作为家中的长子，庶务、人情来往等事项都由他负责，因此很是忙碌。

二夫人不说话，低头喝茶。齐悦不知道说什么，也没说话。常云成自然更不会主动开口。屋子里一阵沉默，气氛很是怪异。

在这沉默中，常云成站了起来。

"世子爷要回去了？"二夫人放下茶杯，和颜悦色地说道，不待常云成答话，就喊丫头婆子们："好好地替我送世子爷，再将前日得的那包血燕给夫人送去。"

常云成只得施礼告退。

齐悦站起来，却并没有迈步。

常云成看着她，垂在身侧的手不由自主地攥起来，终于和她说话了："你还不回去吗？"他闷声说道，带着几分不悦，"婶娘身子不好，你别叨扰她太久。"

齐悦"哦"了声。的确是，二夫人明显精神不好。她便要告退，二夫人却先开口了："月娘再陪我说说话，我身子不舒服，正好请教请教她。"她含笑说道，看着常云成："你先回去吧，替我向你母亲问好。"

常云成垂在身侧的手放开了，冲二夫人拱手，转身便走了，没有再看齐悦一眼。

常云成走了，齐悦又坐下来，转头见二夫人在审视自己。

"婶娘，你要问我什么？"她一笑道。

二夫人收回视线，神情变得柔和。

323

齐悦已经开口了。

"肯定是贫血，但如何引起的贫血还有待检查。"她陷入了思索：二夫人的腿浮肿，要是能做个尿常规就好了……

"我知道，没事的，我吃着药呢，每个月都有大夫来瞧。"二夫人笑道。

齐悦便松了口气。既然如此，那些中医更厉害。

"那婶娘可要好好地养着，这个可不能掉以轻心。"

二夫人看着她，神情有些激动，眼中竟隐隐有泪光闪了闪。

"好，我放心了。"

话到此，二夫人没有再说什么，只是问齐悦这医术从哪里学的，齐悦依旧用行乞路上遇到各种异人糊弄过去，二夫人倒也不在意这个，没有再追问，也没有表示怀疑。

二夫人的身体果然不是一般的不好，虽然看上去精神不错，但这种精神是情绪激动撑起来的假状态，要是持续下去，很容易导致虚脱。

齐悦很快便起身告辞了，好让她好好休息。

二夫人带着几分依依不舍："得闲了来看看我。"

"好，等我去和母亲说了不管家事，就天天过来陪婶娘说话。"齐悦笑道。

这是第一次听她说不管家事，阿如在一旁露出惊讶的神情。二夫人却神情平静，似乎早已经知道了，只是眼中的笑意更浓了："好。"

走出西府的门，谢绝了婆子们用车送，齐悦和阿如慢悠悠地沿着夹道走。

"少夫人，你不管家了？"阿如问道。

"不管了，本来就不该我管嘛，不能瞎胡闹啦。"齐悦揣着手，晃悠悠地说道。

阿如一时不知道说什么。

"少夫人，其实现在家里都理顺了，那些人也断不会再故意找麻烦。"阿如低声说道。何必把差事推出去？

"有些事可以管，有些事还是不要管的好。"齐悦说道，"我还是那句话，咱们的目标是吃得好喝得好睡得好。既然什么都不用做，咱们就能过这样的日子，又何必多费心神？"

她看着阿如，露齿一笑："其实，我很懒的。"

阿如"扑哧"笑出来，才要说什么，看到前方，不由得一愣。

"哎，好像是世子爷？"

齐悦顺着她的视线看去，果然见前方站着一人。

常云成将斗篷披在身上，转过头看着走近的二人。

"世子爷是在等我？"齐悦有些惊讶，"有事？"

"你很闲？一大早就去串门。"常云成皱眉说道，没有一口反驳齐悦这个有些伤他自尊的猜测，用别的话接过去。

齐悦冲他笑了笑。

"还行。"她没有答他的话，而是接过话头，"世子爷不忙吧？我正想找你说些话。"

常云成的神色缓了下。

"我可没你那么闲。"他说道，转身向前走去。

齐悦含笑跟过去。阿如迟疑了一下，落后几步。

"以前的事就不说了。"齐悦跟上他，"这次虽然是你惹来的麻烦……"

常云成停下脚，皱眉看她。

"谁惹的麻烦？你这女人的脑子能不能清醒点儿？"

齐悦也皱眉看他。

气氛一阵僵硬。

"算了，反正对我来说也不算什么坏事，破而后立嘛。"齐悦深吸一口气，后退一步，"要不然浑浑噩噩的还不知道到什么时候。"

常云成不太明白她在嘀咕什么，但他有些惊讶：这女人怎么没有像以前那样一碰就炸？

"你遵守诺言，这次治病救人，你也有很大的功劳，要不是你坚定地站在我这一边，估计这个人还是救不活。"齐悦又笑道，冲他拱拱手，"多谢啦，君子。"

常云成的神情变得有些僵硬，似乎对她这个态度很不习惯，干脆转过头接着走。

齐悦跟上。

"既然你遵守诺言，那我也遵守。"她说道，"我想好了。你看，我本来说要去秋桐院住，但不巧的是那个地方没了……"

听到这里，仰着头大步走的常云成的嘴角抿起来，露出一丝似笑非笑的弧度。

兜个大圈子，不就是想让爷请你……

"我就在看病的那个院子里住着好了。"齐悦说道，"那里跟秋桐院差不多，也挺偏的，离你住的地方有些距离，这样也不会时时让你看到……"

常云成停下脚。

齐悦没注意，走出两步才察觉，忙停下回头看他，面带疑问。

常云成看着她，只觉得一股闷火从脚底直冲头顶。

"怎么了？"齐悦不解地看着他。这人的脸色怎么变得这么难看？当然，他脸色好看的时候不多……

常云成看着她，最终嗤笑一声。

"别担心，我不会让你恶心到我的。"说完，他大步就走。

齐悦莫名其妙。

"喂，你又怎么了？"她小跑几步，想要追上常云成。

常云成健步如飞，根本就没有再理会她的意思，很快甩开她走远了。

齐悦也就不追了，站在原地吐气。

"这人可真是……"她摇头说道，看向跟过来的阿如。

阿如一脸担忧。

"你别这样看我，我态度好得很，一点儿也没故意挑衅激怒他。"齐悦皱眉，"我看，他是该找个大夫好好查一查是不是有什么问题，比如甲状腺。"

阿如看着她，哭笑不得。

"少夫人，您还说没激怒世子……"

齐悦哈哈笑。

"我这话可没当着他的面说。"她用手指在嘴边嘘了一声，看了眼常云成远去的方向，耸了耸肩，"我是搞不懂了，随便吧，我只要如他的愿，离他远远的，不去烦他、招惹他就好了。"

阿如默默地跟着她走，忽地想起出来时鹊枝说的话。

"少夫人，世子爷是不是想要您过去住啊？"她紧走几步说道。

齐悦转头看她。

"行啊，阿如，你的思想越来越开放了。"她笑道。

阿如被她调侃得直跺脚。

"少夫人，我说真的，鹊枝说，世子爷好像已经把屋子收拾好了。"

齐悦继续笑。

"就算是吧。"她说道，"人家给点儿面子，咱们也不能就觍着脸去了啊。"

"可是，"阿如紧跟着她，"既然世子爷有心，您又何必……"

齐悦摇头，笑了，微微抬头，看了眼远处的天空。

"今日有心，明日若又无心呢？我还是喜欢自己做主，而不是被人招之即来挥之即去。"

常云成一脚踢开门，院子里正说笑的丫头们吓了一跳。

"世子爷。"秋香等人忙施礼，上前迎接。

常云成挥手，带着几分不耐烦，不理会她们，径直进了屋子。

秋香等人你看我我看你，谁也不敢跟进去。

"秋香姐，世子爷这几天怎么了？家里谁敢给他气受啊？怎么总是……"一个丫头低声说道。

秋香示意她噤声，摆摆手，大家蹑手蹑脚地散开。

常云成站在桌案前，重重地将茶杯放下。一杯凉茶入口，他才觉得心头的闷火稍缓。

这臭女人……

他看向窗外，正好看到那间屋子。

"秋香，"他猛地大声喊道，"那间屋子赏给你用了。"

正要和丫头们退去的秋香闻言回头，看到窗户打开，常云成站在窗边，冲一个方向扬了扬下巴。

哪间？秋香不由得随着常云成的视线看去。

少夫人住过的……

常云成将一间屋子赏给大丫头独住的消息很快传开了。

齐悦并不知道，因为这个消息在鹊枝传达到阿如这里时就被截住了。

少夫人这边风平浪静，没有大家意料中的气势汹汹。

相比齐悦这边的安静，周姨娘这边的猜测，谢氏这边则是一片欢悦。

谢氏坐正身子，刚要说什么，门外传来丫头的回禀声。

"夫人，少夫人来了。"

谢氏的好心情顿时烟消云散。

"她来做什么？"她没好气地说道，"不见。"

齐悦已经迈步进来了，身后跟着阿如。

"母亲。"她施礼。

苏妈妈忙给她施礼。

谢氏坐着没动，淡淡地"嗯"了声，眼皮都没动一下。

这是继齐悦要管家权后，二人第二次这样相对。

人没变，心境都大变了，但说话还是那么直接。

·327·

"操劳了这么久，没什么事多歇歇，回你的院子里好好养着吧。"谢氏慢慢地说道。

"是，正要和母亲说这个。"齐悦笑道。

谢氏撩起眼皮看了她一眼。

"有什么事，你还用和我说吗？家里的事不都是你做主吗？"她似笑非笑道。

齐悦笑了笑，刚要张口，门外又传来丫头的回禀声。

"夫人，世子爷来了。"

真巧，他俩又遇到了。

齐悦看着迈进门的常云成，笑了笑，算是打招呼。

常云成的视线掠过她落在谢氏这里。

"母亲，你叫我来有什么事？"他随意地坐下来。

"昨晚我让人送去的蒸鸽子吃着怎么样？"谢氏含笑问道。

"就是甜了些。"常云成答道。

谢氏便看向苏妈妈："记得跟厨房的人说。"

母子俩一问一答，完全忽略了屋子里的齐悦。

齐悦撇撇嘴。

"我说……"她毫不客气地开口要说话。

谢氏先看向她。

"你们都来了，正好。"她打断齐悦，"我有件事要说。"

齐悦和常云成都看向她。

"你那个丫头，还是收房的好，到底是第一个伺候的人，该有的体面要给她。"谢氏看向常云成说道。

常云成和齐悦都露出愕然的神情。

"母亲说什么呢？"常云成微微皱眉，下意识地看了眼齐悦。

齐悦皱了下眉。左右离不开通房丫头、小妾，真没意思。她很快又恢复了平静。

"秋香啊。"谢氏说道。

常云成顿时有些不自在。

"她怎么了？"

"怎么了？你跟我还有什么不能说的？你既然喜欢，自然可以收房。你都多大了，到现在还没个子嗣。"谢氏叹息一声。

"我没想收她。"常云成摇头，再次不自觉地看了眼齐悦，见这女人站在那里，面带笑意地看着他们说话，是在看他的笑话吗？"不过是赏她间屋子住而已。"

谢氏看了眼齐悦。

"媳妇，秋香这丫头，你觉得怎么样？"

"不错啊。"齐悦含笑答道，看向常云成，"挺好的。"

常云成的脸色不变，反而带着几分了然的笑。

这女人果然还是这样，仗势，仗着自己答应过她的话，准备看热闹。

有什么热闹可看？

"好了，母亲，你误会了。"他站起来说道，"我不过是看她伺候得好，院子里空的房间也多，让丫头们不用挤着住而已，没别的意思。"

谢氏抬头看他，神情愕然。

说话期间，他一直看那女人……

所以……

"就算不是她，你屋子里也该添人了。"谢氏神情沉下来，看着常云成说道。

"母亲，我现在不想说这个。"常云成说道。

"那你打算什么时候说？"谢氏看着他，一脸坚持。

要是换作别人，常云成早甩袖走了，虽然他心头这个冲动不停，但看着谢氏，还是强迫自己压抑着。

齐悦咳了一下，看常云成实在是难堪得很，便出面解围了。

"母亲，这件事不急，怎么也得挑个对世子爷心的。"她含笑说道。

"那就对你的心了，是吧？"谢氏一腔恼恨对着她来了，冷冷地说道。

"这跟她没关系。"常云成忙说道。

齐悦看他一眼。傻孩子，婆婆和媳妇说话的时候，你可千万不能插嘴啊，尤其是明显护着媳妇的话，更不能说。

哎？这小子会护着我？齐悦又愣下了。

谢氏看向常云成，面色铁青，嘴唇微微发抖。

她这神情让常云成吓了一跳。

"母亲，你怎么了？"他忙走过去问道。

齐悦伸手扶了下额头，苏妈妈和阿鸾也在一旁垂下头。

谢氏看着常云成，又看了眼一旁没事人一般的齐悦。

"出去。"她吐出两个字。

常云成一愣，这才察觉谢氏是生气了。

"母亲，你……"他开口要询问。

谢氏看着常云成担忧又不解的神情。自己这个儿子是实诚的，必定是被那女人在背后蛊惑了，她不能当众落他的面子，过后好好跟他说清就是了，他一定还是听自己的话。

"我现在累了，不想说话，你们都出去吧。"谢氏深吸一口气，最终压下沸腾的情绪，缓缓说道。

常云成看着谢氏的神情，点头，不再坚持。

"好，我晚间再过来。"他说道，提脚就走，走了几步见齐悦还在那里没动："还不走？在这里惹母亲生气。"

惹你母亲生气的可不是我。齐悦看了他一眼，没说话。

"是这样，我是来和母亲说一声，媳妇年轻不懂事，家里的事还是要母亲费心。"她说道。

齐悦知道谢氏现在不高兴，很不高兴，她现在说这个无疑是火上浇油，可是，她可没心情等谢氏心情好了，更何况，只要她来，谢氏就不会有心情好的时候。

尚在生气中的谢氏似乎没听明白，抬头看她。

"你说什么？"

"我说管家的事，还是由母亲来吧。"齐悦含笑说道。

这话让屋子里的人都怔住了。

谢氏气急失笑。

"你以为这是玩呢？"她看着齐悦，冷笑道，"你要便要，不要便一丢，你当我是什么？"

齐悦要说什么，常云成几步过来，一把攥住她的手腕。

"母亲身体不舒服，她说累了，要休息，你是没听到还是什么？"他额上青筋直冒，一字一顿地说道，显然极力控制着怒火，说罢，拖着她就往外走。

屋帘子被升起又垂下，挡住屋子里传来的闷闷的一声响，似乎是茶杯摔在地毯上的声音。

齐悦被常云成攥着手拉出了荣安院，一路上，丫头仆妇们纷纷垂目不敢直视。

"够了，手疼。"齐悦喊道。

常云成这才甩开她。

"你又胡闹什么？"他喝问道。

这女人是傻的吗？不知道母亲不喜欢她？还非要火上浇油！

"我没闹啊。"齐悦揉着手腕，抬头看他一眼，"跟你一样，我也在践行诺言。"

常云成冷笑一声："我践行什么？你以为我是为了你才不同意母亲说的

话吗？"

齐悦冲他笑了笑。

"不管因为什么吧，"她说道，"总之呢，我既然回来了，就会按照以前说的那样，不再管家，不再惹事，老老实实安安生生的。"

常云成看着她，没说话。

"还有，其实，"齐悦又抬头，看着他笑，"你喜欢哪个女人都随意，当时不过是一句玩笑话，你不必太在意。"

常云成的脸色陡然变得难看。

"是吗？"他慢慢说道。

"是的。"齐悦含笑道。

这女人的确和以前不一样了。常云成眼中微带惊讶。没错，以前她的笑吟吟中多是挑衅以及好奇，就好像在观赏什么稀罕物件，又好像对待笼中的小兽一般，拿根小棍不时戳逗几下；而现在，她虽然亦是笑着，但那笑容里是疏离。

"那我先走了。"齐悦看他久久不说话，便说道，微微施礼，转身离开。

"你……"常云成喊道，人也跟上几步。

齐悦回过头。

"对了，既然你我都践行诺言，那么我希望……"她举起手，露出那被攥出的一圈瘀青，"下次尊重我一些，我不是东西或者小狗小猫。这个，真的很疼，不信的话，你在自己身上试试。"

常云成停下脚步，面色铁青。

"多谢了。"齐悦摆摆手，微微一笑，点头，转身前行。

阿如冲常云成微微施礼，跟了上去。

"少夫人，夫人要是不同意你不管家怎么办？"阿如低声问道。

"她同意不同意跟我有什么关系？"齐悦笑道，"我就是和她说一声罢了。"

阿如被她说得一愣，然后才发现走的不是回她们如今住的院子的路。

"我们去哪儿？"她问道。

"去找我的靠山喽。"齐悦笑道。

阿如"啊"了声，一头雾水。

听说齐悦来求见，正在书房里欣赏自己新收的字画的定西侯忙让人请进来。

"累了这么多天，怎么不多歇歇？"定西侯关心地说道。

"媳妇不累。"齐悦笑道，"媳妇知道病情如何，心里有底，不像父亲你们，两

眼一抹黑,什么都不知道,担惊受怕的,那才累呢。"

"瞧瞧,瞧瞧,你们这群瞎了眼的东西,还笑我!你们谁能找出这么一个儿媳妇来,我喊你们祖宗!"

定西侯哈哈大笑。

"不过,还是有件事要麻烦父亲。"齐悦说道。

"什么麻烦不麻烦的,有什么事就说。"定西侯故作不悦。

"是这样,虽然救人是不累,但这一次我也看到了自己的不足,因为许久没有动手,医术也丢下了,如果不是有刘大夫相助,媳妇这一次可是要贻笑大方了。"齐悦叹气,"再加上这一次以后,说不定还会遇到别的病情,为了不给父亲和家里丢脸,媳妇想静心再学学医术。"

"好,好,谦虚好学,学无止境。"定西侯是文化人,最爱求学这件事,看着齐悦,那是一脸赞叹。

这个儿媳真是可惜生为女儿身啊,要是个男儿,说不定有什么大造化呢!剖腹疗伤啊!太医院掌院估计也不在话下!

"所以这管家的事,媳妇想,只能让母亲受累了。"

"受什么累,本就是该她管。你别操心了,好好忙你的去吧。"定西侯大手一挥,说道。

消息传到谢氏那里,她一把扫落桌案上摆着的美人瓶。

碎裂声吓得屋子里的丫头们急忙退了出去。

"受累?本该我管?以前不该我管,现在又成该我管了!"谢氏气得浑身发抖,哑声喊道。

"我就是不管又怎么样?这贱婢说什么就是什么,凭什么?"她站起来就要往外走。

苏妈妈一把抱住她的胳膊。

"夫人,不能啊,您要是跟侯爷说不管,那等着管的人多的是啊。"

周姨娘这贱妇只怕就等着这一天呢!

定西侯那糊涂脑子可真敢这么干!

也许这就是周姨娘那贱妇算计好的……

谢氏颓然地坐下来。

凭什么?

就凭那齐月娘有后路,而她没有……

"我就是有后路啊，何必自找麻烦？"齐悦笑着对阿如说道，"不靠管家也能过得好好的，我何必去费心思？有靠山就靠嘛，有势就借嘛，有什么不好意思的？现在不用，等着过期作废吗？"

阿如"扑哧"笑了，随即又担忧起来。

"可是夫人她会很生气的。"

"阿如，你还没明白啊。"齐悦看着她笑，"一个人讨厌另一个人是不会轻易改变的，你越讨好她，她越讨厌你。与其在讨厌自己的人身上白白付出，还不如对不讨厌自己的人好一些，人生很短啊，珍惜该珍惜的吧。"

"可是，少夫人，夫人毕竟是您名义上的婆婆……"阿如低声说道。

"所以我不惹事了嘛。"齐悦笑道，"我这不是把管家权都给她了？"

那倒是……阿如苦笑一下。"但这件明明对夫人来说是好事的事的发展过程实在是不痛快，要是少夫人第一次去夫人那里，不是去要管家权，而是像这样推托管家权，就好多了。"

"那不可能。"齐悦摇头，"都被欺负成那样了，怎么还能把脸伸出去给人打呢？"

阿如笑了："好吧，少夫人您说的都对，奴婢听您的。"

"我不惹事，当然，也别欺负我。"齐悦说道，"大家井水不犯河水就相安无事了。"

说完她拍拍手。

"现在，小事都解决了，咱们快去做正经事吧。"

合着这些都不是正经事啊。阿如一脸黑线。

千金堂依旧如往常一般，只不过来问诊抓药的人多了些。

千金堂的伙计们看到齐悦，一愣之后都慌乱起来。

"齐娘子来了！"他们大声喊道，有的人跑过来迎接，有的人忙进去通禀。

这里知道齐悦身份的只有刘普成、张同、胡三三人，别的人依旧只知道齐娘子她是定西侯府里的大夫。

齐悦笑着一一和他们打招呼。

"齐娘子，你真厉害！"有大胆的弟子鼓起勇气说道。

齐悦看着这些基本上认不得的面孔和他们眼里的敬畏钦佩，不由得停下脚，笑着和他们说话。

"各有所长啦，你们会的我不会，大家都厉害。"

这样谦虚的大夫世间少有，明明已经有如此神技了，竟然还夸他们，满堂的弟子都激动得不得了。

"师父，您来了。"胡三从后堂冲过来，大声喊道。

齐悦笑着点点头。

"师父在问诊呢，您先进来坐会儿。"胡三恭敬地引路。

他这两个"师父"喊得顺口，但齐悦明白它们所代表的不同。

"去去，看什么看，干活去。"胡三瞪眼，冲还跟着的弟子们挥手，赶小鸡崽一般。

这样的话、这样的动作千金堂的弟子们都很熟悉，只不过不熟悉的是，那个曾经属于被赶被轰的人如今成了赶人轰人的。

这似乎是眨眼之间的变化，但每个人的心里竟然没有一丝不习惯。

习惯，有什么不习惯的？看看人家口里的两个师父！你要是也能喊上，你也能耀武扬威。

刘普成有病人在，所以齐悦跟着胡三来到刘普成隔壁的屋子。

张同亲自捧来茶。

"没什么好茶，少夫人见谅。"他不好意思地说道。

齐悦笑着端起来就喝。

这边胡三神神秘秘地凑到阿如身边，拿出一个物件。

"阿如姐姐，你看这个。"他低声说道。

阿如爱搭不理地看了他一眼。

"这是什么？"

"你做少夫人说的那个口腔护理时，我看着太辛苦了，这几天想了个法子，做出来这个。"胡三笑呵呵地说道，"下次再有这种事，就可以省些力气。"

阿如看了他手里的东西一眼，也不接，转开视线。

"我不辛苦。"

胡三碰了一鼻子灰，不过已经习惯了，嘿嘿笑着，劝阿如试试。

"什么东西？我看看。"齐悦转过头说道。

胡三忙将手里的东西拿过去。

"师父，我瞎捣鼓的，您别笑我。"他笑着说道。

齐悦看着他拿过来的东西，眼睛一亮。

"哎？冲洗器吗？"

胡三瞬时满面红光。看，不用他介绍，师父就一口说明了用途，师父果然是师父。不过，这也说明自己……嘿嘿。

齐悦看着手里这个巴掌大的说是壶又不是的怪东西。壶身有褶皱，扁扁的，可以挤压，壶嘴细长，用于出水。

"我是看铁匠铺子里的排橐想到这个，也不知道能不能用，瞎玩呢。"胡三嘴上谦虚，其实已经笑得嘴巴都咧到耳根了。

"拿水来。"齐悦来了兴趣，说道。

张同忙亲自去了。

齐悦挽起袖子，用这个小排橐吸水、喷水试了几次，高兴地笑了。

"这个很好。"她大声说道，看着胡三，满脸赞叹，"不仅可以冲洗口腔，冲洗各种地方都能用，避免了手接触，省时省力。"

她说着，又去看手里的小排橐，眼前的它跟记忆中的现代冲洗器慢慢重叠。

"还真有些像。"她笑着自言自语。

"师父，真的能用啊？"胡三高兴得满面红光。

"能。"齐悦点头，"你再多做几个备用。"

胡三大声应了。

"哦对了，阿如，"齐悦想到这小子的财力，忙看阿如，"你带钱了吗？"

大家顿时明白了她的意思。

阿如伸手拿钱袋，胡三连忙摆手拒绝。

"拿着，这是我用的，自然我出钱。"齐悦不容拒绝。

阿如将钱袋塞给胡三。

"让你拿着就拿着，虚客套什么？"她低声说道。

胡三这才嘿嘿笑着将钱袋收起来。

齐悦则是意犹未尽。

"这个可以做出来，那其他的东西是不是也可以做出来？"她喃喃地说道，越想越觉得兴奋，不由得搓搓手。

"还有什么？"胡三忙问道。

"比如可以吸出内脏出的血的吸引器，比如基础外科手术用具，拉钩啊，固定牵开器啊，针筒……"齐悦有些激动地说道。

"就是少夫人用的那些东西吗？"胡三问道，因为他完全听不懂齐悦的话。

齐悦点点头。

"我看过娘子的刀,这个太精致了,咱们这里可打不来。"刘普成说道。

大家说得太入神,竟没有发现他过来了,此时看到忙问好。

"刀没什么,最要紧的是那些消耗性的器材,比如输液管子、针筒、输液瓶……"齐悦说道。

"管子嘛好说,密封不漏就行,用皮子缝制……"刘普成沉思道。

"就跟酒囊、皮囊一样?"胡三问道。

"可是只怕做不到少夫人那管子那样细啊。"张同也皱眉想道。

"我知道一个老皮匠,不如我去问问他?"胡三说道。

"好。"齐悦点头,带着难掩的激动和兴奋,"我画个样子?好让他明白尺寸。"

"好。"刘普成亦是很高兴。

他还记得当初齐悦用那管子将一个人的血引到另外一个人的身上的事,如果造出这种东西,那将来重伤失血便不是不治之症了吧?

齐悦听了刘普成的猜测,苦笑了一下。

"那个啊,光有管子不行,最重要的是另外一样东西。"

刘普成等人都看着她。

"验血的试纸。"齐悦摇头,"这个,只怕造不出来。"

分不清血型,输血那可不是救命,是要命。

听到她的话,刘普成已经不惊讶了,也不在意。

麻醉药这姑娘不是也说造不出来吗?不是照样弄出来了?

兴奋的几人立刻动手,取来纸笔,齐悦却用不惯。

"给我找根鹅毛或鸭毛来。"她说道。用毛笔她实在画不出来。

众人不知道她要这个做什么,但是她说的话,照做总是没错的,于是胡三、张同都跑出去,不多时各自抓了一把鹅毛、鸭毛进来。看到齐悦找刀子将这些毛修剪了一番,蘸着墨在纸上写写画画,众人都瞪大眼。

"这……这……也可以写字?"胡三结结巴巴地问道。

"这有什么?树枝都可以写字啊。"齐悦头也没抬,认真地画着器具图。

这一次她先画管子、袋子以及吸引器,看看做出来的效果怎么样吧。

画完,齐悦给胡三讲了具体怎么用,需要达到什么样的效果,刘普成等人都认真地听着。

"就是说,有了这个,上一次做手术的时候就可以节省很多时间了?"刘普成问道。

上一次内脏出血,齐悦用的是纱布棉花吸取血的方法,比起用吸引器自然要慢很多。

当然，她现在画的只是原理相似的最简单的手工吸引器，就算这样，也比棉花要强些。

"能省一点儿时间就省一点儿。"齐悦点点头，看着自己画好的图，难掩激动，吐了口气。

"先做这些试试吧。"她说道，眼中带着几分兴奋。如果这个可行，那么是不是可能有更多器材被制造出来呢？

胡三小心地将图纸放好。

"收好了。"刘普成嘱咐他。

胡三点点头。

"放心吧师父，我知道的。"他神情郑重，如同肩负重任一般。

刘普成点点头，又看向齐悦。

"还没问少夫人今日来有什么事。"

"我想学中医，所以来拜师。"齐悦笑道。

刘普成笑了，连说"不敢"。

"少夫人学到何种地步了？"他捻须问道。

齐悦笑得很勉强："没地步……"

"这样啊。"刘普成又沉思了一下，"那就先从理法开始吧。"

齐悦带着刘普成送的书回到家时，天已经快要黑了。

"今天真高兴。"她对阿如说道，一面看着得知她回来亲自带着小丫头迎接她的鹊枝。

"少夫人有什么好事？"鹊枝笑问道，试探着去接她手里的包袱。

齐悦没有丝毫迟疑地递给她。

鹊枝高兴地舒了口气，还好，少夫人待她和以前一样。

"心想事成，没想的事也成了。"齐悦笑道。

鹊枝不知道她说的是什么，但知道跟着笑就成了。

"那是自然，少夫人是有福之人，自然心想事成。"她笑道，"我按少夫人说的，将阿好姑娘叫回来了。"

齐悦迈进门便看到怯怯地站在墙角的阿好，短短日子不见，这个姑娘完全变了个样，原先小喜鹊一般的姑娘已经变成了受惊的小兔子。

看到齐悦进来，她"扑通"就跪下了。

齐悦几步上前拉起她。

"阿好，对不起。"齐悦说道，鼻头发酸。

对不起，轻易赶走你。

对不起，以为那样是对你好。

对不起，吓到你了。

阿好更加惶恐，要哭不敢大声哭，眼泪止不住。

"奴婢……奴婢……给少夫人惹麻烦了。"她边哭边说道。

"没有，你没有惹麻烦。"齐悦帮她擦泪，"想哭就大声哭，这次哭完，以后我不会让你们再哭了。"

阿好看着她，终于放声大哭。

暖暖的晨光投在临窗的大炕上，屋子里摆着两个炭炉，虽然比不上现代有暖气、有空调的环境，但也很舒服了。

齐悦深吸一口气，打开刘普成送的书："好，现在可以安静地学习了。"

刚看了没两眼，她就听见院子里有人说话。

"出事了……"

齐悦不由得叹口气，抬头向外看去，见两个丫头面带惊慌地跟拦住她们的鹊枝、阿如说话。

在阿如的示意下，她们说话的声音小了下去，但神情越来越惊慌。

阿如和鹊枝亦是如此，下意识地转头向屋子这边看。

"怎么了？"齐悦推开窗，问道。

"少夫人，世子爷请您到夫人那里去一趟。"两个丫头忙说道。

"有什么事吗？"

丈夫请你去，还需要问为什么？两个丫头愣了下。

"奴婢们不知道，只是，里面好像闹起来了。"一个丫头反应快些，答道。

齐悦吐了口气，真是不省心啊。她"啪"地合上书。

荣安院门外站着一众婆子丫头，一个个垂手噤声。

齐悦到门口时就听到里面传来哭声。

"你们冲她来，不如直接冲我来！"

"是我干的，是我放的火，是我要杀了月娘……"

齐悦迈进门的时候被这句话喊得愣住了，看着跪在地上抚胸大哭的周姨娘。

屋子里，定西侯、谢氏坐着，常云成以及众多兄弟姐妹都挨着墙角站着，地上跪着的是周姨娘。

"从那丫头屋子里搜出来的东西怎么说？"定西侯阴沉着脸看着桌上那几片没烧完的纸片。

"照顾你家人……无忧……"他念道，同时一拍桌子。

"还有起火当晚在墙角捡到的坠子。她都已经认了，你还替她说什么？"他喝问道。

谢氏转着佛珠，冷笑一声。

"狗没主子的指使敢做这些事？"她淡淡地说道，看了眼定西侯，"侯爷，你信吗？"

定西侯自然不信，但实在是无法说服自己信。

"世子爷，你查不出来，也不能就将这脏水泼在我们头上。"周姨娘用帕子掩嘴，看向常云成。

常云成看也没看她。

"要害月娘？我要害月娘？"周姨娘拍着胸口，似哭似笑，看向走进来的齐悦："月娘，我要害你？在这家里居然是我要害你？"

周姨娘和老夫人是亲戚，而齐月娘是老夫人一手带进来又百般呵护的，要说齐月娘的亲人，那自然除了老夫人就是周姨娘了。

"云成，你是不是弄错了？"定西侯自然明白这一点，看了眼常云成，问道。

"我不知道。"常云成说道，"我只看东西，不看人。"

"东西是死的，人是活的，难道不能是有人故意将这些东西放到阿金那里吗？"常云起冷冷地说道。

"这么多人，不放到别人那里，偏偏放到周姨娘的丫头那里。"常云宏跟着说道，看向常云成，"谁都知道姨娘和大嫂的关系，这也太……太牵强了吧？"

"越不可能的事，才越没人怀疑，不是吗？"常云成看着他们两个说道。

"那要照大哥你这么说，值得怀疑的人多了去了。"常云起冷笑道。

屋子里的气氛顿时又变得剑拔弩张。

"阿金去那里，是我让她去的，我只不过是担心月娘，怕月娘在那里害怕甚至想不开，怎么就咬定是她见了那害月娘的贼奴了？"周姨娘流泪，拍着胸口哭道，"好啊，真是好啊，害死了月娘，还能顺便害死我们，可真是干干净净了！"

她说到这里，恨恨地看向谢氏。

"害你们？你可真抬举你自己。"谢氏冷笑一声，"我还怕脏了我的手。"

定西侯只觉得头痛欲裂，正要说什么，一个丫头冲进来，跪下叩头。

"不好不好了，阿金死了！"

此言一出，满屋子人都惊呆了。

死了……

在屋子里其他人还没反应过来时，齐悦第一个冲了出去，常云成紧跟着出去了。

"在哪儿？"齐悦看到常云成越过自己而去，忙喊道。

常云成一停顿，伸手抓住了她的胳膊，抓住之后想到什么，手顺势向下一滑，改握住她的手。

齐悦一怔，常云成已经拉着她快步而行。

这是一间杂役房，阿金静静地趴在门板上。

"世子爷、少夫人，不能进啊，刚咽气的人不干净！"仆妇们惊恐地想要拦住他们。

常云成瞪了一眼，仆妇们散开了。

齐悦只过去看了一眼，就不动了。

"怎么样？"常云成问道。

齐悦摇摇头。

"没有抢救的必要了。"她说道，蹲在地上，看着阿金。

散乱的头发垂下来挡住了这姑娘的脸，这张脸已经失去了鲜活，一片死气。

"一口气没上来……其实也没打几下……"一旁的仆妇跪在地上，颤声对常云成说道，"世子爷不信的话，可以验伤。真的没打几下，也没下力气打，就是吓吓她，想问话……也不知道怎么就死了……"

外边传来杂乱的脚步声，伴着周姨娘的哭声。

"阿金，阿金。"她冲进来，扶着门喊道，一眼看到门板上的阿金，眼泪顿时止不住。

推开那些想要搀扶、阻拦的仆妇，周姨娘跟跄地扑过来。

"阿金，阿金，你别吓我。"她喊道，声音嘶哑，颤抖的手去撩阿金的头发，去拍她的脸，"你别吓我，我只有你了。老夫人走了之后，就只有你陪了我这么多年，你说过要陪我一辈子的，你怎么敢不听话？你这丫头怎么敢不听话？"

她喊到这里，抬手狠狠地打向阿金的脸。

"这个丫头不听话！她敢不听老夫人的话！"周姨娘几近癫狂，又是喊又是伸手够着打。

几个仆妇死死地拖住她。

四周的人看得心酸，跟过来的定西侯更是难受。

"这是怎么回事？"他一腔怒火全冲常云成来了，喝道，"好好的把人打死了，你要咱们定西侯府的脸往哪里搁？！"

常云成一直没说话，只是在那边站着。

周姨娘忽地扑过来。

"你把她打死了，现在把我也打死吧！"她死命地揪住常云成，嘶吼道，"是我害月娘，是我放火烧死了证人，都是我干的！都是我干的！"

常云成伸手就扫开她。

"疯了，拉住她。"谢氏喊道。

立刻有更多仆妇上前抓住周姨娘。

"你看看你你看看你！"定西侯恨意满满，四下看了一圈，抓起一旁的一根棍子，抬手就冲常云成打过去。

谢氏一眼看到，立刻站到常云成身前。

定西侯的棍子已经打了过来，常云成将谢氏抱住，转身。

棍子砸肉的闷响混在室内嘈杂的声音中。

定西侯一棍子下去还不解气，抬手又是几下。

"你再打他，你再打他，我跟你拼了！"被常云成挡住的谢氏尖声喊道，拼命地挣扎，却挣不开常云成的阻拦。

一旁的人都看傻了，就连哭闹的周姨娘也停了下来。

"父亲，父亲。"常云起上前抱住定西侯的腿，"息怒，父亲息怒啊，有什么话好好说。"

定西侯也打累了，喘着气将棍子拄在地上。

"你查，你查，查出什么了？"他喝骂道。

"查出果然是这丫头这里有问题。"常云成说道，依旧站得稳稳的，似乎方才那几棍子只是挠痒痒。

定西侯气得说不出话来。

"我也不活了。"周姨娘哭喊一声，挣开仆妇就往墙上撞去。

屋子里顿时又是一阵混乱。

周姨娘的哭声、定西侯的骂声、谢氏的反驳声、常云起等人的劝阻声交织在一起，常云成只是直直地站着，对这些声音听而不闻。突然想起自始至终都没有

听到一个人的声音，他不由得扭头去找。

齐悦一直保持那个姿势蹲在门板前，对于身后的混乱似乎毫无察觉。

"人的命真是脆弱啊。"她忽地说道，察觉身后有人走来。

常云成站在她身后没说话。

"不是她害我的。"齐悦又说道，看着这具冰凉的尸体，眼前浮现出这丫头的笑脸。

短短几面，那一次是她们说话最多的一次，那样情真意切，那样发自肺腑。

"不是她。"齐悦再次说道。

随着常云成走过来，大家都看过来，嘈杂声小了些，众人正好听到齐悦这句话。

周姨娘掩面哭道："阿金，你可瞑目了，不管别人怎么看你，月娘她明白你。"

这就是认定了常云成逼死无辜，谢氏浑身发抖。

"不过，"齐悦站起来，转过身，面对众人，沉着脸，"找官府来吧。"

什么？众人一愣，周姨娘的哭泣声也小了些，手指下的眼中闪过一丝惊喜。

"你个贱妇，你是要告官？"谢氏咬牙喝道，死死地瞪着齐悦。

家奴虽然卑贱，但律法也有不得滥杀的规定。当然，这一条只是写在律法里，自来没人在意，就算真的报官了，主家也不会有事，但传出去毕竟是伤脸面的事。

"你……你们，是不是就等着这个呢？"谢氏伸手点着齐悦以及周姨娘，"你们串通好了……"

"够了，你闭嘴。"定西侯喝道，用手点着谢氏以及常云成，"你们串通好了才是……"

"父亲。"齐悦喊道，打断了定西侯的话，"我说报官，是因为阿金不是被杖刑打死的。"

所有人顿时愣住了，都看着她。

"这不是杖刑引起的器官衰竭。"齐悦回头看了眼，再转过头，"像窒息，但是又不像，我说不准是什么引起的死亡，也不好仔细检查，以免破坏现场，但是我可以肯定，不是杖刑打死的，所以，父亲请个官府的……就是懂这个的……仵作？还是什么人来看一看，想必他们能看出来。"

室内一片寂静，所有人都呆呆地看着齐悦。

周姨娘身子一软，坐倒在地上，汗水取代了泪水而下。

怎么偏偏有她多事？

周姨娘什么都算计好了，知道事情瞒不过，肯定会查到自己这里，所以特意找了个跟阿金身形很像的人去办这件事，让最终的线索都落在阿金身上。但阿金是绝对不会做这件事的，这一点齐月娘一定会出面做证，这样一来，阿金死了，嫌疑也会消去，甚至还会得到同情，这件事就会如同任何一个豪门大家都会出现的阴暗事，最终消失在时光中，再也不会被提起……

她算好了所有的环节，却偏偏在最后一步出了差错。

哪个女子会去看一个死人？还真的看出了什么……

周姨娘垂下视线，没有再去看那退出去的仆妇是什么神情，是被吓得慌了神还是别的什么，一切都没有意义了。

天色渐黑，四五个仆妇凶神恶煞地冲进周姨娘的院子里。

她们还没说什么，就见周姨娘坐在堂屋里，一旁放着一个包袱。

"你们来了。"她平静地说道，用保养极好的手抿了抿鬓角。

"姨娘知道我们是为什么而来的吧。"为首的妇人冷冷地说道，"也好，省了我们的口舌。"

她说罢，一伸手。

"侯爷说了，你是老夫人的家人，又伺候了他这么多年，再看在三少爷和二小姐的面子上，去家庙里念经祈福吧。"

周姨娘微微一笑。

"多谢侯爷心善。"

"姨娘不求见侯爷一面吗？"另一个仆妇对周姨娘的反应有些惊讶，忍不住问道。

周姨娘已经站起身来，听了她的话，又是一笑。

"侯爷最不喜欢美人蛇蝎心肠了，你们难道还不知道？"她说道，"他最怕自己看走眼，打了自己的脸，侯爷可是很爱惜自己的。"

这话说得奇怪，婆子们听得糊涂。

"行了，周姨奶奶，走吧，有什么话去佛前说吧。"她们说道。

夜色笼罩了整个定西侯府。

荣安院里灯火通明，屋子里谢氏坐着，常云成和齐悦站在一旁。

"夫人，送走了。"一个仆妇进来回道。

谢氏长出了口气，神色依旧恨恨。

"周家的人，果然都是蛇蝎心肠。"她从牙缝里挤出这句话。

里间的屋帘子猛地一响，定西侯走出来。

他的脸色很不好看，穿着家常的袍子。

"我身上也流着周家一半的血，我是不是也是蛇蝎心肠？"他沉着脸看着谢氏，喝道。

"到现在你还护着那个女人！"谢氏亦是喝道，扶着桌子站起来。

"行了，这件事以后不要再说了。"定西侯坐在炕上，重重地抓过茶喝了一口。

常云成冲谢氏摇头，目露劝慰，谢氏慢慢地坐回去，不再说话。

屋子里陷入沉默，回禀的婆子也不敢走。

"她说了什么没？"定西侯忽地问道。

婆子一愣。

"说……说……"她结结巴巴地道，"阿金做这事到底是为了她，她虽然不知情，但她的过错不可饶恕，只愿侯爷忘了她……"

定西侯一怔，谢氏在一旁冷笑一声。

"都已经证据确凿了，还在垂死挣扎，这种话也有人信？"

定西侯看了她一眼，冲婆子摆摆手。

婆子退下了。

"月娘，你受惊了，是父亲没有照顾好你。"定西侯看向齐悦，叹息道。

"媳妇不敢当。"齐悦说道，"他人心又不是父亲你可以做主的。"

定西侯看着她，再次叹气，又带着几分欣慰。

"你别怕，以后断不会有这样的事了。"他郑重地说道。

齐悦低头道谢。

"你这臭小子！"定西侯又看向常云成，猛地喝骂道。

常云成神情依旧，谢氏皱了皱眉头，但忍着没说话。

"要不是月娘，看你这次怎么办！"定西侯恨恨地喝道，"这么好的媳妇，你闹什么幺蛾子！把那个丫头给我赶出去！谁敢往你跟前凑，来一个打一个，来一双打一双！"

屋内三人都有些色变。

常云成是表情微僵，谢氏神情微恼，齐悦则是有些尴尬。不过这还没完，定西侯紧接着又说出一句话。

"月娘的东西我已经让人送回去了。再让我听到你把月娘赶出去，你就给我滚出去，别回来了！"他看着常云成，愤愤地说道。

齐悦惊愕地抬头看着定西侯。不会吧？

夜色深深。

定西侯府的灯火几乎都熄灭了，只有常云成的院子里还灯火明亮，院子里陡然多了很多丫头，却比往日更加安静。

齐悦站在常云成的屋内。

"这是我第三次还是第四次进来啊？"她环视一眼，感叹道。

她的视线落在那张大床上。大红鸳鸯被褥并排放着，布置得像是新婚一般。

这个定西侯还真是……

"这个，你可不能怨我。"齐悦吐了口气，看向常云成，无奈地说道。

常云成在一旁的椅子上坐下来，看上去面无表情，但那微微颤抖的手显示了他的内心并不像外表这般平静。

"走一步看一步吧，我再想办法。"齐悦来回走了几步，再次看向那张床，"你说怎么睡吧？"

常云成身子一僵。

"虽然这样说不太礼貌，但是呢，我是女人，还是我睡卧房吧，这里挨着净房，我洗漱什么的都方便。"齐悦转过头看向常云成，见他神情怪怪的，"你……不同意？"

常云成抬头看她。灯光下，这女子神情淡然，似乎说的是今天天气怎么样。

他的手不由得握紧了椅子扶手。

"不同意。"他张口说道。

话出口，他原本有些后悔，但看到眼前的女人皱起眉头，终于不是那副疏离的神情，他心里反而舒服了些。

"这是我的卧房，凭什么要我让出去？"常云成靠在椅背上，缓缓说道，"你爱睡不睡。"

齐悦看了他一刻，无奈地举举手。

"好好，我惹不起躲得起，多一事不如少一事，我实在是没精神跟你们打交道了。"她说道，一面喊阿如。

他们夫妻两个站在室内对着床看时，秋香一直站在堂屋里，安静得如同不存在。

这一次她是侥幸逃过一劫，定西侯本来要把她跟早先那两个倒霉通房一般卖出去，是少夫人开口说话她才留下来的。

"这个丫头不是那样的人，事做得好，人也机灵。几个丫头挤在一间屋子里，

正好有空屋子,就赏她住,这样别的丫头住着也宽松,这丫头不是有不该有心思的人。"少夫人这样对定西侯说。

这话是定西侯让人来一字不改地复述给她听的。

没有心思,她什么心思都没有了,秋香跪在地上叩头,内心狂喊。

定西侯很少做决定,但做了决定就很少改变,自己这一次能逃过一劫,全靠少夫人。

秋香看向那边,视线一直落在齐悦身上,见齐悦似乎审查完了卧房,夫妻两个又说了几句话,不过好像不是很愉快……

齐悦刚喊阿如,秋香就忙过去了。

"少夫人,阿如姐姐去安排鹊枝、阿好她们了,奴婢伺候您洗漱吧。"她带着几分小心、紧张、讨好、卑微低声问道。说这些话的时候,她看都没看常云成一眼。现在,她的眼里除了少夫人,已经完全看不到别人了。

"我自己洗就可以了,你帮我把那边的罗汉床铺一下。"齐悦看着她,和颜悦色地说道。

秋香怔在原地。

什……么?

蒸腾的热气将浴桶里的齐悦包住,阿如在一旁帮她擦拭已经洗好的头发。

齐悦起身,换上里衣出来时,里屋只有常云成一个人了。他坐在那里,手里拿着一本书。

女子洗漱过后的潮湿清香在室内散开,常云成握着书,微微皱眉。

他眼睛看着书,却能清楚地看到那女子穿着白绸桃红绳边中衣,披着瀑布般的长发,晃悠悠地走到堂屋那边,低声和丫头说话,不多时,丫头也退了出去,屋门被带上了。

屋子里终于只剩下他们两个人。

常云成只觉得身子终于放松了,站起身来,走向净房。

一切跟平常似乎没什么区别,除了多了一个浴桶——一个浴桶空着,另一个浴桶盛着滚热的水——但空气里弥散着一种不属于他的味道,这是陌生人闯入他阵地的味道。这么多年了,他的阵地第一次出现其他人的味道……

真是太不舒服了!

常云成走出来时,看到那边的灯已经熄了,但他一眼就看到罗汉床上被子下的人形,小小的,侧卧着。似乎察觉到他的注视,那侧卧的人翻过身来。

常云成收回视线，心跳得厉害。当察觉到这一点时，他不由得啐了自己一口。

呸，有什么可慌的，又不是没见过女人！

他走过去，猛地关上门，转身吹熄灯。

屋子里一片黑暗。

常云成躺在床上，却瞪着眼。

今天一天发生的事太过让人震惊：那个丫头死了，并且是被自己的主子周姨娘害死的，一心要害死齐月娘的人居然是周姨娘……

常云成猛地坐起来。

他侧耳听，透过门传来另一个人的呼吸声，并没有啜泣之类的声音。

得知一直当作亲人的人要自己的命……

常云成掀开被子下床，打开了屋门。

对面静谧的黑暗中传来均匀的呼吸声。

这也是她自找的！谁让她是老太太带进来的人，活该她命不好！

常云成怔了一刻，又抬手将门关上，回身走到桌案前，倒了水，慢慢地喝了一口。

在那样的情况下，在所有人都喊着自己是凶手的情况下，又是她看到了别人不看的事实……

这个女人，她就那样相信自己吗？

常云成不由得攥紧了茶杯。

白日里死了一个人，而且她还蹲在那里看了那么久，看得那么认真，要不然也不会发现死因有异……

毕竟是女子，又是自己熟悉且信任的人死去了，她心里一定很害怕吧……

常云成慢慢地喝完水，又走过去打开了屋门。

"大哥……"

一声女子的叹息幽幽地在室内响起。

声音突然，再加上刚刚想到的事，常云成竟忍不住头皮一麻。

"我说你是怎么个意思？"齐悦的声音从对面传来。

常云成旋即身体放松下来，随后又有些恼怒。

"大半夜的，你乱叫什么？"他不由得低声喝道。

那边响起被褥摩擦声，适应了黑暗的常云成看到齐悦翻转身，就那样侧躺着看过来。

"大哥，你也知道半夜了啊。"她说道，带着无奈，"那门再好玩，你等白天再

玩个够,可好?"

常云成勃然大怒。

然而齐悦还没说完。

"或者,你有什么……不良嗜好?"她带着几分揣测说道,"比如喜欢偷窥女人睡觉?"

回答她的是"砰"的一声巨响。

"不知好歹!"以及一声沉闷的喝声。

齐悦皱眉。什么不知好歹,这人真是莫名其妙!不过好在那边终于安静下来了,她翻了个身,面向上,看着黑黑的房顶,轻轻地吐了口气。

一个人就这样死了吗?悄无声息地死了?

齐悦伸手抓住被子,将脸慢慢地罩起来。

第十三章　同　居

　　晨光朦胧的时候，齐悦自然醒来。她起身下床，习惯性地抓着头眯着眼寻净房，头撞到隔扇上才想起自己换了新地方住。
　　那个男人……
　　齐悦探头往那边看了眼，卧房的门大开着，她迟疑了一下才走过去。
　　床上的被褥被掀起来，没人。
　　"常云成？"她喊了声。
　　没人回答。
　　"世子爷？"她又唤了声。
　　室内依旧安静。
　　这男人是个军人，一大早练武去了吧。
　　齐悦松了口气，径直走向净房，才进门就见一个男人光着身子背对着自己，将一桶水"唰"地倒在身上。
　　齐悦下意识地惊叫一声，闭上眼。
　　"你这变态！我喊你你答一声会死啊？"她气道。
　　"我没听见。"常云成慢悠悠地答道，又一桶水浇了下来，转过身。
　　齐悦闭着眼急忙退出去。
　　常云成晃悠悠地洗漱收拾好出来时，齐悦就坐在椅子上，一脸不悦地看着他。
　　阿如和秋香蹑手蹑脚地铺床叠被收拾，屋门也被打开了，冬日的晨光让屋子变得亮堂起来。
　　看着齐悦紧绷的脸，常云成不自觉地弯起嘴角。

"又是这样,到底谁有不良嗜好啊?"

齐悦知道他说的是什么,瞪眼看了他一刻,吐了口气,恢复平静。

常云成看着她的神情,嘴边的笑意也消了。

"我知道你不习惯,我也不习惯。"齐悦说道,"可是现在如果我去跟父亲说我非得搬出去住不可,估计你得挨一顿好打……"

低着头原本拉下脸的常云成听到这里,嘴角忍不住抿起来。说好听话对爷来说是没用的……

"当然,你挨打倒不是最主要的,最主要的是,打完了你,父亲觉得为我出了气,最终还是不会让我出去,我反而还得费神编出一大堆解释的话,而我现在一点儿也不想跟你们多说话。"齐悦苦恼地叹口气,说道。

常云成的嘴角瞬时耷拉下去。

这……臭女人……

齐悦坐到饭桌边时,常云成已经吃完出去了。

齐悦拿起筷子,秋香忙给她添饭。

"少夫人,你先尝尝这虾子。"她说道。

齐悦含笑尝了下。

"秋香。"常云成的声音从屋外传来,带着隐隐的不满。

正经主子在这里呢,怎么他走出来,居然一个伺候的人也没跟出来?

常云成站在屋檐下,看着门外乱糟糟的丫头仆妇,心里更是没好气。

"干什么呢?"他喝道。

一个丫头忙跑过来。

"那个,挂上匾额……妈妈们说要不不好看……"她怯怯地说道。

齐月娘被赶到庄子上后,那个由她起名、侯爷亲手书写的匾额已经被常云成以重新装裱为由摘了下来。

这些人可真是眼明手快……

这到底是自己的院子还是那女人的院子?

常云成不由得回头看了眼,透过雕花窗棂,看到那女子正笑着吃饭,身旁两三个丫头围着布菜添饭,说笑声不时地响起。

齐悦吃过饭,在院子里散了散步,便走进屋,准备看书。

常云成坐在屋子里喝茶。

因为知道齐悦要看书,阿如没有进去伺候,见她不进去,秋香自然不敢进去,屋子里只有他们二人，气氛格外安静。

常云成的茶喝了一杯又一杯，终于察觉到那边的女人在偷偷地看自己。

我不说话，憋死你……

他再次伸手倒了杯茶。

"哎，刚吃完饭，你这样喝茶对身体可不好。"齐悦揉了揉眼，看着常云成这边。

繁体字，竖排版，晦涩难懂的话，她的眼睛有些吃不消，放松一下吧。

"就你知道的多。"常云成放下茶杯。她既然主动示好，自己多少给她些面子……

齐悦活动下脖颈。

"你顺手给我倒杯茶，谢谢。"她随口说道。

这女人居然指使自己！常云成哼了声，看了眼屋外。院子里，几个丫头正站在日头下低声说话。

不过是开口唤一声的事，她却不让丫头们进来伺候，而是让自己……

她是故意的吧，找借口和自己说话。

常云成迟疑了一刻，带着几分勉强拿过水杯倒了，有些僵硬地一步一步迈过来。

"谢谢。"齐悦接过，冲他笑了笑。

常云成转开视线，看着炕桌的另一边。

自己坐还是不坐？坐的话是不是太给这女人面子了？

齐悦喝完，放下茶杯，看常云成还在这里站着。

"世子爷，你忙你的去吧，我看会儿书。"

她话没说完，就见面前的常云成猛地转身走了，速度快得带起一阵风。

齐悦忙伸手抚平书页，听得厚重的门帘被摔得震天响。

"又怎么了？"她摇头叹息道。

阿如掀帘子进来了。

"少夫人，您又惹世子爷了？"她问道。

"我有那么闲吗？"齐悦笑道，摇头，"我知道他不喜欢看到我，所以我能不说话就不说话。再说，什么叫'又'？阿如，你这话太冤枉人了啊。"

"可是，世子爷方才脸色很难看地出去了。你……你和他说什么了？"阿如问道，一脸不信。

"没说什么啊，我就让他忙他的去，我很客气很礼貌的。"齐悦看着阿如笑，

"你那是什么眼神？好像我是那种故意挑事的人。"

你难道不是？阿如哭笑不得。

"算了，随便他吧，爱怎么样就怎么样。"齐悦摆摆手，不在意地说道。

阿如站在一旁没走。

"少夫人，世子爷是特意留在屋子里陪您的吧？"她迟疑了一下说道。

齐悦干笑。

"我可消受不起。"她沉默了一下，问道，"阿金可有家人？"

阿如神色黯然，低声说道："没有，她和我一般，是从外边被买来的，早不知道爹娘在哪里了。"

齐悦没有再说话。

"少夫人，奴婢去她坟上多烧些纸钱。"

齐悦叹口气。

"替我也烧一份，到底也是因为我……"

话没说完就被阿如打断了。

"少夫人，是那周姨娘黑心，不关你的事，你莫要胡思乱想。"她急道。

"你放心，不是我的错我不会揽在自己身上的。"她笑道，"你去歇会儿吧，难得屋子里清静，我抓紧时间看会儿书。"

阿如点点头，悄悄地退了出去。

常云成来到谢氏这里时，谢氏一眼就看出他脸色不好，心里松了口气。

她可是担心了一晚上。婆子悄悄传回来二人是分开睡的，她才稍微安心，同时又欣慰，她就知道她的儿子是硬气的。

"跟那女人住一起，难为你了。"谢氏叹息道，"只是如今不好去跟你父亲说，他正揣着一肚子气没地方撒呢，咱们避避风头。"

常云成嗯了声。

"母亲，你也别生气了，这家本来就该你管。"

谢氏知道他这是还惦记着那天自己生气的事，心里更加舒坦。

但这句话也让谢氏想到那女人居然直接到定西侯跟前甩了差事，害得她如今就算管家，人家也都认为是少夫人不要甩给她的，脸面大伤。

"贱人到底是自作自受了，老贼妇做梦也想不到，她一心要呵护的两人，居然互相撕咬，"谢氏说到这里，不由得大声笑起来，"可见人算不如天算。"

笑声散去，她又满面伤心愤恨。

"你母亲泉下有知,也可以稍慰了,当初若不是这贱妇不要脸地勾引你父亲,你母亲也不会大受刺激导致无药可医,只是到底留下她这条贱命……"

听她提到母亲,常云成神情微微怅然。

"有时候活着反而比死了受罪。"他慢慢地说道。

谢氏点点头,眼中闪过一丝寒光。趁着定西侯对那女人寒了心,她要赶快扶几个新人起来,好让定西侯彻底忘了那女人,让那女人一辈子活在家庙里,没有任何希望地活着。

常云成随着这句话,不由自主地想到那女人。

他出了门才反应过来,这女人是故意赶自己出来的吧。

她这般胡闹,还是想让自己服软说好话哄她吧。

"云成?"谢氏的声音在耳边响起。

常云成才发现自己走神了,顿时有些不自在。

"母亲方才说什么?"

谢氏看着他,也没多想。

"还是休息不好,看着脸色真差。"她叹口气,对着常云成一笑,"我想,既然避不开,不如你去你外祖母家住几天?"

常云成愣了下。

"你回来这么久,去看看你外祖母也是应该的,这样,也能避开那女人几天。等你回来,你父亲过了这阵,咱们就找机会让那女人滚出去。"谢氏含笑说道。

常云成看着谢氏,第一次不太想开口答"是"。

"万一那女人也要去呢?"苏妈妈一直在一旁,此时忍不住问道。

"她敢!"谢氏哼道。

"夫人,她还有什么不敢的?"苏妈妈叹气。

谢氏显然也想到这一点,神情颓然。

"那还不如放在我眼皮底下好好看着。要是放她和你单独出去,你是个直肠子,保不住那奸诈的贱婢会耍什么花样……"她喃喃地说道。

那奸诈的贱婢会耍什么鬼花样自以为能吸引自己呢?常云成不知怎的,嘴角忍不住浮起一丝笑意,心里竟有些跃跃欲试。

常云成谢绝了谢氏留晚饭。

"我去父亲那里看看。"他说道,面色微微不自在,"父亲还是住在书房?"

"夫人。"一个婆子进来施礼。

"怎么样？"谢氏垂着眼皮问道。

"世子爷到了侯爷书房外，侯爷没见，世子爷就回去了。"婆子低声答道。

"他是……"谢氏喃喃地说道，"回去陪那女人吃饭了吧……"

苏妈妈笑道："夫人，是世子爷孝顺，怕您知道了等着他，耽误了自己用的饭。"

"侯爷这几天谁都不见，他又不是不知道。"她说道，"他终于对我说谎了，而且是为了那贱婢……"

谢氏用筷子一下一下地戳着那雕得极美的鱼，只有挑出一根又一根鱼刺时，她的精神才似乎得到缓解。

常云成踏进院门，看到丫头们都在院子里站着，就连秋香也不例外。

看到他进来，一众人忙施礼，秋香上前接过他的衣裳。

这见风使舵的臭丫头不是眼里只看得到那女人吗？怎么没有进去伺候？

他不由得看了眼饭厅，见那边静悄悄的，没有那女人吃饭时的热闹。

算你有点儿眼色，知道等爷回来。

"摆饭吧。"他说道。

秋香应了声，将话传出去，院子里忙而不乱，那早就准备好的饭菜依次被摆上来。

常云成迈进屋，虽然是径直走向自己的卧房，但余光已经将那边扫了眼，脚不由得停下了。

没人？

他回头看了眼，那边空空的。

人也没在净房……

"少夫人呢？"他似乎不经意地问道。

秋香已经取了干净的家常衣裳过来。

"少夫人去二夫人那里了，让人传话回来，二夫人留饭了。"

常云成抬头，深吸一口气，重重地踏进净房。

秋香跟着常云成走向饭厅时，所有的丫头都接到了她的眼神警告——

世子爷心情不好，很不好，大家万事小心。

整个鹏程院的气氛顿时紧张起来。

西府陈氏的院子里已经很久没有这么热闹了。

"大嫂，大嫂，这个是什么？"

看着又一道菜端上来，陈氏的女儿立刻问道。坐在她旁边的少年已经等不及，站起身自己去夹菜了。

"二哥，母亲还没吃呢。"陈氏的女儿，十五岁的常英兰用筷子敲这少年的手。

齐悦站在一旁看着他们笑。

"婶娘不能吃这个。"她说道，亲手撷起几块点心放到小碟子里，"婶娘，你尝尝这个，赛蟹黄。"

陈氏斜倚在椅子靠背上，腿上搭着一条厚毯子，一直含笑看着满屋子的人争抢品鉴饭菜，听到齐悦的话，立刻看过来，伸手。

"少夫人，大夫嘱咐过，我们夫人不能吃蟹虾之类的。"一旁的采青见二夫人一句话不说就去接，她忙说道。

二夫人手没停，接过了小碟子。

"我已经很久没有吃过蟹黄了，都要忘了什么味了。"她笑道，夹了一块放进嘴里。

本来看着饭菜的少爷小姐们都面带担忧地站起身来。

"母亲……"

齐悦只是笑，不说话，也不劝阻。

"大嫂是大夫，她说母亲能吃就能吃吧。"常云盛低声说道，示意弟弟妹妹坐下来。

大家这才将信将疑地坐下来。

"怎么样？"齐悦看着陈氏吃了两口才问道。

陈氏带着几分怀念点点头。

"真好吃。"

"是炒鸡蛋啦。"齐悦哈哈笑了，抚着陈氏的肩头。

屋子里的人都愣了。

"炒鸡蛋？"

陈氏也很惊讶，抬手示意，采青忙又给她夹了点儿。

"真有点儿鸡蛋的味。"她仔细品尝了说道，"可是……"

孩子们纷纷让丫头们给自己夹来。

"果然。"

"可是真的像蟹黄啊。"

"大嫂，快说说怎么做的。"常英兰跑到齐悦身边，摇着她的胳膊，连声问道，

"我以后日日做给母亲吃。"

"很简单,就是生鸡蛋和生咸鸭蛋,加上酒、糖、醋,炒一下就是了。"齐悦笑道。

"这么简单?"常英兰一脸不信,"大嫂快教教我。"

"英兰,快坐下,让你嫂嫂吃饭,她做了这些菜,还没吃呢。"陈氏看着女儿说道。

常英兰吐吐舌头,忙回去坐下。

这边仆妇们摆好椅子、碗筷,请齐悦坐。

"辛苦嫂嫂了。"常云盛带着弟弟妹妹齐声说道。

"哪里哪里,下厨给喜欢的人做饭菜吃,那是福气,是很快乐的事。"齐悦笑道,指了指自己做的菜,"来,尝尝这个水煮鱼。我可提醒你们啊,一定要先搛一小块试试,确定自己能吃,再吃。"

这话更激起了在座众人的兴趣,大家纷纷表示不信,还特意搛了大块,一口吃下,席面上顿时乱了套。

吐出来的,要水的,流眼泪的……

陈氏看着孩子们狼狈的样子,没有丝毫担心,反而笑了起来。

常云盛兄妹三人一同送齐悦出门,到门口时,三人齐齐冲齐悦喊了声"大嫂"。

齐悦回头看他们,丫头婆子手里的灯笼照出她恬静的面容。

"谢谢大嫂。"三人齐齐躬身施礼。

"一顿饭而已,不至于啊,你们想吃,随时来我这里。"齐悦笑道。

"谢谢大嫂辛苦下厨让我母亲如此开怀。"常云盛正容说道,神情难掩激动,"自从父亲不在,母亲还是第一次这样高兴……"

他说到这里,声音颤抖,有些说不下去了。

齐悦看着他们,微微一笑。

"也谢谢你们让我下厨做菜给你们吃。"她说罢,摆摆手,转身慢行。

朦胧的光拥着那女子渐行渐远,门口的三人还站着未动。

"为什么她还要谢谢我们?谢我们让她下厨?"常英兰不解地说道。

这是常英兰第一次接触这个久闻其名的少夫人,却跟当初听到的描述完全不一样,她脑中浮现的念头是"怪不得老侯夫人那样喜欢她"。

常云盛看着那女子渐行渐远的身形,叹了口气。

"因为在那边，她太寂寞孤独了吧。"他低声说道。

那个家里，除了老侯夫人，没有人喜欢她。

就算有这么一手好厨艺，也没有一个想吃她做的饭的人，她该是多么难过孤独。

这是大家都知道的事实，三人都忍不住叹口气，看向齐悦离开的方向，那里已经被夜色笼罩。

齐悦进门时，屋子里已经黑了。

秋香尴尬又担心地看着她。

"世子爷一向……睡得早。"她结结巴巴地解释。

齐悦不以为意，冲她笑了笑。

"那我借用你和阿如的地方洗洗吧。"她说道，"就不打扰世子爷了。"

常云成在屋子里听到这句话，心里不知怎么有些怅然若失。

他望着黑暗里的帐顶，忽地想起那次这女人赖在自己这里，东瞧瞧，西看看，张牙舞爪一碰就炸毛……

他好像很久没听到她的尖叫以及那拔高嗓门喊出的自己的名字。

从来没人这样连名带姓地喊他……

简单直接，所有的情绪都明明白白地随着这个称呼摆出来。

常云成！常云成！

这样听起来似乎……好像……有些亲切？

屋门轻轻地响了一声，紧接着是特意放轻的细碎脚步声。

那若有若无的清香渐渐散开，钻过屋门的缝隙飘进来。

有灯亮了起来，旋即又暗了一些，似乎被人刻意挡住了。

"应该在这里弄个门帘，要不然影响世子爷休息。"

"明天奴婢就弄好。"

常云成听到那边女人低低的说话声。

紧接着，细碎的脚步声退出去，门被关上了，屋子里恢复了安静，除了那微微的灯光。

常云成手枕在脑后，沉默一刻，猛地起身。

齐悦看着书上的一行字皱起眉。

"这是什么意思呢？"她喃喃地说道，拿起一旁的鹅毛，蘸了蘸墨，在纸上写

标记,"还是明日去问问老师吧。真是隔行如隔山,古今千万年啊。"

"这么晚了,你怎么还不睡?"

常云成的声音陡然响起,齐悦不由得打个激灵,这才看到站在对面卧房门口的常云成。

她看得太入神,没听到他开门。

"我是不是吵到你了?"齐悦笑了笑,放下书,"我睡不着就看会儿书。我这就睡了,不看了。"

她说着话,从桌案前起来,抬手就要熄灯。

常云成却迈步走过来。

看着他径直走到自己对面坐下来,齐悦不由得愣了下。

"我睡不着了。"常云成说道。

她笑了笑,也坐下来:"还是不习惯吧,屋子里多了个人。"

"是不习惯。"常云成看了她一眼,说道。

齐悦笑了笑,没说话,将书签夹在书中,把书合上。

"我也不习惯,我也在想办法,你也想一想,咱们可以讨论一下。"她想了想,说道。

或许是因为夜晚太安静,眼前这个男人的气息似乎跟往常不太一样。

沉静,平和……平和?

齐悦不由得抿嘴一笑。这个词用在常云成身上可真是稀奇。

"这是什么?"常云成没有接她的话,而是问道。

齐悦抬起头,看到常云成拿起她的鹅毛笔,带着几分好奇地打量着。

"是用来写字的。"

常云成更加好奇。

"写字?"他说道,抬手就在桌上的纸上写字。

"哎,这个是我做记录用的。"齐悦忙说道。

常云成已经在那张纸上写了几笔。

气氛微微一滞。

"对不起。"常云成忽地说道。

"没关系,还可以写嘛……呃,你说什么?"齐悦笑道,话说到一半,她瞪大眼睛看着眼前的男人。烛光不算明亮,但眼前这张脸确实没换人啊。

常云成被她看得耳朵发热,沉下脸,将鹅毛笔扔在一旁。

齐悦看着他,笑了。

"没关系。"她再次说道。

常云成转过头，让视线落在书上。

"你不是都会吗？还看这个？"他又说道。

"学无止境嘛，而且我真的不太会。"齐悦笑道，同时微微皱眉看了这男人一眼。

他是在和自己聊天？

"影响了你的话，我这就不看了，你……"她笑了笑。

"母亲和婶娘关系很好，你多去去那边，挺好，母亲也会高兴的。"常云成的视线停留在那本书上，说道。

"哦，好。"齐悦含笑点头。

二人一阵沉默。

"时候不……"齐悦握着手开口。

常云成也恰好开口了，打断了她的话："你是怎么发现那个丫头死因有异的？"

话一出口，他就一脸尴尬。

大晚上的，这叫什么话题？

齐悦亦是有些愕然，但很快恢复了平静。

"我是大夫嘛，对人体很熟悉的。而且，有句话是这么说的：'尸体从来不说谎，它会告诉你一切。'"

常云成看着她，笑了笑。

"那个仵作也这样说。"

齐悦有些惊讶，也来了兴趣。

"真的？"她往前探了探身，"我一直忘了问，那个仵作说阿金是什么原因致死的？"

毕竟不是什么光彩的事，那一日仵作验伤的详细结果只有定西侯他们几个人知道，齐悦等人只需知道阿金是被人害死的就够了。

常云成不由得看了眼跳跃的烛火。有北风呼呼地打在窗棂上，夜半时分，他们这是在说什么话题？

不过，这女子这几日第一次露出饶有兴趣的神情……

"说是用足踏喉窒息致死。"他说道。

"脚？"齐悦问道，带着几分恍然。

常云成做了下动作。

359

"就这样，借着控制杖刑中挣扎的她，趁人不备，用脚抵住喉咙。"

齐悦"哦"了声。

"真亏她想得出来。"她说道，叹了口气。

气氛顿时低沉下来。

"你说，"齐悦又抬起头看着常云成，有些无聊地翻弄面前的书本，发出"哗哗"的声音，"至于吗？她这是何必呢？"

"她一直恨我母亲。"常云成说道，"因为当初祖母和父亲本是要娶她的。"

齐悦看着他。

"是我外祖家不允许，所以她最终以妾的身份进来了。"

"何必呢？真爱吗？"齐悦嘀咕一句。

"什么？"常云成没听懂，问道，身子也往前移了移。

"没什么。"齐悦笑道，不想继续这个话题。

常云成眼中闪过一丝失望，坐正了身子。

齐悦看了眼屋中的滴漏。

"时……"她再次张口。

"那个仵作，"常云成又一次抢先开口，"挺厉害的。"

"跟宋慈一样厉害吗？"齐悦咽下要说的话，忙问道。

"宋慈？"常云成不解。

"就是一个特别厉害的仵作，写了一本书，叫《洗冤录》，上面写了好多尸检的事，从一个小小的伤口就可以看出这个人是怎么死的，特别厉害。"齐悦眉毛微扬。

"是吗？我没看过。"常云成说道，"鸡鸣狗盗之徒中亦有高手。"

"怎么就成鸡鸣狗盗之徒了？"齐悦不爱听，皱眉说道，"那可是刑侦高手，替死人说话的。"

大晚上的，这女人胆子可真……

常云成咳了一下。

"那些人可不就是低贱之人？"

齐悦耸耸肩。

该死的阶级观念。

当仵作的的确是身份……

"不过那个棺材仔是挺厉害的。"常云成说道。

齐悦眼睛一亮，大声问道："哎？棺材仔？"

· 360 ·

常云成被她的神情吓了一跳，同时心里有些不是滋味：只有说别人的时候，她才有兴趣吗？

"是守义庄的人的孩子，大家都喊他'棺材仔'。"

齐悦"哦"一声。这人的出身好像跟宋慈一样，该不会是混乱时空下的宋慈吧？

这可是个大能人啊！她的眼睛亮亮的。有机会自己一定要见见他。

"倒茶去。"常云成突然觉得心情很不好，说道。

齐悦看了他一眼。

"还喝什么茶啊，都多晚了，快去睡吧。"

她居然赶自己！常云成脸色更难看了，坐着不动，哼道："我不困。"

齐悦看着他笑了。

"我困了。"她伸手做了个请的动作，"世子爷，你不困就去你屋子里坐着，或者出去散散步，我要睡了。"

屋子里哪里还有半点儿方才的平和，随着常云成黑脸，气氛变得紧张起来。

"这是我的屋子，我想在哪儿就在哪儿。"常云成仰起下巴，恢复了那倨傲的神态。

又来了是不是？齐悦看着他。

"你现在就想在这里是不是？"

常云成拿起桌上的书看起来，以行动回答她。

"那好，你在这里吧，我去那边睡。"

你敢！常云成咬牙，但不抬头，听得那女人抱起被子"噔噔"地走了，不多时又抱着被子过来，一把扔在他身上。

"你这臭女人！"常云成羞恼地喊道，扯开盖了满头的被子。

齐悦已经哈哈笑着跑开了。

常云成起身，看着那女人一溜小跑进了卧房"砰"地关上门，里面还传来闷闷的笑声。

"哎呀，傻瓜啊，这么大的床，这么方便的净房，这么暖和的屋子，傻瓜不睡，我来享受喽。"

常云成瞪眼看着那边的卧房，嘴角很快浮起笑意，渐渐地，笑意越来越明显。

"这臭女人……"他低声说了一句，转身，看到地上的被子，顿时又黑了脸，"好歹也给爷把床铺好。"

终于，所有人都入睡了。

然而此时，府城外的义庄里却亮起了一盏昏黄的灯，在北风呼啸的夜里显得格外瘆人，如果有人看到，一定会吓得尿裤子。当然，这种地方白天都没人来，更何况是晚上。

灯到门前停下来，一只枯瘦的手忽地伸出来，敲了敲那薄薄的门板。

门"吱呀"被打开了，灯光洒进屋内，映照出一排排薄皮棺材。

一个人影忽地站过来。

饶是来人已经来过几次，还是被吓得手抖了下，昏黄的灯光摇晃。

"来了。进来吧，今天可是有好货。"那人影说道。

清亮的男声，听起来年纪不大。

来人吸了口气，迈步进去。屋门被关上，屋子里也点起了灯，一切便看得清清楚楚。

这是一间长长的通透的屋子，里面除了一排排棺材，就是没有棺材只用破席裹着的尸体，再就是等着放上尸体的草垫子，虽然是冬天，鼻息间依旧是腐烂的臭味。

来人的视线从那些尸体上收回，转向最里面，那里摆着一块长长的床板，上面躺着一个人。当然，这里躺着的不会是活人。不过，旁边坐着的是活人，正是方才开门的人。

他的年纪不过二十三四岁，五官端正，长相清秀，或许是因为身在这个环境，面容上蒙着一层阴冷。

"王大夫，今天这个是被乱棍打死的，你想不想看看被打死的人的内脏是什么样？"他咧嘴一笑，露出白白的牙齿，看着来人说道。

来人是个年约五十岁的老者，须发斑白。他终于稳定心神，忽地将手里提着的灯吹灭了。

"好啊，我正想看看这个，棺材仔，多谢你了。"

白布被扯开，露出赤裸的尸体，伤痕遍布，面目狰狞。

老者忍不住转开视线。

棺材仔却如同看到心爱之物一般，带着满意的笑容，伸出修长的手指抚摸那尸体。

"你瞧，他的每一寸肌肤都在喊自己是怎么样地疼，这一下打坏了他的脾……这一下打得他不能呼吸了……这一下打得他……"

老者咳了一下。

"时候不早了,我还得赶回去。"

棺材仔撇撇嘴。

"你们这些人真是不识货,这些多好玩,不听拉倒。"他说道,站直身子,扯过白布盖住尸体的头,伸手,"走的时候记得把钱留下,免得耽误了我烧殓,人家缠着你。"

这话让老者不由得哆嗦了一下,看到这年轻人冲自己咧嘴一笑,知道被耍了,又有些羞恼。

"哪一次少过你的?"他沉声说道,打开随身带的布包,展开,放在一旁的小凳子上。

齐悦如果在,一定会很惊讶,因为那布包里的也是手术用具,虽然做工粗糙,但的确是用于切、割、剪的器具。

老者颤抖着手,深吸一口气,拿起一把小刀子,对准尸体划了下去。

棺材仔站在一旁看着,摇头。

"瞧你那手哆嗦的,割错地方,人家会疼的。"

老者的手又抖了下,带着几分恼怒瞪他。

棺材仔冲老者一笑,打着哈欠转身。

"你忙吧你忙吧,我去睡会儿。走的时候带好门,免得野狗什么的进来啃肉吃。"

那老者看着他走开,稍微松了口气,忽地又想起什么。

"棺材仔,你这里,还有别人来过吗?"

棺材仔站住脚,头也没回:"有钱好办事,有胆就进来嘛。"

通过买尸研习五脏六腑的大夫不在少数……

老者显然也知道这一点。

"我是说,你这里,来过女人吗?"他再次问道。

棺材仔这次回过头,露齿一笑。

"有啊。"

老者眼睛一亮,呼吸急促。

"果真?"他提高声音问道。

棺材仔笑着伸手,往那一排排尸首一指。"躺着进来的不少。"他说道,"站着的嘛,还没有。"

老者吐出一口气,不再理会他。

"王大夫,你怎么突然想起女人来了?莫非你对女人……的尸体感兴趣?"棺

材仔笑问道,一脸阴寒中多了几分猥琐,在这死气满满的屋子里看起来更加瘆人。

老者没理会他的调侃,慢慢说道:"有人说,有个女人会剖腹疗伤。"

棺材仔一愣,旋即哈哈笑了。

"鸡叫之前,王大夫,你动作快点儿啊。"他没有接老者的话,而是说道,似乎根本就没听到王大夫的那句话,哼着小曲走了出去。

老者被他笑得也摇摇头。

"女人……"他喃喃自语,笑了笑,"肯定是那刘普成干的,怕被追究盗尸之罪,所以攀了个高枝,推到那女人身上。侯府少夫人……他可真敢攀。这少夫人据说来历不明,莫非是他的……私生女?"

一声鸡鸣远远地传来,打断了老者的胡思乱想,他忙稳住心神,继续解剖尸体。

昏黄的灯光照出忙碌的身影,加上越来越粗重的呼吸,令这义庄的夜晚更加诡异瘆人。

天色渐明的时候,棺材仔听得门开合的声音,知道那王大夫走了,便打了个哈欠,从床板上爬起来。

"干活干活。"他说道,一面从床下抓出一个针线筐,掀开盖在其上的一件半旧衣裳,露出下面的一大把线以及四五根大小不等的针。那线明显跟常见的缝纫线不同。

棺材仔夹着针线筐来到停尸处。

桌子上,被白布盖住头的尸体依旧安稳地躺着,只不过肚子已经被打开了,里面一片狼藉,如同被恶狗啃食过一般。

棺材仔哼着小曲放下筐,拿起针穿线。

"真是,这么笨……瞧这乱的……"他一面哼道,一面伸手将那些已经看不出形状、散乱放着的内脏逐一归位,"这些大夫真是笨啊,还没胆子,心不在焉,这么简单的事都做不好……"

伴着他手上飞针走线,那原本狼藉的腹脏慢慢被恢复原貌,皮肤被一层层缝合。他动作娴熟,时不时地眯起眼打个哈欠。

当第一道晨光洒在义庄上时,棺材仔终于完成了工作。地上的血肉被清扫干净,床板上平躺的尸体重新变得完好,除了身前多了一条缝线。

棺材仔不知道从哪里掏出一件衣裳,利索地给这死者穿上,用一床破席子一卷,如同扛布袋一般将尸体放到了一旁的草垫子上。

"好了,睡吧。"他看着那尸体,拍了拍手,说道。

他起身走出门,从门边的石头下抓起一个钱袋,在手里掂了掂,带着满意的笑。

"有钱喽。那侯府真是小气,才给了一袋子钱封口,还不够我赌一场。这下好了,饿了几天了,去王婆汤茶店好好吃一顿。"他将钱袋放在怀里,抱着手迎着晨光向城内走去。

齐悦来到千金堂的时候,刘普成不在,胡三也不在。

"师父去会友了。"张同说道。

齐悦"哦"了声。

"胡三也去了?"她问道。

"胡三在城南的皮匠铺子,齐娘子你说的那些用具做得差不多了。"张同笑道。

"挺快啊。"齐悦惊喜地道,将看书时产生的疑问拿出来询问,"找你就行了。"

张同诚惶诚恐地给她逐一讲解,正说着话,外边有弟子大声喊着跑进来。

"师兄,重症创伤。"

齐悦跟着张同出来时,前堂候诊区已经是一片混乱。

几个男人、女人围着一个躺在门板上的四十多岁的大汉又是哭又是说,那大汉流了一门板的血,厚厚的裤子被撕破了一个大口子,腿上血肉模糊。

"被野猪顶了。"

看到张同过来,其他人忙让开。

"刘大夫,"一个汉子扑过来,拉着张同就要叩头,"快救救我大哥。"

张同一面扶住他,一面答道:"别急,我看看。我师父不在。"

这几人听了一愣,再听周围人称呼来人为师兄,便知道认错人了。

"你……你不是刘大夫啊?"他们问道。

"我师父出门了。"张同答道。

杂工端来早已经准备好的盐水和烧酒盆,张同依次在其中洗过手,这才去查看伤口。

消毒的概念已经被千金堂接受了,一直看着的齐悦点了点头,但是还是不够,她皱起眉,如果有手套的话就更好了。

"齐娘子,这个需要缝合。"张同抬头看向齐悦。

齐悦还没说话,那伤者的家属都看过来,面色愕然。

他们是冲着刘普成的名字来的,刘普成不在已经让他们心里不安了,又见这个自称徒弟的家伙翻看了半天伤口不说治,反而抬头去问一个女人……

"我来吧，你们好好看着。"齐悦说道。缝合伤口不是说会就能会的，得多练习，作为专治跌打损伤的千金堂，她最好还是教教他们。

她说着话，吩咐再准备盐水、烧酒。

"我先做清创，阿如你快回去取我的东西来。"

阿如应声就往外跑去。

"只是线……"她想到什么，又说道，"上一次已经用完了。"

"我师父这里还有。"张同忙说道。

齐悦也想起上一次见过刘普成拿来的线，虽然不知道是什么做的，但肯定是用来缝合的。

"用盐水煮了。"她说道。

张同立刻亲自去了。

齐悦将袖子挽起来，洗了手，还没走到那伤者面前，就被人拦住了。

"你……你这女人要干什么？"两个男人戒备地看着她，喝道。

"我给他治伤啊。"齐悦说道。

她消毒过的手习惯性地举在身前，却引来这些人更加诧异的审视。

家属们低声交谈，看向齐悦的眼神更加戒备。

"哦，你们别担心，我也是大夫。"齐悦忙解释道，这才反应过来他们是不信任自己这个生面孔。

这无可厚非，就算在现代医院，好些病人也是直接点名找某个大夫看病。

"不信你们问他们。"齐悦指着千金堂的人说道。

千金堂的伙计、弟子们立刻点头。

家属的神情依旧将信将疑。

"齐娘子会剖腹疗伤！"一个弟子挤过来，激动地喊道。

他不说这话还好，一说出来，那些家属吓了一跳。

"大嫂，我看这里的人都疯了。"一个汉子对坐在伤者身边的妇人低声说道。

妇人也点点头，擦着眼泪，看了眼齐悦。

"哪有这样的小娘子当大夫的，太不靠谱了。"她嘀咕道，一面招呼大家："反正刘大夫也不在，我们到别家去。"

听了她的话，家属们立刻抬起伤者就向外走去。

"喂，喂，我真的能治啊。"齐悦有些傻眼，忙追着劝道，"你们别看人，看技术，试一试啊。"

"呸！"一个年轻些的小妇人红着眼转身啐了口，"试一试？我们这是命，不是别的，试一试，你说得轻巧！"

齐悦忙道歉，那群人加快脚步，急匆匆地出去了。

齐悦叹了口气，一脸失望。

"来了来了，煮好了。"张同捧着一盒子还冒着蒸汽的线跑出来，激动地喊道。

话音未落，他看着空空的候诊区呆住了。

"人家……不肯让齐娘子治……"有弟子讪讪地说道。

张同气急："这……这真是……"

齐悦转过身来，摊了摊手。

"好了，让不让治都没什么，病人也可以自由选择嘛，不管找谁，能治好就好。"她笑道，看着堂内的弟子们，一个念头闪过，"我来教你们缝合术吧。"

这些人是常常接触问诊者的人，这些人是那些求医人熟悉的人，多一份信任，多一份机会，就能给伤者减少一分痛苦。

听齐悦这样说，满堂的人都呆住了。

连拣药的杂工们都愣住了，偌大的千金堂里一片寂静。

"怎么了？"齐悦吓了一跳，不解地看着大家。

"齐娘子，你说把缝合术教给我们？"一个弟子大着胆子问道。

"对啊，怎么了？"她问道，又笑了，"你们别怕，这个其实很简单，多练习就可以，不难的，比你们学中医要容易得多得多。"

她的话音一落，所有人都确信自己没听错，堂内顿时热闹起来。

"谢谢齐娘子。"

"不对，要叫师父。"

胡三抱着盒子迈进千金堂的时候，就听到所有人都在喊"师父"，然后看到被众人齐齐施礼的女子。

"不许乱叫！"胡三吓了一跳，三下两下跳过去，伸出手挡在齐悦身前，瞪着眼，如同护食的小兽，"这是我师父！你们别乱喊啊！"

齐悦哈哈大笑，心里热乎乎的。

"你们呢准备一些皮子，"齐悦给众人介绍需要准备的东西，"再准备一些针……针嘛……胡三。"

拉着脸赌气坐在人后的胡三听到这声喊，忙大声应着，腆着没有肚子的肚子站起来。

"你拿着我的这些针，"齐悦从阿如取来的医药包里拿出几根不同功能的缝针，"去找个地方，打制出来，然后一人一份。"

这些器具……胡三紧张激动得不能呼吸，颤着手去接。

"师父……"他喃喃地说道，什么话也说不出来。

"哦，这是钱。"齐悦伸手从阿如那里要了钱袋，塞给胡三。

"师父，师父，不敢的。"

"师父，我们自己出钱。"

大家乱乱地喊着，有人从身上摸出钱递过来。

"你们的钱留着养家糊口吧。"齐悦笑道，"再说这又不是我的钱，不花白不花。"

她说最后一句时声音放低，只有阿如听到了。

阿如愣了下。是因为这个，她才一直显得那样洒脱淡然吧，侯府的一切，对她来说，都是……无所谓的吧。

"师父。"有的年纪小的弟子都有些哽咽了，"你教给我们的手艺，就是能养家糊口吃一辈子的啊。"

齐悦离开后，千金堂的弟子们立刻将胡三围住了。

"都退后，退后，离远点儿啊。"胡三将那把针死死地攥在胸前，也不怕被扎到手，一手冲众人做出制止的手势，"碰坏了，你们的命都赔不起。"

大家急忙退开一些。

"胡三，我们就看看。"有人笑着说道。

"看也不行。"胡三拉长声调瞪眼说道，干脆将缝针掖在怀里，又想到什么，视线扫过众人，"我有句话说在前头。"

大家带着几分兴奋看着他，不知道这小子还有什么重要的事交代。

"虽然都是叫师父，但是，我是大师兄，你们都要喊我师兄。"胡三大声喊道。

众人呆了一刻。

这小子惦记的居然是这个……

"我也要叫你师兄吗？"张同负手看着他问道。

胡三立刻冲他"嘿嘿"地笑。

"不敢，不敢，你是我师兄。"

"我呢？"

"胡三，你敢让我喊你师兄！"

"就是，你小子凭什么？"

"重新排，重新排。"

千金堂里笑闹成一片，一向讲究秩序的大师兄张同却没有喝止师弟们，而是含笑在一旁看着。

齐悦伸了个懒腰，活动了下脖子。

"果然是不行啊。算了算了，橡胶什么的，不是我说造就能造出来的。"她带着几分沮丧将笔扔下。

鹅毛笔带起的墨汁溅在写满字的纸上，如同开了一朵花。

"少夫人您要吃茶吗？"秋香立刻殷勤地问道。

"好啊。"齐悦笑着点头。

有时候接受比客气更礼貌。

秋香欢天喜地地倒了杯茶端过来。

"少夫人，您看了写了这么久的字，奴婢给您捶捶肩吧。"她又说道。

内室的常云成听了，撇了撇嘴。

作为大丫头，秋香日常连倒杯茶都觉得降低了身份，此时居然主动要做小丫头们的活，真是……

他脱下衣裳，露出精壮的身子，走进净房。等他洗漱完出来时，有饭菜的香气飘进来。

"世子爷？"齐悦喊道。

内里没人答话。

"睡了吗？"她又问道。

"什么事？"常云成低低的声音从内室传来。

"吃夜宵不？"齐悦笑问道，"有无花果炖梨，润肺败火哦。"

内室无人答话。齐悦回头冲阿好撇撇嘴，做了个无奈的表情，才要转身走开，里面的门打开了。

齐悦冲他摆头一笑。"来，很好吃的。"她说道，自己先走过去。

常云成缓步跟过去。

齐悦亲手舀了一小碗递过来。

"有点儿甜，你要是不爱吃甜食的话，可能有些不习惯。"她笑道。

常云成没说话，接过来就往嘴里倒。

"喂，烫的，慢点儿。"齐悦忙说道，又觉得好笑。

常云成已经喝完了。

"你这样可不行，对胃不好。"齐悦摇头说道。

常云成嘴角微翘，似是笑了下。

"好不好的，都是活着。"他放下碗站起身。

齐悦看着他。看起来这家伙此时情绪正常。

"你为什么会去参军呢？"她忽地问道。

常云成转过去的身子停了下来。

"按理说，你这种出身，没必要这么拼啊。"齐悦说道。

"因为我不想待在这个家里。"常云成转过头看着她，一笑，"不想见到你们这些人。"

齐悦看着他，"哦"了声。果然情绪正常，说出讨人厌的话时都带着笑。

"孤独吗……"她似是自言自语，视线转开，落在窗棂上。

室内一阵沉默。

常云成停下脚。

这似乎叹息的一句话却似一拳打在他的心口上，"嗡嗡"的都是回音。

是啊，孤独。

这么大的家，这么多人，他却觉得自己始终孤零零一个人，看着这些人欢喜、悲伤、愤怒、哭笑、吵闹……

"喂，坐下再吃一碗。"齐悦招呼他道。

常云成斜眼看她。这女人到底有多么善变……

"吃点儿甜食，心情好。"齐悦笑道，将碗再往前递了递。

"我心情不好，你不是才会心情好吗？"常云成伸手接过碗。

齐悦哈哈笑了。

"你还记得呢。"她给自己也盛了一碗，"主要是当初你做得太过分了。"

常云成仰头又要往嘴里倒。

"慢着，别那么喝。"齐悦忙抬手拉住他的胳膊，"什么都是别人的，只有身体是自己的，不管别人怎么对我们，我们都要爱惜自己。"

说着她抿嘴一笑，带着几分狡黠眨眨眼。

"世子爷是聪明人。"

常云成可以感觉到那抓着自己胳膊的手的柔软。

"行军的时候三餐无定时，有了就快快吃，不习惯用勺子什么的。"他有些不自在。

齐悦松开手，坐下来。

"身体是革命的本钱嘛。"她说着，又笑了，"其实我也是，忙的时候都是胡乱吃一口，明明知道泡面……"

她说到这里，一口咬在舌头上，疼得捂住嘴倒吸凉气。

"怎么了？"常云成放下碗看过来，伸手握住她捂着嘴的手腕。

舌头都要咬断了。该，这就是说了不该说的话的后果。

齐悦捂着嘴，只吸气，不说话，疼得脸都皱了起来。

"真是笨死了，说话也能咬到。"常云成皱眉说道，拨下她的手，捏住她的嘴，"我看看。"

齐悦"呜呜"两声，架不住他力气大，被捏开了嘴。

"咬破了。"常云成皱眉。

齐悦终于缓过劲了。

"美死美死。"她大着舌头说道，想要合上嘴，却发现常云成的手还捏着自己的腮帮子。

因为要查看她的舌头，常云成站得很近，齐悦感觉到有温热的气息吹在脸上，而捏着自己脸的手指也传来陌生的触感。

这个女人其实长得真不错……

常云成心里闪过这个念头，目光在这女人的脸上盘旋。

室内安静下来，只有风雪打在窗上的声音，烛光跳动，夜色蒙蒙，气氛变得诡异起来。

齐悦打了个寒战。

"喝口冷水止血。"她向后退了一步，离开了常云成的手。

"那你喝冷水吧。"常云成甩了甩手，转身就走，"我睡了，别再吵我。"

还好还好，他太厌恶齐月娘了，不至于因为美色就冲动地做出少儿不宜的事来。

齐悦松了口气。

甩什么手啊，我还没嫌你呢。

齐悦抬手搓了两下脸，结果又碰到舌头，疼得她"嘶嘶"地吸凉气，赶快找冷水喝去了。

一夜无话。

齐悦有些气闷地将纸团成一团，用投篮球的姿势投出去。

"怎么才能做出手套啊？"她揉着脸，愁闷不已。

常云成看了眼散落在桌子上的纸，上面画着一些手掌、手臂之类的图形。

"手套？用皮子做啊。"

"什么皮子，是橡胶。"齐悦吐了口气。她已经想了一晚上橡胶是怎么做出来的，然而除了记得从树上划一道口子，让汁液流出来外，其他的一无所知。

"不就是护手的手套吗？羊皮最好，鹿皮也不错。"常云成继续说道。

齐悦猛地抬起头看着他。

"你说什么？"

"羊皮，鹿皮……"

"不是，前边那句。"齐悦看着他，目光灼灼。

"护手……"常云成被她看得莫名其妙。

齐悦一拍桌子。

"我真笨啊，想歪了。"齐悦眉飞色舞地说道，"我一直想着做出手术用的手套，反而忘了手套的初衷，他们一时半刻又做不了手术，最关键的是护手嘛！能起到隔离、防感染作用的手套就可以了嘛，我总想着橡胶干什么？"

常云成一句也听不懂，反正这女人说话常常让人听不懂。

齐悦笑着起身，拍了他的胳膊一下。

"多谢了，所以说世子爷是聪明人嘛。"

常云成被她拍得咳嗽了一下。

这臭女人哪里学来的？像什么样子！

"咱们家有你说的那些羊皮、鹿皮吗？"齐悦又问道。

"咱们家"三个字滑过耳边，常云成只觉得身上一阵麻痒。

"没有就去买啊。"

"对哦。先去看看胡三找的那皮匠做出来的东西怎么样，好的话让他把手套也做了。"齐悦自言自语，然后喊阿如。

阿如忙进来。秋香迟疑了一刻，在外边小心地探头往里面看。

"我还有钱吗？"齐悦问道。

阿如失笑，看常云成在，又没敢笑。

"有的。虽然您的月例银子以前一直短着，但几个月前一并给补了。这样倒不错，一直攒着，不少呢。"阿如低声说道。

一语双关。

常云成皱起眉，看了眼阿如。

这女人以前连月银都拿不到吗？

齐悦没在意这个，她在意的是有不少呢。

"再说，就是没有月银，您也不缺这几个钱。"阿如又说道。

这家里最有钱的原女主人几乎将自己所有的私房钱都留给你了……

"那你多带些钱，咱们去千金堂找胡三。"齐悦笑道。

"又要出去？"常云成皱眉说道。

正要转身的阿如站住了，看了齐悦一眼。

"你可以享受自在的一人空间了。"齐悦笑着冲他摆摆手，催阿如快去。

常云成站在一旁，看着齐悦在两个丫头的伺候下快速地换衣裳。

女子们"叽叽喳喳"的谈话声充斥在室内，常云成默默地看着，听着，第一次觉得，其实女人多的地方也不一定都是聒噪烦人。

那女人不知道说了什么，自己笑了起来，常云成看着她，嘴角抿了抿，然后弧度越来越大。

"你认得什么是好皮子吗？"他咳了一下，说道。

正抖着斗篷的齐悦一时没听清，抬头看他。

"什么？"她问道。

"别让人骗了。"常云成绷着脸说道，眼中闪过一丝紧张。

都已经说到这份上，她会主动邀请他吧？

"没事，胡三有信得过的皮匠。"齐悦笑道，抬起头，由鹊枝给她系上带子。

常云成吐了口气，咬了下牙。

"我……"他张口要说话。

门外传来丫头的回禀声。

"世子爷，夫人请您过去。"

常云成的话便咽了回去。

"你快去。"齐悦冲他笑了笑。

看着那女人带着两个丫头走出去，常云成才向谢氏的院子走去，刚进院子，门帘便被掀开了。

常云成含笑看去，却看到苏妈妈神情复杂地站出来，身后跟着一个小丫头。

"世子爷，"苏妈妈喊住他，低声说道，"夫人让你跪下思过。"

常云成一愣，目光落在那小丫头捧过来的垫子上。

"本该让你直接去你母亲牌位前跪着，但是……"谢氏冷冷的目光一寸一寸地扫过他的脸，眼神越发愤怒，"这还没到春天呢，你的脸上就开花了。"

常云成看着谢氏，眼神不解。

"你先在我这佛前跪着，去去你脸上从那女人那儿带来的笑，免得过去让你母亲看到了，在地下也要被气得再死一次。"谢氏冷冷地说道。

373

常云成的面色瞬时铁青，看着谢氏，要说什么。

"你什么也不用跟我说，云成，你已经跟我撒过一次谎了，我不想再听你撒谎。"谢氏不再看他，长吐一口气，目光落在跪着的常云成的身后，"你什么也不用说，你自己心里清楚，你清楚你这几天看着那女人，心里想的是什么。别找话说，你不会骗人，你的脸上写得清清楚楚……"

常云成的脸色越来越难看。

"出去，跪着去，我不想看到你这副样子，我也不会让你母亲看到。"谢氏一字一顿地说道，伸手向里间的佛堂一指。

常云成冲她叩了个头，径直进去了。

过了午，谢氏躺在里间眯着眼小憩，小丫头轻轻地给她捶腿。

苏妈妈掀帘子进来，欲言又止。

"你心疼他，我就不心疼吗？"谢氏先开口了，"我从十七岁那年替姐姐拉住他的手，就再没想过别的，我把他当自己的眼珠子来养，我比疼自己的眼珠子还疼他……"

苏妈妈叹了口气，低声说道："世子爷已经跪了好一会儿，那边又冷，地上又凉，世子爷他又不肯垫着垫子……"

谢氏猛地睁开眼。

"不是拿了垫子吗？"她问道，眼中满是担忧。

"世子爷不肯垫，就那样跪着。"苏妈妈说道，"夫人，他这是知道错了，在罚自己呢，这孩子您还不知道吗？对别人狠，对自己更狠。"

谢氏的面色已然松动。

"夫人，二夫人来了。"门外的丫头说道。

谢氏和苏妈妈都吃了一惊。

二夫人坐着轿子，身旁跟着一群婆子丫头。常英兰也过来了，笑着扶着母亲走过来："伯母。"

"大雪天这么冷，你怎么出来了？"谢氏拉住迈进门的陈氏，握着她那冰凉的手，一迭声地埋怨。

陈氏只是温和地笑着，因为受冷，面色有种不自然的潮红。

"最近好多了，所以想出来走走。"她说道，坐在炕上。

苏妈妈指挥丫头们将炭炉都摆在陈氏身前。

"我来吧。"一个穿着绛紫交领袄、梳着同心髻的纤瘦女子将一个手炉放在陈氏手里。

大家这才注意到她，眼中有些惊讶。

这女子十七八岁年纪，身材娇小，银盘脸，明眸大眼，举止端庄，穿着虽然简单，却掩不住那出身大家的风范。

见到众人注视，她微微垂下头，站在了陈氏身后。

一旁的常英兰微微撇了撇嘴。

"这是我姐姐家的孩子。"陈氏含笑说道，拉过那女子的手，"郁芳，见过侯夫人。"

谢氏闻言很是惊讶。

"是饶家的女儿？"

饶郁芳走出来几步，冲谢氏低头施礼。

"郁芳见过夫人。"她说道，声音轻柔。

陈国公家有三个女儿，陈氏是老三，上有两个姐姐，陈大姑娘嫁入江南大族徐家，陈二姑娘嫁入山东清贵之家饶家，如今的贤政殿大学士便是陈二姑娘的丈夫。

这不会是陈氏姐姐嫡出的女儿吧？嫡出的女儿怎么会轻易出门？去外祖家倒是可以，这么远来姨母家就不太可能了。

谢氏一瞬间便明白了陈氏的意思。

这是要她相看相看了。

他定西侯府娶饶家的女儿也是门当户对，只是那是指嫡女，庶女嘛……

可是但凡有个官职或爵位的，家中的嫡女都要找嫡子，给人做填房的都少见，更别提做小了。

"这是我姐夫小弟的女儿，父母去得早，跟着他们长大。"陈氏含笑说道。

这是饶家的嫡出女儿！

谢氏心中惊喜，但这父母早亡的孩子……

不过，饶家的孩子，又是在陈国公家女儿的膝下养大的，自然差不了。

"我说呢，这通身的气派，仿佛跟你一个模子刻出来的。"谢氏笑道，伸手，"来，我瞧瞧。"

郁芳低着头走过来，将手放在谢氏手里。

手掌圆润，没涂指甲，修剪精细，干净整洁，有骨头有肉，正是谢氏最喜欢的类型。

谢氏又看她的脸，越看越满意。

苏妈妈在谢氏伸手的时候就已经去准备了见面礼,此时忙捧上来。

"拿着玩吧,也不知道你来,别嫌弃。"谢氏笑道,将一套三只的绞丝银镯子递给她。

饶郁芳大大方方地接了,道谢之后退了回去。

"英兰,带郁芳去你大嫂那里玩吧。"陈氏说道。

谢氏没说话。

"哦。"常英兰慢慢地应了声,向谢氏施礼告退。

"去吧。"谢氏含笑说道。

常英兰出了门,站在廊下没迈步。郁芳安静地跟在她身后,不催也不急。

"大嫂那人闷得很,又不爱和人说话,最没意思了。"常英兰转过头,低声和她说道,"我们去淑兰那儿玩吧。"

郁芳眼中带着笑意。

"妹妹,我听王妈妈说,二妹妹好像不太方便吧?"她低声说道。

英兰愣了下。

这女人倒是什么都知道!才来了几天!

"没事,我去了就方便。"英兰说道。

郁芳了然一笑,垂下头,不再说话。

二人再次迈步向外走去,刚要出门,就听见身后有人急急地走路。

"他不好了,你心里不是更不好?你们母子两个这是何苦?"陈氏的声音传来。

英兰关心母亲,忙回过身,郁芳跟着看去,见陈氏从屋子里走出来,走得很急,也不用人扶着,身后是谢氏,丫头婆子们忙追上去。

"母亲。"英兰立刻回身跑过去。

郁芳自然跟过去。

她们过去时,陈氏已经进了一间屋子。

"快起来,婶娘让你起来。"她的声音从屋内里传来。

谢氏也掀帘子进去了,婆子丫头们都留在了门外。

"这是……"英兰疑惑了一下。

"这是放先夫人灵牌的屋子。"一个婆子低声和她说道。

英兰恍然,随即又疑惑地问道:"谁在里面?"

话音未落,她就听到屋内里的声音。

"我没事,母亲。"

世子爷！

英兰大吃一惊，转头看向一旁的郁芳。

郁芳正带着几分好奇地向那边看。

常英兰一咬牙，转身走下来。

"没事，我们走吧。"她拉住郁芳说道。

郁芳"哦"了声，点点头，乖乖地跟着她转身。

才走了没几步，就听身后传来帘子的响动和丫头婆子们的骚动，常英兰便忍不住停下脚看去，郁芳自然跟着看去。

一群女人中间站着一个身材高大的年轻男子，他低着头，似乎在看自己的腿脚，虽然隔得远，但饶郁芳还是一眼看清了他的形容。她不由得怔了下，旋即面色微红，垂下头。

就是他吧……

"世子哥哥怎么了？好像腿脚不利索。"常英兰到底忍不住，看了眼郁芳，"你先出去等我。"

饶郁芳失笑，看了常英兰一眼。

常英兰话出口也觉得失礼。

"你在这里等我，我去看看怎么了。"她讪讪地说道，不待郁芳答话便过去了。

常云成进了谢氏这里，屋子里一阵忙乱。

"用药酒擦擦。"

"还是得用些膏药。"

看着他膝盖上的瘀青，谢氏到底忍不住，哭了起来。

"我没事，母亲，这连皮外伤都算不上。"常云成笑了笑。

"去找大嫂来看看。"常英兰喊道。

室内却安静下来。

气氛有些怪……

常英兰有些摸不着头脑，自己没说错啊，大嫂是神医，让她看不是最合适吗？

谢氏面上浮现出犹豫。

"不用了。"常云成笑了笑，"啪啪"几下拍好了药酒，放下裤管，站起来走了几步。

"看，没事。"他说道。

谢氏看着儿子，欣慰、欢喜、悲伤种种情绪交织在一起，眼泪流得更厉害了。她点点头，用手帕掩住嘴。

哭声却从外边传来。

是女子低低的压抑的哽咽声。

屋内的人都愣了下，向外看去，隔着厚厚的门帘，看不到人。

"饶姑娘，你这是怎么了？"有丫头小心地询问。

"没事，没事，我失礼了。"低柔的女声传进来，"我只是，只是感怀身世……我想到父母去得早……都不知道被父母罚跪是什么滋味……"

常英兰听得差点儿气炸了：你家里人都对你太好了，你倒感叹没人打骂了！

谢氏和常云成听了却是有别的感触。

常云成便又往门口看了眼。

这一眼落在了陈氏和谢氏的眼里。

常英兰难掩气愤，却又不敢说出来惹母亲生气，重重地施了个礼，"噔噔"地出去了："快走吧。"

紧接着，细碎的脚步声也离开了。

"是你婶娘姐姐家的姑娘。"谢氏似是随口对常云成说道。

常云成"哦"了声，谢氏便不再提，拉他坐下，接着询问伤情。

此时千金堂后院的气氛也有些紧张，很多人围成一圈。

每个人都神色紧张、屏住了呼吸看着胡三将一根细长的管子一点儿一点儿地按入水桶里。

当管子转过一个位置时，"咕嘟咕嘟"几个气泡冒上来。

"还是不行。"众人齐声叹气。

齐悦站起身来，看着一旁扔着的几根管子。

"密封性达不到。"她喃喃地说道，"会造成输液污染，是我异想天开了。"

大家看着她，都是一脸沮丧。

"师父，"胡三更是惭愧，似乎这管子做不好都是他的错，"那皮匠说了，不成的话，他会把钱退回来。"

齐悦瞪了他一眼。

"人家的功夫就不值钱？"她说道，"哪有这样的？你可别去要钱，我丢不起那人。"

胡三摸着头笑了。

"没事，这个不成是正常的，成了才是奇迹呢。"齐悦看着大家沮丧的神情，笑了，挥了挥手，"来，我们再试试这个吸引器。"

立刻有人再端来一盆水。

齐悦很快用吸引器把水吸了出来，大家一片欢腾。

齐悦也松了口气，揉了揉酸疼的手。这个吸引器虽然不太好使，但好歹能用，多少也算做成功了。

"这个是手套。"齐悦又将方才画好的图给胡三。

"手套？"胡三看着图，有些不解，"是师父你经常戴的那种吗？那些皮匠可做不出来。"

齐悦笑着给他解释了手套要用来做什么，能起到什么功效，至于别的，就让皮匠们去想吧，专业的事还是专业的人来考虑的好。

刘普成还没回来，齐悦又就昨晚看到的不懂的内容请教了张同便回去了。她现在最要紧的是先记住这些理法，再现场观摩学习。

常云成很晚才进门。齐悦听到他进门，高兴地过来问好。

"嘿，我今天做成了一个吸引器，虽然不太好用……"她说道，想要分享自己的喜悦。

常云成没有看她，也没有理会她，由秋香解下衣裳。

"你的腿怎么了？"齐悦说到一半，看他向内室走去时，腿脚有些僵硬，走路一瘸一拐的，忙问道。

常云成依旧没答话，进卧房时被门槛绊了下。

齐悦忙伸手扶住他。

"受伤了吗？我看看……"

"走开。"常云成被她扶住胳膊，如同触电一般，猛地甩手，喝道。

齐悦不提防，再加上弯身要去看常云成的腿，肩头被重重地打了一下，人应声跌了出去。

木架倒在地上，上面的美人瓶滚落碎散。

齐悦踉跄几步，手抓住隔扇框站稳。

常云成硬生生收回迈出的脚以及伸出的手，看着这女人惊愕的面容，攥起的手指甲掐破了手心。

多么熟悉的一幕……才过去多久，她居然就忘了。

齐悦收起愕然，笑了。

她拍拍手，看了眼常云成，又冲他举起手，做出两个推的手势，什么也没说，

双手一收，转身走开了。

夜半的时候又下起雪。

齐悦起身在室内活动手脚，透过毛纸窗户看向外边。

阿如站在她身后，一脸担忧。

昨晚那一刻之后，世子爷和少夫人没有拌嘴，没有故意针锋相对。她们一直期望这二人能平和相处，但真的平和了，她们却更觉得心惊肉跳。

他俩到底是怎么了？不是已经好多了，怎么突然就……

"秋香，昨天世子爷是怎么了？"她低声问刚走进屋子的秋香。

秋香冲她摆摆手，四下看了看，小步走过去，低声说道："昨天，世子爷在夫人那里跪了半日。"

阿如叹了口气，不再问了。

齐悦梳洗完毕，自己吃了饭，就安静地坐在屋子里看书。

"世子爷在书房里看书呢。"阿如趁着倒茶的机会，闲谈一般说道。

齐悦"哦"了声，笑道："也是不方便啊，占了人家的屋子，我得找个机会搬出去了。"

阿如迟疑了一下，看到齐悦又低下头看书，鼓起勇气说道："少夫人，夫人那边……您看……您是不是……"

"她又怎么了？又来找咱们麻烦吗？"齐悦抬起头，不解地看着她。

阿如看着她，有些忧愁。

"少夫人，您这样想，跟夫人的关系只会越来越不好。"她说道，"她毕竟是婆婆，您要……"

"讨她喜欢？"齐悦接过话，笑道。

这不是挺聪明的吗？阿如忙点头。

齐悦笑着转了下手里的鹅毛笔。

"阿如，这门亲事，侯夫人一开始就不同意，是吧？"

阿如点点头。

"但是这门亲事偏偏成了。"齐悦说道，看着阿如，"这已经不是她讨不讨厌我这个人的问题了，而是这件事，这件违背她意愿的事，已经成了她的执念，我的存在本身就是她的耻辱。"

阿如看着她，听懂了，脸色变得惨白。

"那就……那就没有任何办法吗？"她颤声问道。

"有啊。"齐悦放下笔，带着几分郑重。

阿如瞬时高兴起来，她就知道少夫人聪明能干。

"离婚，让她扳回一局心愿得偿。"齐悦微微一笑。

阿如瞬时被浇了一头冷水。

"离……离婚？"她结结巴巴地道，跟着齐悦的时间长了，对她冒出的没听过的词也能猜到大概的意思，"是和离？"

"被休我可不干。"齐悦拿起笔，"又不是齐月娘非要来他们家的，既然是被请进来，那自然还要被请出去，被休？凭什么？"

"我不是说这个。"阿如跺脚道。这少夫人的思维真是……

"我知道你要说什么。"齐悦说道，"好了，阿如，我都知道，我自有打算。你快忙你的去，我抓紧时间看会儿书，将来可是要靠这个吃饭呢。"

齐悦起身推着她往外走。

"什么……什么叫靠这个吃饭？"阿如更加迷惑，问道。

"我真的成神医了，给侯府争了面子，侯爷才会护着我嘛，要不然我在家怎么还能蹦跶得这么欢？所以我就是靠医术吃饭嘛。"齐悦笑道，将阿如推出门，"你去玩会儿吧。"

是这样吗？阿如还要问什么，门被齐悦关上了。

第十四章 打 赌

此时府城里很多商户才打开门,位于城中心的回春堂也不例外。

小伙计刚拆下一块门板,就听一阵嘈杂声,紧接着有人撞了上来。

"大夫!快请大夫,我大哥不行了!"为首的是两个大汉,穿着兽皮袄子,一看就是猎户。

伙计定睛一看,认出来了。

"哦,那个被野猪顶了的。"他接着拆门板,"不是我师父看过了吗?怎么又来了?"

众人抬着门板拥进来。

"我大哥不行了。"众人七嘴八舌地喊道。

小伙计探头看了眼,不由得吓了一跳,只见门板上的男人已经神志不清,在摇头晃脑地说胡话,而那腿上露出的伤口已然发黑流脓。

"怎么了?"回春堂的大夫王庆春走出来,问道。

"师父,不好了,是烂……"那伙计抢过去低声说道,话没说完就被人一把打在手上,说话声停下了。

"你懂什么啊,瞎说病症。"跟在王庆春身后的是他的弟子吴山,他瞪眼喝道。

小伙计讪讪的,不敢说话了。王庆春走过去。

"大夫你瞧瞧,昨晚上开始突然不行了。"家属们期盼地看着他。

王庆春点点头,一脸淡定,挽起袖子弯下身。当看清伤口时,他原本伸出要诊脉的手停下了。

"药一直吃着呢吧?"他收回手站起来,接着捻须,问道。

· 382 ·

"吃着吃着。"家属们急忙说道。

"接着吃吧,看看怎么样。"王庆春说道,一面看向弟子:"再开些外敷的。"

吴山应声去了。

"那……那他这样,没事吗?"家属没想到这么简单,忍不住回头看看门板上神志不清、胡言乱语的汉子。

"吃吃药看看吧,病症这种事,只能尽人事听天命。"王庆春说道。

这话家属听出味来了。

"你这大夫行不行啊?"一个矮粗汉子挤过来,瞪眼喊道,"你到底看得了看不了啊?"

这种话是大夫最不爱听的话。

"不行?不行你来我们这儿?"吴山哼道。

"那不是因为千金堂的刘大夫没在吗?"矮粗汉子亦是哼道。

太过分了,吴山瞪眼就要怼回去。

"这样啊。"王庆春拦住他,态度依旧和蔼,"刘大夫回来了,我过来时正好遇到他。"

听他这样一说,那矮粗汉子立刻回身。

"走走,快快到千金堂去。"他喊道。

伴着这声喊,众人果然抬起门板,乱哄哄地去了。

"师父,你看这些人……"吴山气愤不已,"我们回春堂什么时候还不如一个跌打损伤馆了?"

这是赤裸裸地打脸啊。

王庆春却神态平静。

"这是疠毒之症。"他忽地低声说道。

还在喋喋不休的吴山一怔,带着几分不敢置信看向师父。

"疠毒?这不是……"

王庆春点点头,露出一丝浅笑。

"不治之症。"他缓缓说道。

吴山愣了半晌才回过神来。

"那太好了。"他也笑了,看向门外,"既然他们不让咱们治,而是让千金堂来治,那人要是不行了,就不碍咱们的事了。"

这才是赤裸裸地打脸呢,不过,打的就不是他们回春堂的脸了。

吴山"嘿嘿"笑了。

383

"师父,我瞧瞧去。"

张同和刘普成进来时,后堂里正笑闹成一片。

"干什么?"张同忙喝道。大家这才停下,看到刘普成,忙低着头垂手站好。

"我师父让准备的皮子我拿来了……"胡三顾不得整理争抢中被揉皱的衣裳,拿着一块皮子冲过来,"师父你回来了。"

"这是什么?"刘普成有些好奇地问道。

张同刚要开口,胡三已经抢着全说了。

刘普成听后又是惊讶,又是高兴,连连点头称好。

"也给我一块。"他伸手说道。

"啊,师父你还用学啊?"胡三问道。

"多学一些总是好的。"刘普成笑道,接过皮子。

他们说到这里,前堂响起弟子们的高声传话。

"师父,重症创伤。"

千金堂因为医治外伤为多,所以堂内常常弥散着血腥气,但此时的千金堂里除了血腥气,还多了一股腐臭气味。

刘普成认真地查看了伤口,神情沉重。

"师父,这个不能治了。"张同低声说道。

此话一出,家属们都慌了,更有一个妇人哀号一声,跪在地上就翻白眼。

"哎哟,大夫,你还没治呢就说不行。"门外有人阴阳怪气地说道。

千金堂的弟子们看过去,见不知什么时候门口围了一些看热闹的闲人,说话的是一个二十多岁的男人。

"吴山,你们回春堂关门了?"胡三冲那男人瞪眼问道。

吴山气坏了。

"我呸,你们千金堂才关门了!"

"那你闲得跑到我们这里?"胡三哼道。

"行了。"张同喝止他,看了眼那吴山,不再理会。

这边家属们又是哭又是求。

"前几天来,大夫你没在……"

刘普成"哦"了声。

"齐娘子那天在呢。"胡三又哼道。

"齐娘子在？"刘普成忙看向他，有些惊讶，"她在就好了，怎么没让她治？"

胡三哼了声，冲那边的家属扬了扬下巴。

他那天虽然也没在，但其他弟子自然告诉他了，这种看不起他师父的行径自然被他牢牢地记在心里。

"他们看不上我师父，我师父都准备好了，他们抬着人另请高明去了。"他看着那些人大声说道，"怎么你们又回来了？那位高明的大夫没给你们治好啊？"

家属们被说得一头雾水。

刘普成轻轻地叹口气。

"这伤口原本不至于如此的，要是几天前就割去烂肉缝合的话……"

"大夫，大夫，求求你！我们大哥一辈子苦啊，爹娘去得早，是大哥又当爹又当娘把我们弟兄几个拉扯大了，好容易我们能让他享享福了，偏又……"三个汉子"扑通"就跪下了，冲刘普成直叩头。

"好，好，快起来，我尽力。"刘普成忙把几人搀扶起来，一面看向张同："按照齐娘子说的那些准备，我要给他清创割去烂肉。"

"可是师父，只怕不行啊。"张同带着几分担忧，把他拉到一边低声说道，"此人已经火毒内蕴，热盛肉腐，邪毒攻脏腑了。"

邪毒攻脏腑，这是不治之症。

"就算这样，哪里能看着人去死？"刘普成说道，"齐娘子说过，这种是外伤感染，感染……要消炎抗毒……咱们再试试吧。"

张同一把握住他的手。

"师父，"他着急地说道，"现在咱们不治他，他死了是天命，但如果咱们治了，他要是死了，那就是人祸了。师父，这些人是城东茅山上的猎户，最是凶横无礼，万一……"

刘普成拍了拍他的手。

"你我都是大夫，见病治病，见危救人，别的就不要多想了。"他说道，"人心公道，自己心安便是了。"

张同知道自己师父的脾气，点了点头，不再劝说，立刻带着一干弟子忙碌起来。

治吧治吧。吴山探头踮脚往里面看。

胡三走到他面前，挡住他的视线。

"你干吗？"吴山瞪眼道。

"你干吗？"胡三瞪眼道，"想要拜师，进来叩头。"

吴山呸了声。

"我拜师？"他说道，"我瞎了眼啊？"

胡三也不恼，"哦"了声。"那就是想要偷师了？"

这还不如拜师好听呢，吴山又呸了声。

"你们这破技术有什么好偷师的？"他哼道，转身拂袖离开了。

胡三冲他的背影呸了声，忙去帮忙了。

刘普成消毒完毕，张同也给伤者消毒完毕，还铺上了手术巾。

家属们看着这从来没见过的阵势，更加放心——可见这是刘大夫的独门秘技。

清洗创口，刀子一下一下割去烂掉的皮肉，再用熬制的中药汤汁清洗，敷上去腐生肌的膏药。

"不用缝合吗？"胡三忍不住低声问道。

刘普成摇摇头。

"现在不用缝了。"

张同瞪了胡三一眼。虽然他也很佩服齐悦，但对胡三这样时时事事以齐悦的做法为标准的样子很不满意。

刘普成处理完伤口，又命弟子熬了汤药过来，用鹤嘴壶给伤者灌下去，一段时间后，伤者的精神好了很多，不再胡言乱语，气息也平稳了。

家属们终于松了口气，但刘普成的神情并没有多少轻松。

"这样吧，这个伤者今晚就留在我这里。"他说道。

这里可从来没有伤者留在药铺的习惯，家属们都愣了下。

"你们住得远，万一病情反复，路上来来回回地耽搁了，留在这里，我可以随时观察病情。"刘普成解释道。

家属们"哦"了声，似懂非懂地点头。

"师父，咱们这里没地方啊。"张同低声说道。

"把我的那间屋子收拾出来。"

张同应了声，忙带着人去收拾了。

那受伤大汉的妻子没了主意，只好看着小叔子们。

"行，大夫你说怎么做就怎么做，只要能治好我大哥。"一个兄弟一咬牙做了决定，大声说道。

众人点点头，这事就这样定了。安置好伤者，因为千金堂没有供家属休息的地方，那间屋子刘普成又不让家属进，猎户们只好留下两个家属守在门外等候，其他人忐忑不安地离开了。

刘普成是天快亮的时候才去睡的，但才躺下就被张同喊醒了。

"师父，不好了，那人又开始说胡话了。"张同颤声说道。

"糟了！"刘普成翻身起来，连外套都顾不得穿，直奔那临时病房。

这伤者的家属虽然同意了刘普成留人住院的事，但心里到底是不安生，一大早众人就赶过来，结果见到的却是比昨日情况更严重的伤者。

"大夫，这是怎么了？你不是说好了吗？"男人女人都围住刘普成，哭的喊的乱成一团。

"我不是说好了，我是说试试。病情实在是太严重了，而且你们延误了，所以现在是不行了。"刘普成给家属们解释。

"什么延误了啊，明明是你治坏了。"

不知什么时候，很多人围在千金堂里看热闹，其中有人笑道。

胡三循声看去，见又是吴山。

吴山昨天虽然走了，但还是关注着这边的情况，看到这些家属走出来，他还"关心"地上前问候，且问出了刘普成是怎么治的。

"割下好些肉啊？"吴山夸张地喊道。

这神情让那些家属更加不安。

"吴大夫，这……这种治法能治好病吧？"家属们拉着吴山追问道。

"这我可不知道，大家各有师门技术，不一样的，你们等等看吧。"吴山摇头笑道，却带着几分怜悯看着这些人，只看得家属们心里更是不安，所以一大早就过来了。

果然……

该，让你逞能！搬起石头砸了自己的脚！

吴山心里笑开了花。

"什么叫我们治坏了？明明是你们治坏了！"胡三跳过去喊道。

吴山嗤笑。

"我们看的时候可没这么糟，让他吃药，他们也不听，偏要找千金堂。"他摇头晃脑地说道，撇了撇嘴，"要是吃着我们的药，说不定……"

他说到这里，冲众人摊了摊手。

他这话说得本就慌了神的家属更慌了。

"这外伤痈疖最要紧的是吃药，现在倒好，不好好吃药，反而用刀子又是割又是划的，没病也得割出病来。"吴山接着说道，一面探头看那床上躺着的伤者。

伤口并没有包扎，露出明显的被刀割过的痕迹。

"你闭嘴！你懂什么？"胡三气得喊道。

吴山却不怕他，对着看热闹的人大声说道：

"城东的万家米粮店的掌柜的怎么死的？长了个脓疮，不小心弄破了，结果呢，三天不到就死了。"他一脸悲愤，又看着已经完全慌了神的家属摇头，"可惜啊可惜啊，居然自寻死路啊。"

"庸医，你害死我大哥，拿命来！"那个矮粗汉子忽地跳起来，抓起一旁的凳子就冲刘普成砸去。

对于这边的吵闹，刘普成一直没有理会，他认真地诊脉，又提笔写药方，刚写完站起身，伴着惊呼，身后劲风袭来。

刘普成下意识地歪头躲，同时抬手抵挡，伴着"咔嚓"一声，凳子腿断了，刘普成也倒在地上。

齐悦得到消息时，刚起床在梳洗。

阿如听说刘普成被人打了，吓得三魂丢了两魄，冲进来告诉齐悦。

齐悦当场就傻了。

"少夫人也别太担心，胡三那人说话夸张，许是没那么严重……"阿如看齐悦的神情，只怕吓到她，忙又说道，话没说完，就见齐悦冲了出去。

常云成从饭厅里走出来，就看到那女人一溜烟跑出去的背影。

这女人……总是有不像女人的时候……倒是好腿脚……

他不由得微微弯了弯嘴角，旋即又垂下来，硬生生地收回视线。

"鹊枝，拿衣服，拿大斗篷。"阿如抱着医药包慌乱地跑出来，大声喊道。

"阿好，阿好，给我拿钱，有多少拿多少。"阿如接过鹊枝慌忙地递来的刚熏烤好的斗篷，又喊道。

阿好冲进屋子里，一阵翻腾后抓出一个钱袋。

常云成神情微凝，不由得向前走了几步。

"出什么事了？"看到阿如就要跑出门口，他终于大声问道。

"刘大夫出事了。"阿如停下脚，回头说道，看着常云成，张了张嘴，想到齐悦，最终将那句"世子爷您陪少夫人一起去"咽了回去。

那个女人看似淡然，其实倔强。

她只有这个灵魂了，那就让她随意吧。

阿如转身奔了出去。

388

常云成又怎么会听不出阿如的意思？

连她的丫头都要和自己划清界限了吗？

她以后，不会再理会自己了吧……

常云成紧紧地攥起手，似乎攥住了脖颈，不能呼吸……

胡三看着侯门口有马车出来，立刻知道是齐悦，他站起来就挥手。

"谁干的？"齐悦开门见山地问道。

"看病的，猎户，七八个人。"胡三答得简单扼要，直击关键。

医闹？

就药铺那些瘦胳膊细腿的弟子，估计还不够人家一个人练练呢。

"门房，我要出门，给我叫十七八个护卫。"齐悦说道。

门房们愣了下。家里的主子出去自然是要有护卫跟随的，只不过少夫人出去的时候还真没带过……

他们急忙应声跑去喊人。

"带上家伙。"齐悦又喊道。

门房们一个踉跄。如今的侯爷是个糖水里泡大，一心追求风雅的文雅人，打架那种粗鄙事从嘴里说出来都觉得有辱斯文。世子爷倒是个性格狂放的，却又是个孤胆英雄，打架只靠自己，那种招呼帮手的事是不屑干的。至于其他的公子，自然被教育要向侯爷看齐。因此定西侯府的门房护卫们只能靠说别人家的陈年旧事来打发寂寞的时光。

没想到他们有生之年竟然还能听到这样的话，还能参与一次这样的事，更想不到的是，这句话竟然是家里的少夫人说出来的。

门房们泪流满面地奔出传达这个好消息……

千金堂里已经一片混乱了。

七八个大汉并四五个妇人将千金堂里面堵住，那些嚷着要报官的弟子伙计一个也出不来，要不是胡三因为家庭渊源自小对这种被围攻的事很熟悉，第一时间钻了出来，齐悦也不可能这么快就知道了。

千金堂外边也挤满了人，甚至整条街都被挤得水泄不通。

"好好的一个人，被他们留着住了一晚上，就不行了。"

"说是治病，谁知道是怎么治的，住在这里也不让家人进去看，谁知道里面做什么呢？"

"割了好些肉呢。"

……………

人群里还有吴山在解说。得了病就是遇到难处了，遇到难处了还有如此遭遇，大家都很是同情，人吃五谷杂粮，谁也不能保证自己不生病，因此对大夫都是爱得深也恨得深。

不过，表示质疑的也不少，眼见形势有点儿不对，吴山急了。

"你们懂什么？虽然刘大夫治好了知府公子，但你们知道是怎么样治好的吗？"

这倒是个更吸引人的话题，大家纷纷询问。

"那是要切开肚子的。"吴山说道。

人群哗然。

"你们不懂，这不是什么不可能的事。"吴山带着几分高深莫测说道。

"这么说，刘大夫真的能开腹治病？"众人更惊讶了，纷纷问道。

看着众人瞬时转为惊讶崇拜的神情，吴山心里啐了口。

老子不是来给这千金堂增加名气的！

"开腹，随随便便就能开腹吗？"他哼道，"那都是练出来的。"

众人"啊"了声，更加好奇了。

"这……这怎么练啊？"

吴山冷笑一声。

"给人开腹，自然是在人身上练了。"

众人又一阵哗然。

"这这，那伤者不会是被千金堂关起来给割坏了吧？"有人大声问道。

吴山不由得想拊掌赞一声"智者啊"。

伴着这个信息的传开，外边的围观者顿时一边倒了。

"打啊，打这个庸医啊！"

听着外边的喧闹，千金堂里的弟子们心都凉了。

虽然药铺或者医馆有看病的人闹事不算稀罕事，但他们千金堂自开张以来，凭着刘普成的技术以及为人，一直顺风顺水，在乡亲们中也算打出了名气，没想到还是遇到了这一天。

俗话说"常在河边走，哪能不湿鞋"，他们也不是神仙，给人看病哪能包治包好，遇到不讲理的患者家属那也是没办法的事，认命吧。

当大夫的、开药铺的哪个没被人打、骂、砸过，这是正常的。

弟子们抱住头，等待这一刻的到来。

"让开！"

急促的马蹄声以及响亮沉稳的呵斥声从门外传来。

围在千金堂外的人群顿时一阵混乱，在看清来人举着以及悬挂着的侯府标识时更加混乱了，不过倒是快速让开了路。

看到来人，吴山心里"咯噔"了一下。他可是听说知府公子是在定西侯府里救治的，而且据说定西侯府的少夫人起了很大的作用。

庸医可是要被定罪的，这千金堂这次脱不清干系，就算有定西侯府出面，也改不了民众的认知，不管最后压不压得下去，能不能定罪，民众都认定了这千金堂是庸医，那就足够了。

吴山哼了声，和众人退到一旁冷眼看着。

不过这刘普成行啊，居然能跟定西侯府的少夫人攀上关系。

他心里想着，就见十几个手持棍棒的护卫停下来，一辆如同惊了一般的马拉的车也停下来，车上跳下一个年轻女子，紧接着又跳下一个年轻女子。

先头那个年轻女子似是娇弱不堪，下了马车还没走两步就差点儿歪倒，引得围观的人一阵低笑。

"少夫人。"阿如扶住齐悦，担心地看着她。

这马车简直要人命。齐悦压住内里的翻江倒海，稳了稳心神，直接冲进千金堂里。

四个男人堵住四扇门，面向里正骂得欢。

"打死你这庸医也不冤！"

"黑心的庸医死一个少一个。"

这些话传进齐悦的耳内，她只觉得鼻子喉咙火辣辣的，左右一看，一把抓过身边护卫手里的棍棒。

矮胖男人觉得光是骂还不解气，干脆撸起袖子，准备好好地给这些庸医一些教训，刚抬起手，就听背后风声袭来，紧接着肩膀上钝痛，同时传来棍子敲肉的闷响。

矮胖汉子"哎哟"一声就转过身。

"哪个王八蛋……"他骂道，还没看清袭击者是谁，又一棍子在眼前放大，幸好他是猎户出身，下意识地仰面一躲，这棍子只敲中肩膀。

他的人跌进堂内，门便被让了出来。

这边的动静让堂内的嘈杂混乱停了下，大家都看过来。

一个美貌女子迈进来，穿着妆花金线的上好袄裙，手里攥着一根与衣裳不是很搭的哨棍。

这是来看病，还是来打劫？

千金堂里正抱头等待一场皮肉苦的弟子们也抬头看去。

迈入门的女子身形娇小，手里抓着棍子看上去那样不伦不类，但所有的弟子都没觉得好笑，反而眼睛一热，有救了吗？

不过，堂堂侯府的少夫人，真的会不管身份，要护他们一护吗？

这些人根本不讲道理。

伤者家属也看到了齐悦，然后看到跟进来的一众护卫。

"你……你们什么人？"其中一个大声质问。

他们自然从齐悦等人的穿着打扮看出他们非富即贵。

这些人是来看病的？

"这家是庸医！"便有家属大声道。

齐悦没有听他们说话。她迈进门，一眼就看到被砸得一片狼藉的大厅，然后看到躺在地上，正被张同护着的刘普成。

因为有好几个弟子挡着，齐悦只看到刘普成露在外边的腿脚，不知道人是……

"死"这个念头刚一闪现就被齐悦掐灭，这个字她想都不允许自己想到刘普成身上。

"你怎么打人呢？"一个从突然袭击中缓过神的汉子大声喊道。

这话不说还罢，一出口，齐悦将手里的棍子往地上一顿。

"打人是吧？打人是吧？"她喊道，"打人谁不会啊？打得很痛快吧？我也来痛快痛快！"

她再次将棍子一顿，喊道："关门，给我打！"

这人也是来报仇的？可见这庸医害人不浅啊。

猎户们怔怔地想，尚未再表达一下同仇敌忾之情，就见这些护卫纷纷举着棍棒打了过来。

"打错了！"

"打我们干什么？"

"救命啊！"

"打杀人了！"

与此同时，四扇门"砰砰"地被关上了，将屋内飞舞的棍棒与屋外的众人隔绝。

街上看热闹的人只听到里面传来击打声以及惨叫声，吓得脸色发白，咬手吐舌。

"了不得了，这千金堂还惹到了定西侯府。"

"这下惨了。"

"这刘大夫莫非真的是庸医？"

门外议论纷纷。

"不对，不对。"吴山大声喊道，"是定西侯府的人在打那几个猎户。"

大家顿时哗然。

"这……这千金堂是……定西侯府家里的吗？"

围观群众神情复杂。

"所以就是治死人也可以肆意妄为吗？"吴山混在人群中，压低声音说道，"我们平头百姓又能如何？认了吧。"

"这世道没有天理了！"

悲观的情绪迅速传开，又凝聚到一起，不知道是哪个最先抛出一块石头砸在医馆的门板上，紧接着便有更多石头砸在门板上。

"我们帮猎户们去告官！"

"我们当证人！"

"就算有定西侯府，那庸医也要伏法！"

看着群众的情绪被调动起来，吴山悄悄地隐没在人后，准备离开，还没迈步，就被一人挡住了。

"戏还没演完呢，你就要走啊？"此人含笑说道。

吴山吓了一跳，见面前是一个四十多岁的男人，穿着素青棉袍，戴着护耳，神态淡然地看着自己。

他居然一口说出了自己的心事，吴山的心不由得狂跳两下。

"少多管闲事，外乡人！"他低喝道。

这人带着浓浓的不属于本地的口音，很好辨认。

那人露出笑，一把拽住要从身边挤过去的吴山。

"那猎户的伤，你看过？"他低声问道。

吴山急了，要甩开他。

"确定是必死无疑？"那人也不急，又说道，一面看着吴山，"果真如此，得去告官啊。"

"关我什么事？你想告去告啊。"吴山气急道。

"告官的话，需要个证人啊，你既然诊治过这个病人，自然是最合适的证人。"那人依旧含笑说道，"如果没人证明此人原本能治，是刘普成没治好，那怎么认定他是庸医故意杀人呢？"

吴山愣住了，停下挣扎，看着这人。

"你……你是什么人啊？"

此人只是一笑。

"看不惯不平的路人。"

啊呸，这世道还有这等吃饱了撑的的路人？肯定是刘普成的仇人。吴山心里说道。

"那你得习惯了。"吴山甩了甩胳膊，脱离那人的手，但并没有走，而是往千金堂那边瞥了一眼，"人家背后有靠山。"

那人看了眼千金堂，大门依旧紧闭着，虽然有零散的石块砸上去，但到底没人敢去冲门。

门口停着的马车上面悬挂的侯府标记足以震慑这些百姓。

"定西侯府吗？"那人淡淡地说道，"定西侯府身受皇恩，怎么可能去做这等飞扬跋扈的事？只要认定那大夫果然是庸医杀人，我想，定西侯府一定会明辨是非的。"

吴山惊讶地再次打量这人。

"再说，民众激愤，事实清楚，我想，这定西侯府不会蠢到为了一个小小的跌打大夫做出失民心的事吧？"那人含笑说道，"要是真这样，我想京城的御史言官们会很高兴的。"

吴山看着来人，一脸惊骇。

"你……到底是什么人啊？"

那人只是微微一笑，没有回答他的话。

"你别管我是什么人，我想跟你做笔交易。"他伸手拍在吴山的肩头，凑过去，低声说道，"不知道小哥有没有兴趣？"

"我怎么知道你……"吴山结结巴巴地开口，话没说完，就感觉手里被塞进一个物品，他低头去看，见是一个巴掌大的布袋。

钱吗？

"我可不是为了……"吴山咽了口唾沫。

那人手一抖，抽去布袋，露出一块腰牌。

这是什么？吴山忍不住凑近去看。

大夏御医院吏。

"这个，够给你壮胆了吧？"那人收回腰牌，淡淡地说道。

围观群众砸了一阵门，激愤渐渐退去，就在这时——

"告官去，告官去！"

"庸医杀人，天理不容！"

响亮的声音陡然响起，伴着这声喊，众人的情绪再次被调动起来。

吴山率先向官府而去，众人便潮水般地跟着拥去了。

这阵势一路上不断引来围观人的询问，便有人将这里的事再次散播，渐渐地，汇入其中的人更多了。这其中有真心不平的，也有看热闹的，更有想浑水摸鱼的。总之，到县衙前时，会集的人数之众已经足够让差役们吓得掉头跑进去。

听到差役的禀报，县太爷吓了一跳。他曾听说民乱，但可从来没想过自己有遇上的那一天，这要是报到朝廷，不管自己是否有错，都死定了。

朝廷一定会为了平民愤追究自己治下不严的罪。

心惊胆战地来到前堂，县太爷听完整件事才松了口气。

原来是个庸医杀人啊，多大点儿事。

"可有证据？"他问道。

"老爷，我是回春堂的，这猎户先前在我们那儿治，我可以做证病不至死，要不是那猎户非要找千金堂的刘普成看病，只怕如今已经好了。"吴山跪在堂下，一脸悲愤地说道，"原本是伤者自己选择的大夫，是生是死都与我们回春堂无关，但医者仁心，我实在是看不下去，想要劝说那猎户家属把伤者接出来让我们继续治疗，但那千金堂居然不放人，还把家属赶出来不许探视，如今不明不白地说人死了，不仅不给个解释，还关起门痛打家属……"

县太爷听得瞪大眼。还有这等事？居然还有这等医馆！这跟匪盗有什么区别？！

县太爷就要发令拿人，师爷及时地咳嗽一声，心领神会的县太爷停下手。

"老爷，这千金堂可不是一般的医馆。"师爷在后面低声说道。

有靠山？县太爷一惊。怪不得这般嚣张。

"知府大人的公子前一段时间受伤几乎丧命，听说就是千金堂治好的。"师爷低声说道。

县太爷笑了，也低声说道："你听错了，不是千金堂，是定西侯府，他们家的

少夫人有神仙之药才起死回生。"

师爷摇着折扇，继续低声说道："可是，这千金堂似乎也参与了。不管怎么样，这千金堂跟这两家都有些关系。"

看到台上两人低声说话，县太爷神情犹豫，吴山心里就明白了。

"大人，这千金堂仗势欺人，庸医杀人，祸害百姓，天理不容啊！请青天大老爷为民做主啊！"他大声喊道，叩头不止。

这一声喊，再加上他的叩头，围观群众再次激愤起来。

"怎么办？"县太爷慌了，看向师爷。

"激起民愤了，不管是不行了，要不然大人您的清誉就毁了。"师爷低声说道，"至于到时候是定西侯府出面也好，是知府大人出面也好，都是他们的事，就不关咱们的事了。"

县太爷点点头。事到如今也只有如此了，如果这千金堂果真庸医杀人，那就不是自己该头痛的事了，而是该他身后的靠山头痛了，如果这千金堂背后没有靠山，那就更简单了。

"拿千金堂一干人来。"县太爷一声令下。

此时的千金堂内也刚结束了混战。

因为要掌握好力度，打到人失去反抗能力又不伤人，护卫们费了些劲，所以战斗的时间长了些。

主要是参与这种事太少了，下次应该就好多了，护卫们信心满满。

原本气势汹汹的猎户家属们或坐或躺在地上，呻吟着，却是没人敢咒骂了。

"不要打，不要打，有话好好说。"从昏迷中醒过来的刘普成看着满堂狼藉，第一句话就喊道。

"老师，你别动。"齐悦忙按住他。

刘普成这才看到齐悦也来了，然后才看到堂里站着好些拿着棍棒的护卫，地上躺着的不是自己的弟子们，而是那些失控闹事的猎户们。

"你……你……怎么来了？"他立刻猜到是怎么回事，急得就要起身，"谁去告诉你的？胡闹，胡闹啊！你怎么能来？"

刘普成的胳膊断了，所幸当时偏了下头，要不然极有可能醒不过来了。

齐悦看着这个老者疼得变形的脸，时刻整洁的须发变得杂乱，就觉得鼻子发酸。

她想起爸爸，想起那个脑部手术失败导致病人瘫痪后，爸爸被激动的家属抓着头发在走廊上拖行的样子……

当时她抓着科室的墩布要冲出去，被一群大夫死死地拦住……

"你快走，立刻就走，他们不知道你的身份，还来得及。"刘普成用没有受伤的那只手推她，焦急地说道，"你别担心，这没什么。关心则乱，他们关心自己的家人，做出一些过激的事，这是人之常情，咱们医者好好给他们解释，说明白也就没事了。"

齐悦深吸一口气，站起身来，向那些倒在地上的人走去。

"好，我跟他们解释，我好好跟他们说明白。"

刘普成还以为她听话要走了，没想到居然是要去说这个，他急着去拦，却是无果。

看着她走过来，那些汉子面露愤恨，但看到四周拿着棍棒严阵以待的护卫，咒骂的话到底不敢说出来。

"有什么话不能好好说？怎么能动手打人呢？"齐悦沉着脸说道。

地上躺着的猎户们都要哭了。

"说啊，为什么打人？！"齐悦再次喊道，又抓过一根棍棒，在地上狠狠地顿了下。

地上的大汉们下意识地缩身护住头。

"没天理啊！治死人了不说还要打死人！"妇人们发出一声哭号，滚在地上，一头就向墙上撞去，"都死了你们就满意了！"

护卫眼明手快地挡住她，一把推回堂屋中央，死死地看住。

"官差办案，里面的人速速开门！"

门外陡然传来乱糟糟的喊声，同时有人"噼里啪啦"地拍门。

官府？护卫们看向齐悦。

齐悦刚要示意他们开门，门外就传来一声大喊。

"猎户家的人被他们打死了！"

这哪个孙子造谣呢？！

齐悦皱起眉头。

伴着这声喊，门外响起潮水般的喧嚣声，同时有无数人撞上门板，门应声而开，跌进来七八个人。

官差们将杂乱的人群挡在门外，整了整衣裳，看向堂内，也被堂内的景象吓了一跳。

破碎的桌椅板凳，地上滚着的人，手拿棍棒的人……果然是打架了。

"官爷，救命啊！"大汉们大声喊道。

话音未落，齐悦抢先一步站到官差面前。

"你们来得正好，他们打人！"她伸手一指地上的猎户们，喊道。

官差们看向地上躺着的七八个人。

一个个鼻青脸肿，这像是打人的人？

"他们打人！是他们打人！"猎户这边的男人们都要哭起来了，沙哑着嗓子喊道。

张同和师弟们搀扶着挣扎着起身的刘普成走过来。

"官爷。"刘普成勉强施了个礼。

官差们也不是傻子，看到这样子已经知道是怎么回事了。

"官爷，他们治死了人，还打人，官爷救命啊！"猎户们哭着喊着，冲门外探头的人们大声呼喊，"乡亲们啊，救命啊！"

外边的人们更加激愤，纷纷骂着庸医。

看到这场面，猎户们心里踏实了，妇人们哭得更厉害了，还频频向墙上撞去。

千金堂里乱成一片。

"都不要吵了。"官差们觉得头大，忙喊道，"都跟我到衙门去。"

刘普成叹口气，就要应声"是"。

"为什么去衙门？"齐悦站到刘普成的前面问道。

"有人告这千金堂庸医杀人，县太爷命我等传唤相关人等。"官差看这女子穿着不凡，再看四周虎视眈眈的护卫，知道这一定是惹不起的人家，带着几分恭敬答道。

"什么庸医杀人，没有的事，我们不去。"齐悦断然拒绝。

果然是惹不起的人家，看这骄纵的。官差赔着笑。

"不是传唤小娘子你，而是千金堂的刘大夫。"

"只要是千金堂的人，一个都不会去。好好的，我们为什么要去过堂？"齐悦说道。

"治死人了还如此嚣张！"门外有激愤的民众看不下去了，大声喊道。

"谁说我们治死人了？"齐悦问道。

外边的人们一愣。

难道……没死吗？

县衙这边左等右等，等得都有些不耐烦了，几个差役总算是回来了。

冻得要死要活的人们顿时又精神了，探着头看，却没有见到原告被告来。

"大人，千金堂说没死人，还治着呢，所以这是诬告。"为首的官差说道。

啊？没死人？

县太爷一下急了，"啪"地一拍惊堂木。

"吴山，你敢诬告！"他喝道。

吴山没料到这千金堂竟敢不来，一定是因为有定西侯府的人在。

"老爷，现在是没死，但离死也不远了。"他大声说道。

"反正此刻没死，你就告不得人家庸医杀人！"县太爷气坏了，再次拍惊堂木喝道，"等死了你再来告吧！"

说罢，县太爷怒气冲冲地喊了声"退堂"，甩袖子走了。

这县太爷明显是找机会推托，反正在百姓面前也算是有交代了。现在他都不管，等人家那靠山出面说话，他更不会管了。

吴山还要说什么，却被官差轰了出去。

你这里不管，自然还有别的办法，反正他要的就是搞臭那千金堂。

听说人还没死，官府又不受理，民众们的情绪便低沉下去，响起一片议论声，隐隐有人开始询问是不是误会千金堂了。

"官府不管，我们医者自己管。"吴山大声说道，"我要请几家医馆的大夫一同去千金堂会诊，让他千金堂无话可说！"

群众们便又激动起来，看吴山敢如此做，觉得那千金堂肯定有问题。

"官府不管，那猎户家可怜，无可依靠，还请众位乡亲做个见证，让猎户家的冤屈得解，让害人者受罚！"吴山举起手，一脸激动地喊道，说罢，冲众人深深地施礼。

众人的情绪瞬时高涨，潮水一般拥向千金堂。

齐悦站起身，沉着脸。

"怎么样？"张同第一个问道，满脸紧张。

齐悦不知道该怎么说。

病情凶猛，却不似当初剖腹疗伤的并发症那般令人害怕，因为这次的病因很简单——

急性伤口感染。

伤者陡然发出一声喊，双手举起，胡乱地抓挠两下，又无力地垂下来。

站在一旁的家属们哭出声来。

"清创消毒可都做好了？"齐悦问道。

刘普成点点头。

"都是按照齐娘子你那般来做的。"话到嘴边猛地停下，换成了，"不是，我是自己做的，我觉得我都做好了。"

齐悦看了他一眼。

"那就是说，单单靠盐水、烧酒来消毒、消炎达不到效果了。"她重重地吐了口气。

盘尼西林……

她需要的仅仅是一盒盘尼西林……

这却是在这里无论如何也找不到的东西。

她怎么就没多带一些呢？

"到底还有没有救？"家属再忍不住，大声问道，"你们别折腾我们了，是死是活给个痛快吧！"

齐悦皱眉，没说话，因为门外又传来喧嚣以及"砰砰"的砸门声。

"师父，师父，不好了，钱大夫他们来了！"一个弟子一脸惊慌地跑进来，"他们要会诊！"

会诊？

这是好办法，人多力量大，说不定群策群力就能找出更好的消炎办法。

齐悦高兴地笑了，却见刘普成神色一黯，其他弟子则是一脸颓丧。

"怎么了？会诊不是挺好的？"齐悦不解地问道。

"会诊有什么好的？他们是要做证人，证明师父是庸医杀人。"张同说道，声音已经哽咽。

医馆大夫会诊，这对一个大夫来说是赤裸裸的羞辱，也就是从医术上给这个大夫定罪，定他医术不精之罪，一旦被定了如此罪名，这个大夫的行医之路也就算是完了。

这样算什么会诊？齐悦愕然。

会诊的大夫的年纪都与刘普成的差不多，围观群众都能喊出他们的名字，可见是这城中有名的大夫，足以担当权威让大众信服。

"刘大夫，得罪了。"其中被称为钱大夫与黄大夫的两人脸上并没有幸灾乐祸的神情，毕竟是同行，遇到这种事有些兔死狐悲的感慨。

另外一个则沉着脸，看上去很严肃，一句话也没说。

刘普成冲他们点点头。

"既然大家都是大夫，一起想想办法。"齐悦挤过来说道。

三位大夫看向她，一脸愕然。钱大夫和黄大夫曾参与过知府公子的救治，一眼就认出了她，还没来得及开口说话，另外那个大夫先开口了。

"想办法？你这小娘子是说要我们帮忙治好病人吗？"他的声音猛地提高，喊得堂内的人都听到了。

齐悦愣了下，不太明白他这么大声说话做什么，但还是点点头。

"那到时候治好了，算刘大夫的功劳吗？"外边有人大声问道。

这话引起一片"嗡嗡"声。

"治好了你这庸医也脱不了罪！"

"早干吗去了？缠着人家不放，耽误了救治！"

齐悦看了这大夫一眼，明白了。

"大夫贵姓？"她忽地问道。

王庆春看了眼这女子，带着几分坦然。

"老夫回春堂王庆春。"

齐悦"哦"了声，带着几分"原来是你啊"的神情。

王庆春坦然接受她的注视。

旁边那两个大夫想要提醒他什么，但没来得及说，只能不自然地转开视线。

"还是请三位看看吧，如果还有救就救一救，当然，如果是我的错，我自然会承担责任。"刘普成说道。

"那是自然，那是自然。"钱、黄两个大夫点头说道。

众人便一起向安置伤者的屋子走去。

因为是重症监护病房，虽然刚经历了一场劫难，但负责病房的弟子还是一瘸一拐地捧来了盐水和烧酒。

"干什么？"新来的三个大夫都愣了下。

"伤者重症，实行隔离，进去要消毒。"齐悦在后解释道。

那两个大夫迟疑了一下，王庆春却嗤的一声笑了。

"可笑。"他推开面前的弟子，推门就进去了。

余下两个大夫迟疑了一下，还是依言简单地擦拭了一番。

"多谢。"齐悦对他们说道。

"不敢不敢，少夫人。"两个大夫忙还礼，这才进去了。

因为要避嫌，千金堂的众人是不能进去的，齐悦和刘普成都留在门外。

401

钱大夫进去就见王庆春已经在查看病人了。

"王大夫，你……唉，这种事是不得已而为，你何必如此咄咄逼人？"他低声说道。

王庆春哼了声。

"钱大夫，话可不能这么说，这关系到我们永庆府所有大夫的声誉，一个庸医，无疑是害群之马。"他指了指外边，"你看看，那些百姓，今日咱们要是包庇同行，不给出一个说法，想必他们不会答应。"

钱大夫被他说得有些气闷。

"我什么时候说包庇了？"他皱眉，"我是让你态度好点儿。"

"又不是我治死人了，我为什么要对他态度好点儿？"王庆春笑道。

"王大夫，不看僧面看佛面，那个女子……"黄大夫低声说道，"是定西侯府的少夫人。"

什么？定西侯府的少夫人？王庆春被吓了一跳。

他知道这千金堂背后可能有定西侯府撑腰，但没想到堂堂侯府的少夫人居然亲自来了！

这关系绝对不一般！

但那又如何？他定西侯府敢向官府施压，他敢向百姓施压吗？

百姓的情绪已经被挑动起来了，定西侯府就算想包庇这个刘普成，也得掂量掂量民意。

他就不信，这定西侯府少夫人现在还敢出面维护那庸医刘普成！

"王大夫，还没看呢，别一口一个'治死人'。"钱大夫皱眉道，"万一死不了呢？"

王庆春笑了。

"死不了？"他伸手指着床上躺着的伤者，"你们看看，这还有救吗？"

钱大夫和黄大夫看去，不用诊脉，他们的脸色就沉了下来。

看着三个大夫从屋中出来，堂里堂外的人都挤过来。

"怎么样？"猎户的家属还带着希望，扑过去问道。

"烂疖之症。"其中一个和另外两个对视一眼，说道，"不可医治，准备后事吧。"

此言一出，哭声喊声顿时四起。

"庸医！"

"杀人的庸医！"

"抵命吧！"

铺天盖地的叫声从门外砸进来。

这个结果刘普成等人已经知道了，闻言没有说什么，垂下头。

庸医杀人罪？毁了刘大夫？不，绝对不可以！

齐悦一直皱眉在一旁思索，此时铺天盖地的喊声打断了她的思绪。

"就是不可医治，也不能说是我们的错！"她大声喊道。

她这句话让家属以及围观众人的情绪更加激动。

"都这样了还狡辩！"

"这伤者本就是被你们耽误了。"齐悦不理会那些起哄声，看着家属，再次拔高声音说道，"我当时要给你们治，你们不听，非要去别家治！"

她说到这里一停顿。

"对啊，你们是在别家治的，人不行了，才送到我们这里来的，怎么能说是我们治坏了人？"她大声喊道。

家属被喊得一愣。围观群众也是刚刚知道还有这事，纷纷低声询问起来。

"那你的意思是我们治坏了他？"王庆春问道。

齐悦转头看他。

"你们？"她一时没反应过来。

"这没什么好隐瞒的，他们是我诊治的，不过后来听说刘大夫回来了，他们便又不让我治了。"王庆春淡淡地说道。

"这人送来的时候情况已经很危险了，你难道不知道？"张同喊道，"王大夫，你拍拍良心说句公道话，伤者的病情本就危重，怎么能全怪到我们大夫身上？"

钱大夫等人也是刚刚知道，看向王庆春的神情有些凝重。

堂内围观的人很快把这对话传了出去，外边的人也议论纷纷。

"我们看的时候他根本就没事。"吴山在医馆外面喊道，"要是按照我们开的汤药吃，他现在已经好了！"

"你们说没事，我们说有事，你们说什么就是什么啊？"胡三跳出来冲着吴山骂道，"要我说，明明是你们治坏了人，栽赃给我们千金堂！这人来的时候已经不行了，师兄们都劝师父不要接诊，是师父不忍心见死不救，才非要试一试，真是好心没好报！早知道，当初就该让你们走！"

他说到最后，手又指向了那些家属。

家属们愣了下，有些心虚：这么说的话，当时的确是……

这一下，看热闹的人都迷惑了：到底是庸医治死还是命本该绝？

"谁说人不行了？明明还有救，我的汤药对症。"王庆春冷笑一声，看向刘普成："刘大夫，你的治法不对吧？"

刘普成一直沉默不语，此时听了他的话，抬起头。

"我……"他张口。

王庆春打断他。

"我方才查看伤者的伤口，明显被刀割过，且创面比本身的伤口还要大，可是你做的？"

刘普成点点头。

"是，他肌肉腐烂，需要清除，否则疖毒蔓延至心肺……"

王庆春又打断他。

"疖毒之症该怎么治？"

刘普成被问得一愣。

"用角法拔罐吸毒排脓，制生地黄、水牛角、川黄连、玄参加减清瘟败毒饮，艾灸辅之。"王庆春已经说道，说罢看向另外两位大夫："可是如此？"

的确如此，钱大夫和黄大夫点点头。

"刘大夫，你是怎么治的？"王庆春又看向刘普成，慢慢问道。

"这是我们千金堂的秘法，凭什么告诉你？"张同说道。

王庆春哈哈笑了。

"秘法？是见不得人的法子吧。"他笑声一收，看着刘普成。

刘普成要开口说话，这次齐悦抢先了。

"不是什么见不得人的法子，我来告诉你。"她大声说道，"先用大量清水冲洗伤口，再用刀剪割去腐肉，这肉要割尽，一丝一点儿也不能剩下，然后熬制消毒抗菌的汤药冲洗兼服用，所以你们看到伤者的创口比原本的伤口大了很多。"

她这番话说出来，所有人都愣了下。

"齐娘子，不关你的……"刘普成反应过来，不用搀扶，自己走过来，急忙喝止她。

齐悦却没给他说话的机会，一抬手，冲护卫们做了个手势。

护卫们领会了她的意思，三个站过来将刘普成挡住。

"哦，依少夫人的意思，这不是刘大夫的错，而是你的错？"王庆春也明白了，神情难掩震骇。

这个少夫人居然是要将罪揽在自己身上。

这千金堂是她爹开的吗？

王庆春了然地笑了，笑得很不屑。

如果只是刘普成的罪，那撑死不过是个庸医杀人，但要是牵扯到定西侯府，那事情可不仅仅是庸医杀人了，而是要拔高到草菅人命、仗势横行等问题，这跟他们这些医馆大夫倒没什么关系，但想必那些御史言官会很感兴趣。

他就不信定西侯府会为了一个小小的大夫，不顾声誉，逆民意而行。

反正这伤者是死在千金堂了，他说什么也不怕。

"这是我教刘大夫的，但是这没有错。"齐悦纠正他。

"都治死人了，还没有错？"王庆春冷笑。

"谁说治死人了？"齐悦亦是冷笑，看着王庆春，"你自己无知无能，治不了，就断定我治不了吗？"

"你是说，你能治好？"他问道。

要是以前，谁要问急性外伤感染能不能治好，估计会被全体医生当作笑话，但现在……

齐悦胸口起伏，不自觉地咬住下唇。

"你要是能治好，我王庆春就从这千金堂跪行到府城门口。"王庆春看着齐悦的神情，摇头笑道。

"好。"齐悦一口接过他的话。

王庆春一愣。

"好什么？"

"我要是能治好，你就从千金堂跪行到府城门口。"齐悦看着他，一字一顿地说道。

王庆春愣了下。

"怎么？不敢打赌啊？"齐悦问道。

他们谈话时，堂内渐渐安静下来。外边的民众也察觉有异，安静下来，急切地询问里面在说什么。

不敢？王庆春笑了，看着眼前的女子。

看来这刘普成真的是这女子的爹，这样哭着喊着要替人去死，也只有为了父母之恩才能做到如此吧。

你要去死，我何必拦着？

"好，赌就赌。"王庆春含笑说道，"不过，你要是治不好呢？"

"那我就从千金堂跪行到府城门口。"齐悦毫不犹豫地说道。

405

此言一出，满堂哗然。

千金堂的众人都呆住了，刘普成也呆住了。

这女子……这女子……怎么如此疯狂？

她不知道自己是什么身份吗？

她知不知道自己在做什么？

别人不知道，但阿如知道。

她看着站在王庆春面前的齐悦，紧紧地抿住嘴。

少夫人说了，她这个人没别的毛病，就是一个，护短。

定西侯府的少夫人跟人打赌了！

定西侯府的少夫人要给人治病！

定西侯府的少夫人竟然是大夫！

当然，这都不是关键。

关键是，定西侯府的少夫人要治的这个病人，是被其他大夫判了死刑的人！

这不是疯了还能是什么？

不过也有人不这么认为，伴着这个消息传开的，还有知府公子前一段日子差点儿死了又被人救了的事，而那个让知府公子"起死回生"的人，正是定西侯府的少夫人。

如果局势是一边倒，这件事便只会被众人当成一个笑话来看待，但如果情况是一半一半的话，那对众人来说就很刺激了。

"师父，我已经打听清楚了，知府公子果然是这定西侯府的少夫人治好的。"吴山带着几分忐忑说道。

王庆春脸上闪过一丝忧虑：莫非这女人果真有过人之技？

"具体的情形你可打听了？"他问道。

吴山点点头，带着几分神秘。

"我打听清楚了，当时是那定西侯府的少夫人行割腹缝合之技，刘普成汤药扶正。这是刘普成当时用的药方。"他从怀里拿出一张纸递过来。

王庆春吓了一跳。

药方都能弄来？

他激动紧张得几乎不能呼吸，颤着手接过药方逐字看，一连看了好几遍。

没错，没错，这些都是扶正祛邪、固本正源的汤药，用量以及配伍都很精确，但也不过如此，对他王庆春来说，并没有什么奇特之处。

这也就是说，当时的汤药诊治其实都是刘普成所做，那个少夫人并没有什么起死回生的药，只是在探查五脏六腑上有过人之处。

"这东西你从哪里弄来的？"王庆春问道。

这些药方都是医家秘而不宣之物，更别提写得这样详细，连什么时间用什么都标明了，这几乎就是刘普成亲手整理的医案。

"是刘普成亲手写的。"吴山说道。

王庆春幸亏没喝茶，要不然非一口呛死不可。

"你……你……你也疯了不成？"他好容易理顺气，看着吴山喝问道。

吴山"嘿嘿"地笑了。

"没有，师父，千真万确，这个是我从千金堂拿到的。"他压低声音说道。

千金堂有内鬼？这是王庆春的第一个念头。这种事并不少见。

知道这刘普成在劫难逃，他手下的弟子们要自寻生路了吧。

"果真是？"他还是带着几分忧虑问道。

那个人给自己的怎么会有假？他说他亲自审问了刘普成，是刘普成亲手写下的。

太医院啊，那么吓人的地方，刘普成怎么敢骗人？吴山想，再次郑重地点点头。

"师父，千真万确，不信的话，您可以去对一对笔迹。"

王庆春记得千金堂门口的对联是刘普成亲手写的，此时仔细回想，笔迹果然与眼前纸上的相同。

王庆春眼中疑虑全消。

这一次刘普成都已经没法子用药石相救了，这个只会开膛剖肚的定西侯府少夫人还能怎么样？

说到底她只不过是想要把罪责全部揽在自己身上，想要以她定西侯府少夫人的身份逃避追究罢了。

"既然她如此仗义，咱们就成全她。"王庆春冷笑道，看向吴山，"你尽快将这件事宣扬出去，越夸张越热闹越好，让所有人都知道，定西侯府的少夫人夸下海口要治病救人，输了就从千金堂跪行到府城门口，我看到时候他定西侯府可怎么办！"

输了跪，定西侯府的脸就丢尽了；输了不跪，定西侯府的脸照样丢尽了。总之，这一次定西侯府可是要大大地出名了！

这可不是我故意针对定西侯府，要怪就怪你们娶的这个儿媳妇吧！

"或许定西侯府真该好好查查。"

"查什么？"吴山不解地问道。

"听说这定西侯府的少夫人是不知来历的乞儿出身，那么他们应该去查查，这少夫人是不是他们仇家特意安排的。"王庆春正色说道，"要不然怎么会这么往死里整定西侯府呢？"

这话说完，他收起那严肃的神情，捧腹哈哈大笑起来。

吴山跟着大笑。

"你知道你在做什么吗？"千金堂里，刘普成用沙哑的嗓音冲齐悦喊道。

那些看热闹的人都走了，弟子们在收拾被砸烂的桌椅板凳，齐悦则围着伤者认真地查看，旁边站着虎视眈眈的家属。

对于刘普成的话，她似乎没听到。

"最简单的办法就是把腿锯掉。"她站直身子说道，"保命的概率就大了很多。"

这话让周围的家属顿时愤怒起来：锯掉腿，这叫什么能治好？一个猎户没了腿，活着还不如死了！但顾忌还在外边的护卫，他们到底不敢大声咒骂，只是恨恨地看着这女子。

齐悦没理会他们。

"不过，那样会造成大失血，又没有血型试纸，我无法给他输血，再加上伤口感染的概率也会很大……"她又说道，带着几分遗憾，"说到底，还是广谱抗菌消炎……"

她这才看向刘普成。

"老师，加大那些消炎汤药的剂量。"

刘普成却没回答她的话。

"你既然叫我一声老师，那么你就得尊师重道，你现在立刻出去！"他面色铁青，浑身发抖，用那只没有受伤的手往外一指，喝道。

齐悦笑了。

"行了，老师，你要是此时能去街上告诉大家，我当初切下了知府公子的……"

话没说完，刘普成脸色大变，厉声喝止她。

看着满屋子的人，刘普成额头上冒出一层汗。

"你……你……"他又是气又是吓，几乎说不出话了。

齐悦没事人一般笑了。

"老师，你不会，我自然也不会。"

这孩子……刘普成看着她，颓然地叹了口气，内心五味杂陈。

"这跟那一次不一样，那一次你是救活了人，怎么都没事，但是这一次，这一次……"他颤声说道，看着齐悦，摇头。

齐悦也摇头。

"老师，我不是为了那个，不是因为你护过我，所以我还你情。"

那是为什么？

刘普成愣了下。

齐悦看着他还有其他弟子，一笑。

"因为，这世上总有人要去尝试新法子。"她慢慢说道。

这句话是自己当初说的。刘普成顿时明白了，张同、胡三、阿如也明白了。

我不是为了这件事，而是为了这个道理。

其他弟子虽然一开始不明白，但听了齐悦的话，也渐渐明白了。

"这种法子没有错，但做事不可能每次都成功，总是有失败有成功。我要你们相信，你们做的没错，就是这次错了，也不用怕，错，我来担，你们只需要坚定信心，接着做下去。"齐悦深吸一口气，"你们要走的路还很长，我不希望刚迈步就停下了。"

刘普成看着她，点了点头。

"那么来吧，这个伤者还没死，战斗还没结束，我们继续努力吧。"齐悦拍拍手，喊道。

"是。"张同等弟子齐声应道。

刘普成看着四散忙碌去的弟子们，嘴唇抖动，最终什么也没说，转身来到伤者面前，伸出没有受伤的手搭在伤者的脉上。

"脉细数……"他缓缓说道。

一旁的阿如不知什么时候拿起了纸笔，在最上面一行写上日期、时辰，开始记录。

待刘普成给伤者施了针，齐悦查看了伤者的瞳孔和呼吸。

"虽然伤者人事不省，但瞳孔没有放大，呼吸没有断绝，还有抢救的机会。"齐悦说道。

阿如依言记下。

"阿如，你回去拿我的东西，我得在这里住下。"齐悦又说道。

此话一出，刘普成再次反对。

"你一个女子,又是侯府少夫人,怎么能在外居住?还是在……这药铺里。"齐悦皱眉。

"那我带人走,咱们还去侯府那个院子里。"

刘普成迟疑了一下。

"这……只怕不方便吧。"他低声说道,"还有少夫人,您还是先去给侯爷解释一下这件事,要是通过别人传入他耳内,只怕对少夫人您……"

齐悦点点头,这是应该的:"那我先回去,然后让人来接你们。"

齐悦想得很简单,这一次却遇到了麻烦,她的马车居然被拦在了门外。

"不让我进门?"齐悦很惊讶,掀开车帘看着门房问道。

门房们视线躲闪,他们身后,苏妈妈走了过来。

"齐娘子。"她开口说道,面上带着几分笑。

齐娘子?齐悦皱眉。这苏妈妈一向谨慎,哪怕心里恨自己恨得要死,言语行动上也是半点儿疏忽都没有,怎么一张口就喊自己齐娘子?

"这是侯爷让我给你的。"苏妈妈含笑说道,看着这女子惊异的神情,只觉得神清气爽,将手里的一张纸抖了抖递过来。

阿如伸手捧了过来。

齐悦接过展开,顿时满脸惊愕。

休书。

齐悦眨了眨眼。

没错,虽然是繁体字,但她可以肯定自己没看错。

休书,盖有定西侯府印信的休书,大意就是说齐悦娘不守妇道,犯了什么七出之条。

看那女子神情惊愕,苏妈妈便等待着下一步的哭闹或者晕倒之类的戏码,但那女子只是认真地看了看那张休书,就正了神色。

"我知道了,我去见见侯爷。"

"不用了,少夫人要说的那些话,侯爷已经知道了。"

荣安院里,定西侯焦躁地在屋子里走来走去。

"我要说的都已经说完了,这个女人这次可惹了大麻烦,侯爷,你说怎么办吧。"谢氏沉声说道。

定西侯面色微微惊慌。

"还怎么办？"他看着谢氏，"不是将她休了就行了吗？"

"休了她还不够。"谢氏说道，眼中闪闪发光，"侯爷，你要昭告众人，这贱婢当初是怎么欺瞒哄骗老太太的，总之就是要让世人知道，咱们定西侯府娶她做儿媳妇是受了蒙蔽。"

定西侯迟疑了一下。

"休了她就差不多了吧，她到底是一介弱女子，又没个父母兄弟……"

对这样一个女子来说，休了她已经相当于断了她的活路。

这样一个美人就这样香消玉殒……

"侯爷，她明知道这次救不了这个病人，还非要出头，不就是因为打着咱们的名号有恃无恐吗？她难道不知道这么做有什么后果？她故意的，就是要把咱们定西侯府往火坑里推！这样的人，侯爷，就算是美人，也是心如蛇蝎。她明知道你如此看重她，维护她，还做出这种事，侯爷，我心寒啊。"

"可是万一她真能治……"

谢氏看着他。

"侯爷，就算这次能治，那下一次呢？这天下的病症千千万万，难道她都能治？侯爷，这不是能不能治的问题，而是该不该的问题。"她淡淡地说道，"她不该忘了自己的身份，肆意妄为。侯爷，你护她一次不算什么，但咱们定西侯府可经不起这一次又一次的惊吓。"

定西侯不说话了。

"侯爷，她首先是定西侯府的少夫人，要做的是安心在内宅相夫教子，而不是抛头露面，走街串巷，在那些粗鄙的男人中间说笑，还在那些身份卑贱的男人身上摸来摸去。当初子乔一则身份在那儿，二来到底还小，看了也就看了，但是别人呢？就说这个猎户，你的儿媳妇，定西侯府的少夫人，就那样……"谢氏越说越激动，说到这里，自己都说不下去了。

定西侯也听不下去了。他所想象的神医，是想象齐月娘救治那些豪门贵族，那种救治光鲜而高雅。一群下贱的平民……肮脏的身子……

他不由得一脸厌恶。

"将那女人的东西收拾了，都给我扔出去。"

"她有什么东西？"谢氏冷冷地说道，"以乞儿身份进的门，在这家里她有什么？"

说着话，谢氏站起身来。

"让门上的人赶快将人打发到庄子上去，待这件事过了，就禀告朝廷，休了这

贱婢。"

总算有机会了，总算有光明正大的机会了，做出这等激怒民意的事，天王老子也没理由护着她了。

我的儿终于能解脱了！

"夫人，夫人。"门外有丫头急匆匆地跑进来，看到定西侯在，忙跪下喊"侯爷"。

谢氏见她进来，以为是来听传唤的。

"去，让门上的人利索点儿。"她说道，"就把人送到牛角山的庄子上去吧。"

"不是夫人，世子爷在门上呢。"丫头结结巴巴地说道，"他……他把休书撕了。"

什么？

谢氏和定西侯都猛地站起来，一脸不敢置信。

苏妈妈也不相信眼前看到的这一切。

"世子爷，这是……这是侯爷和夫人……"她急忙说道。

常云成随手一抛，那碎纸便随着北风飘了一地。

齐悦已经转身走开了。

她没有时间在这件事上费口舌费精力，现在最重要的是，救人命。

至于这些琐事，别急，一样一样来，她记着，先放着。

但她没走几步就被人抓住了胳膊。

"常云成？"齐悦回头看着这个男人，有些惊讶，同时也沉下脸，"我现在没空跟你们废话，你放心，等我忙完这个，再……"

常云成没说话，拉起她的胳膊就往回走。

他的动作依旧粗野，手上的力度依旧很大，齐悦被他拖着，一点儿反抗的机会都没有。

"喂，你想干吗？你别耽误我的时间！"齐悦只得喊道。

常云成一句话不说，只是紧紧地拉着她。

苏妈妈眼睁睁地看着常云成将齐悦拉进门，阿如则恢复了平静，从她身边越过进去了。

与此同时，从门内跑出十几个护卫。

"世子有命，速去千金堂拉伤者来。"为首的护卫对已经吓呆了的车夫吼道。

车夫被吼得回过神，马立刻如同惊了一般冲了出去，拖着摇摇晃晃好像随时会散架的车向千金堂而去。

第十五章 赢　了

常云成的举动让定西侯积攒的怒火爆发了。

"你知不知道你在做什么？你这个蠢货白痴浑蛋！"定西侯劈头盖脸一顿臭骂，还四下找东西。

谢氏虽然对儿子的举动恨得吐血，但还是第一时间站在了儿子身前。

"他是被那个女人蛊惑的！都是你，你要是不惯着那女人，怎么会有今天？"

常云成扶住母亲的肩头。

"不是她蛊惑我的，是我要这么做的。"

谢氏浑身发抖，死死地咬住下唇，避免训斥质问的话脱口而出。

她的儿子，她可以骂，可以打，但是，当有另外的人想要对其进行打骂时，她要做的就是维护儿子。

"你为什么这么做？你知不知道你在做什么？"定西侯气得浑身发抖，到底是抓起瓷瓶砸了过去。

常云成身子一转挡在谢氏前面。

瓷瓶砸在他肩头，滚下地，碎了。

"我这样做就是为了表示我们定西侯府不是软蛋！"他猛地拔高声音。

沙场历练过的人，一旦释放出那种威压，气势煞是惊人。

定西侯被这突然的一吼吓得不由得后退一步。

"打赌就打赌，我们定西侯府赌不起吗？

"赌了就赌了，还没分输赢呢，就怕了吗？

"一个弱女子都不怕，我们怕什么？"

定西侯不由得又后退几步，坐在了椅子上。

谢氏也不由得扶住心口，带着几分怔忪看着儿子。

"这个时候不让她进门，让外人怎么看？笑我们定西侯府还没比呢，就尿了！"常云成收回气势，目光扫过室内，"我丢不起那人。"

他说罢收声，屋内沉默下来，只有略微凌乱的呼吸声。

"那……那要是输了呢？"定西侯声音微颤。

"输了再休她也不迟。"常云成说道，"也算是我们给百姓一个交代，表明我们定西侯府对于庸医杀人的态度——就算是自己家人，也绝不姑息庇护。"

曾经救治过知府公子的那座院子重新热闹起来。

"这副手套必须戴着。"齐悦将胡三取来的手套分发给大家。

刘普成等人点头，看着齐悦示范洗手、消毒、戴手套、将手举在身前。

"按照齐娘子你说的，在上次的基础上我又加了苦参、黄柏、大叶桉叶和蛇床子，这是熬制好的汤药。"刘普成说道。

齐悦点头，吩咐阿如从花房找来花洒，将消毒用的汤药装了进去。

"你们定时用这个喷洒屋子以及院子。"齐悦说道。

两个弟子忙点头，紧张地接过两个花洒。

"这病没有其他解决方法，就是需要大剂量的广谱抗菌。"齐悦看着刘普成，"把所有能够起到这个作用的中药都找来，这个老师你比我懂，你自己看着配药吧，加大剂量，冲，洗，敷，灌。"

刘普成点点头，大家依照安排各自行事。

夜色很快笼罩了定西侯府。

常云成过来时，齐悦正坐在门外的台阶上看天。

"怎么？人要死了？"常云成直接问道。

齐悦笑了。

"没有。"

不过也快了……

齐悦伸手揉了揉脸，将皱起的眉头用力抚平。

那些药根本就不管用，或者说不能很快起效，口服自然比不上静脉给药或者输液。

这样下去，她输定了。

输了吗？

……………

一只手扶住她的脖子。

齐悦打了个激灵，睁开眼，仰头看到的是漆黑的夜空和点点繁星。

"你怎么睡着了？"常云成问道，有些尴尬地收回似乎要将她抱起的手，"坐着也能睡着。"

是因为太累了吧？

"反正已经这样了，你该睡还是要睡会儿的。"他忙又说道。

"我睡着了？"齐悦怔怔地说道。

这女人说了没两句话就没声了，头垂在膝上，他以为她是不想跟他说话，原来是睡着了。

她已经累成这样了？是心里累吧。

孤独吗？

齐悦自嘲地笑了，甩了甩手，然后她突然停下了，喃喃地说道："药……"

常云成还没来得及再问，齐悦又拔高了声音："药！"她喊道，转身向院子里奔去，一眨眼间就冲进了屋子。

常云成被抛在原地，愣了一刻。

"你是说把汤药用……用……针筒打到病人体内？"

屋子里，听着齐悦的话，刘普成一脸惊讶。

"是啊，咱们用的这些药虽然有抗菌消炎的作用，但首先疗效的确比不上西药，再者因为是口服，效果更加减弱，这样下去，控制不了病情，所以我想，我们必须想法儿进行静脉注射。"齐悦说道。

灯光下，围过来的弟子们都一头雾水。

"就是像师父你以前用的……补充体液那样吗？"胡三问道，"快速补充体液？"

"对，就是这个意思。"

"好。"刘普成毫不犹豫地点头。

旁边一个弟子直接把汤药端了过来。

"娘子，这是新熬制的汤药，你注射吧。"

齐悦笑了，摇头。

"这样打进去，病人立刻就死了。"

415

大家更加不解。

"我需要提纯。"齐悦深吸一口气，说道，"但是，我不知道能不能成功，而且我时间也不多了。再退一步说，就算我弄出来了，也不知道能不能真的起效，因为这样的药不良反应很大，所以……"

"所以我们还是有法子试一试了是不是？"刘普成接过话说道，看着齐悦，带着温和而坚定的笑，枯皱的脸上神采奕奕。

齐悦看着他，终于点了点头。

"是。"她含笑说道，"那姓王的跪大街的机会又多了几分。"

"其实我对这个的了解不是很多，我学的不是这个，所以日常也没什么机会接触，要不是我的一个病人……"齐悦说到这里，忙吞下不该说的话，"曾经遇到一个病人，他用了，我才开始关注。"

她一面说话，一面在桌子上铺了张纸，开始记录自己需要的一切。

"齐娘子以前做过，那就好办了。"刘普成欣慰地说道。

齐悦苦笑了一下。

"以前……"她停下笔，"我以前做这个，是为了证明它不可用。"

说起来真是可笑啊。

刘普成等人愣了下。

"我是觉得它不可用，这简直是……但是还是有人用，而且还越来越受到追捧，"齐悦皱眉说道，"我为了反驳这种做法，就亲自试验了，然后……"

"然后怎么样？"刘普成紧张地问道。

"然后我成功了。"齐悦笑了，只不过笑得有些难看。

"你成功了，意思就是说，那种药不可用？"张同忍不住抢先说道。

原本燃起希望的众人顿时又糊涂了。

"虽然我不太相信这种治疗方法，但是我知道，这种方法在用，也就是说，它有成功的例子存在。"齐悦深吸一口气，"总之，我们试试吧。"

大家点点头，有成功的例子存在就好，只要不是设想中的就好。

"别的我也不会，我当时只做了两种，紫花地丁和千里光。"

这是她第二次提起这个紫花地丁了。

"千里光有，但紫花地丁确是从没用过。"刘普成说道。

紫花地丁是秋季采收的，现在大冬天的更不好找。

"就用千里光吧。"齐悦在纸上写下来，"我需要熬煮千里光液体，并找出有效的浓缩液，那么我就需要试管内药液稀释，这样的话便需要培养细菌……"

她停下手,皱眉。

"肉汤培养基……怎么办?"她喃喃自语一刻,又提笔写,写了几笔又停下。

"高压灭菌呢?蒸馏水……"她又自言自语,"没有显微镜……"

刘普成等人也听不懂她说的是什么,知道自己帮不上忙,只得焦急又无奈地看着她。

齐悦写写画画完,大半夜的,弟子们开始在府里寻找各种稀奇古怪的东西。

"慢点儿,慢点儿。"从厨房里抬出两个锅并蒸笼的弟子吆喝着迈出门。

"这是上好的五花肉、牛肉。"另外一个弟子从厨娘手里接过大块的肉。

"你要的盆子和刷子。"

"这是白布。"

"这样的木桶大小可以吗?"

"这些盘子够不够?"

…………

点燃的火把、灯笼照亮了半个定西侯府,睡不着的人都好奇地看着这些人忙碌。

这个时候,齐悦有点儿庆幸自己留在定西侯府了,要不然光是找这些东西只怕就要花去很多时间。

不过……

等过了这一次,她一定要准备好这些东西,属于自己的东西。

一切工具准备就绪时,已经到了后半夜,但院子里的人们都毫无睡意。

"时间紧迫,我们大家就轮着休息吧。要在三天之内提纯出能用的注射液,所以病人就全靠老师你了。"她接过阿如递来的山参,"这是老侯夫人留给我的上好山参,必要的时候给这病人用吧。"

刘普成伸手接过,身后的张同等人不由得瞪大眼。

这种山参价值千金吧?天啊,十个猎户的命也抵不过这枝山参!

"如今我们已经不单单是为了这个病人了,也是为了我们自己,为了新疗法被更多人接受,为了再遇到这种病症有药可用,这其中的意义,别说一枝山参,就是十枝百枝也是比不过的。"齐悦笑道。

刘普成点点头。

"好,病人就交给我了。"他说道,"齐娘子,这次就全靠你了。"

齐悦点点头,将口罩、手套逐一戴上,然后招呼负责协助自己的胡三等四五个弟子进入专门腾出来的那间充作实验室的屋子。

阿如看着齐悦等人进去,深吸了一口气。

"大夫,我去给病人测体温。"

刘普成点点头。

"你去熬制齐娘子说的盐糖水吧。"他又看向张同说道。

张同应声"是",大家各自忙碌起来。

这场关于生与死的挑战拉开了序幕。

至此,永庆府几乎所有人都知道了这次打赌,同时,关于侯府乞丐少夫人的种种闲谈也再次兴起。

"真是……这下定西侯府有大麻烦了。"

大多数人开口第一句话便是这个,以至那些刚来到永庆府的外地人还以为这是当地人互相问候的惯用语呢。

"这一次定西侯府有大麻烦了。"就在听到这个消息的那一刻,知府衙门后院里,知府夫人也对知府大人说道。

知府大人叹口气。

"这个少夫人看起来挺懂事的,怎么会这样不着调呢?"他摇头说道。

"能有什么调啊,"知府夫人说道,"那么个出身……"

然后她便想起当初医治自己儿子时,那个齐月娘的种种行径。当时她只顾担心儿子,不觉得有什么,此时想起来,怎么都觉得受到了冒犯。

"谢家姐姐还不知道气成什么样呢,她的命真是苦。"她叹息着说道。

知府大人皱了皱眉。

"要不,我们去侯府一趟,也好表达一下……"他低声说道。

话没说完就被知府夫人打断了。

"快别没事找事了。表达什么呀?此时大家对定西侯府避之不及呢,咱们往跟前凑什么?"

这话知府大人听着有些不对味。

"毕竟人家救了子乔,怎么说……"

"救命之恩咱们记着,但这也不代表她就不会害人了。"知府夫人说道,"恩是恩,理也得是理嘛。"

知府大人没说话。

"我说你可注意点儿啊,这一次定西侯府真有大麻烦了,你这个做知府大人的可别轻易行动,要是引得那些民众闹到咱们这里来,你可就要吃不了兜着走。"知府夫人再次嘱咐道。

知府大人觉得听媳妇的话是很没出息的表现,咳了一下。

"你女人家知道什么,我自有分寸。"他肃容说道。

知府夫人知道他听进去了,笑了笑,不在意他这小小的自尊。

"少爷怎么样啊?才好了,你们可看好了,别让他乱跑。我已经从京城请了好大夫来给他瞧瞧呢。"她唤过仆妇说道。

仆妇忙打发一个小丫头去瞧少爷那边,不多时,小丫头着急忙慌地回来了。

"少爷出门了。"

"这才能走动呢,天就要黑了,去哪里了?谁跟着?"知府夫人吓了一跳,忙喝问道。

"说是在家里闷,要出去走走,跟陈家、周家、孙家的公子们一起去的,说是不往别处走,就去烟熏阁吃点心。"丫头忙跪下说道,"几个妈妈都跟着呢,手炉、脚炉、大毛衣服都带得齐齐的。"

知府夫人这才松了口气。

"烟熏阁倒是好地方,清静,在家闷了这么久,出去走走也好。"

不过黄子乔此时所在的地方却不是很清静,反而光线昏暗,嘈杂声一片。

德庆庄,永庆府最大的赌庄,设有高、中、低三档赌坊,满足了不同阶层人们的需要。

最高档的那间赌坊里,气氛有些怪异。

"下啊,我让你们往这里下注!"坐在一张赌桌前的少年手持马鞭,重重地敲着一个方向。

那里写着"齐",此时只有屈指可数的几个筹码。

赌坊的大老板黄四牙迈进门时擦了把额头上的冷汗。

"我的小爷,您怎么有这个雅兴了?听说您的身体才好,快别在这里,随我去雅间,要什么我亲自伺候您。"他带着几分讨好上前搀扶。

黄子乔一鞭子抽开他,将手里的一袋子筹码扔过去。

"别,小爷我就是来这里玩的。"

袋子稳稳准准地落在"齐"字标签上。

"下注啊。"他又喊了声。

赌客们打了个哆嗦，回过神。

"可是，可是，我们不想往那边下注。"有人大着胆子说道。

话音未落，黄子乔的马鞭就指向那人："那是谁？"

那人"嗖"地往别人身后躲去。

"爷，是永庆县衙主簿的儿子。"黄子乔身旁的小厮立刻说道。

"好，你小子随便下，下注完了，你老子还。"黄子乔喊道。

一个县衙的主簿虽然不怕县太爷，但是知府大人可是上司啊。

那人都快哭了。

"这是赌场，哪有在赌场逼人下注的？"他喊道。

是啊是啊。其他人一脸委屈不满地跟着点头。他们才不要下注到那个姓齐的少夫人身上，那不是明摆着赔钱吗？谁钱多得不愿意赢非要来输，这不是有病吗？

此时，那个有病的人"啪"的一下再次将马鞭甩在桌子上。

"小爷我好心指给你们一条发财的路，别不识好人心啊！都快给我下注！都要赌齐少夫人赢！"

同时，在最低档的赌坊里，喧嚣和汗臭混在一起，十七八个老少不一的男人挤在一张大桌子前，随着吆喝将手里各自的筹码扔过去，桌上两边亦是对比鲜明。

"这边怎么没人下注？"一个人挤进来问道，"这样要是赢了，岂不是赚大发了？"

周围的人听见了，转头去看，看到是个年轻人，抱着胳膊，正好奇地往桌上张望。

定西侯府齐少夫人。这是什么赌注？

"小棺，那你快下注啊。"熟悉的人喊道。

"下就下。"年轻人毫不犹豫地将手里的一袋子筹码全扔过去。

看着这一袋子筹码，大家高兴地笑了。

"好了，有逢赌必输的棺材仔下注，咱们赢定了。"

晨光照进屋子，刘普成进来时，看到一个弟子正将药锅里的汤药倒入另一个弟子撑着的白布上。

过滤后的药汁落在小盆里。

"齐娘子,你看还要再煮吗?"弟子捧起小盆跑到齐悦身边,低声问道。

桌子前,齐悦正俯身,小心地在胡三拿着的小盆里刷水滴。

"药渣再添水煮半个时辰。"齐悦认真地看了眼药汁,说道。

两个弟子应声"是",忙去了。

"齐娘子这是……?"刘普成看着屋子里的一切,入目的都是熟悉的物品,偏偏看起来很古怪。

那个锅上为什么压了重重的石头?

肉汤的气味弥散在屋子里。

还有这奇怪的刷水滴的行为……

"我需要蒸馏水。"齐悦说道,站起身来,看了眼下面小盆中不到一半的水,"再蒸。"

胡三点点头,捧着盆放在一旁的炭炉上。

一夜未睡,再加上集中精神,大家的眼中都布满了血丝。

"伤者怎么样?"齐悦问道,揉了揉眼,稍微缓解下眼睛的酸涩。

"不怎么好。"刘普成说道。

齐悦并没有惊慌失措,反而笑了。

"看来我得加快速度了。"她说道,握了握拳头。

到了中午,刘普成等人看着齐悦将稀释过的比例不等的药汁装在小瓷瓶里,一个个系上不同颜色的带子作为标记。

两个弟子搬来蒸笼,将瓷瓶逐一摆上去,搁进临时架起的大锅里。

这个大锅,锅里套锅,盖上盖子,又压上石头,锅盖、锅体都被裹上了一层层湿透的白布。

"半个时辰,大家离远一点儿,免得锅炸了。"齐悦说道。

听她这样说,大家吓了一跳,忙后退。

"不过,千万别炸。"齐悦又忍不住合手求神佛保佑。

"老师,现在从伤者的伤口上割下些腐肉来。"她又说道。

刘普成应了声,看着那大大的锅,听着锅里面"砰砰"的响声,心里有些害怕。

"这是……"他忍不住问道。

"试图高压灭菌。"齐悦笑道,带着几分自嘲。

刘普成没觉得好笑,反而很认真又敬佩地点了点头,心里越发好奇齐悦的师

父了：那个人，该是一个怎样惊世骇俗的高人啊。

腐肉被戴着手套的齐悦认真小心地剪成一块一块。

"大家过来。"

众人立刻围过来。

"你们一个人看一块。"齐悦说道。

大家不知道她要做什么，但还是各自选了一块认真地看，就好像看的是珍稀的美玉宝石一般。

"记住你们各自看到的腐肉的状态。等过了今晚，再拿出，你们要看出有没有变化。这个只能靠大家的眼力和记忆力了，也是能不能找出有效注射液的最后一步。"

她说到这里停了下，看着更加认真去看腐肉的弟子们。

成败就看这最后一步了，如果明天没有找到的话……

齐悦深吸一口气。那就失败了，再没有时间供她试验了。

她低下头，也认真地看着一块腐肉，要把它牢牢地印在脑海里。

"少夫人，你看这温度够了吗？"另一个弟子守着一口木箱子，木箱子四周以及下边都放了一堆炭炉。

齐悦忙走过去，将手伸进去探视温度。

"好了。"

齐悦逐一将腐肉放入瓷瓶，每个负责的弟子系上象征各自标记的带子，再把瓷瓶摆放在木板上，然后将木板抬过去放入木箱中。

一条厚厚的被子将木箱盖住。

做完这一切，弟子们脸上都带着紧张和激动的神情。他们这一天一夜做了好些奇怪的事，但愿能够创造出奇怪的结果。

相比这边需要不断加热的炭火，猎户所在的屋子则不停地有冰块送进去。

"戴好手套，尤其是手上有伤口的，千万别接触，以免被感染。"齐悦走进来，看着忙着给猎户护理的阿如等人，笑道，"我那边可是只能做出一人份的药哦。"

阿如等人听了，都笑了起来，从宽大的口罩后发出的笑声沉闷，落在心里却是十分振奋。

当晨光再一次照进室内的时候，所有人都紧张地盯着那口木箱子。

齐悦看着那边的滴漏。

"好，时间到了，拿出来吧。"她终于一抬手，说道。

early就等着这句话的弟子们真听到这句话，反而有些束手束脚，颤抖着掀开了棉被，从热腾腾的木箱里抬出木板。

木板被摆在桌子上，所有的弟子都依照标记带子站在自己负责的瓶子前，一人手里拿着一个临时制作的小镊子。

"好，开始吧，看看瓶子里的腐肉，找出没有继续恶化反而略有好转的那块。"齐悦说道，自己也低下头，打开了自己负责的那个瓶子。

腐肉被夹了出来……

"不行。"齐悦将腐肉放下，"一比十六，失败。"

一旁的弟子颤着手在一张写满稀释比例的纸上画上一个叉儿。

伤者的病房里显得格外安静，只有昏迷的伤者发出含糊的呻吟。

刘普成也去看结果了，屋子里只剩下阿如。她穿着大褂子，戴着宽大的口罩，头巾裹住了头发，正用戴着手套的手拧干一条毛巾放在伤者的额头上。

"阿如姐姐，冰块来了。"一个弟子端着一个装满冰块的木盆进来。

阿如点点头，和他一起将冰块摆在病床四周。

"阿如姐姐，你不去那边看看吗？"那弟子问道。

阿如重新拧了条毛巾给伤者擦拭。

"不用看。"她说道。

不用看，少夫人一定能做出来的，一定能。

"一比一百二十四，无效。"

"一比一百四十六，无效"

…………

伴着一声声报告，齐悦额头的汗越来越多。

她盯着一个又一个弟子的手，唯恐他们看错了。

真是可笑啊，她从来没有想到会有这么一天，她曾经费尽心思要驳斥的东西，试验中最不希望见到的结果，如今竟是恨不得叩头求神佛保佑得成。

随着纸上画去的比例越来越多，众人的神情也越来越失望。

原本就是不可能的事，到底还是不可能吧。

看着那女子手撑着桌面垂下头，刘普成也忍不住叹了口气。

"不管怎么说，只要试过了，就是成功。"他走上去，含笑说道。

"话虽然这么说，但是，结果毕竟才是最重要的。干我们这行的，努力也好，

不努力也好，最终让世人判定的，就是结果，治好了就是成功，没治好就是失败，简单……无情啊。"

就像爸爸，为了那个脑部手术，做了很多准备，写了很多方案，但是那又怎么样，失败就是失败了，失败了就要付出代价，不管你是否已经尽力。

报数的声音忽地停下了。

"齐齐齐齐……"有一个颤抖的声音响起。

所有人猛地看向发声的那人。

这个弟子用镊子夹着一块腐肉，此时那小小的腐肉正剧烈地抖动着，当然，不是肉在抖，是那个拿着肉的人在抖。

"没没没没……"他继续抖着声音说道。

没有人催他，大家只是死死地看着他，呼吸都停止了。

"没有变化！"他终于喊出了这句话，在所有人几乎要憋死之前。

齐悦一步迈到他跟前，小心地用戴着手套的手接过这块肉。

这块扔在地上估计连狗都不会看的肉，此时却被齐悦郑重地捧在手里，如同捧着世间最稀奇的珍宝。

齐悦深吸一口气，站直了身子，看了眼瓶子上系的带子。

"一比三百二十四，有效。"

当齐悦那边响起的欢呼声传过来时，正在为伤者更换伤口敷料的阿如终于手抖得控制不住了，但她什么都没说，就用颤抖的手笨拙地将一层敷料更换完毕。

她知道，她早就知道，少夫人一定能行，少夫人一向说到做到！

"都过了六七天了，他们总这样拖着有什么用？"回春堂里，一干弟子没好气地说道。

王庆春坐在椅子上，悠然地品茶。

"能拖一天是一天，随他们去吧。"

"师父，外边排队的人还没散。"吴山名为抱怨，实为炫耀地走进来说道。

"师父都看了一天病了。"

"可别累着。"

弟子们立刻七嘴八舌地说道。

这话如同春风拂过王庆春的五脏六腑，舒坦得不得了。

"医者父母心，既然来了，咱们怎么能不管呢？"他放下茶杯站起来，"我去看看吧。"

"师父仁心仁术。"

"实乃我百姓之福。"

在弟子们恭维的话中，王庆春迈出后堂，来到前堂坐诊。

迈进前堂时，他却是一愣，紧跟在他身后的弟子们也是一愣。

空荡荡的，哪里有人？

"这是……人呢？"吴山顿时有些羞恼，喊道。

一旁拣药的伙计面带惊恐。

"师……兄，都跑了……"他结结巴巴地说道。

王庆春的脸上再也挂不住了。

"什么叫都跑了？是不是你赶人走的？"吴山喝道。

"不是。"小伙计一脸委屈，伸手指向门外，"刚才有人说那受伤的猎户从定西侯府走出来了，大家都跑去看了。"

什么？

所有的人都愣了。

他们没听错吧？那受伤的猎户不是被抬出来了，而是走出来了？

会走的自然不是死人，只有活人，难道，那猎户真的被救活了？

王庆春的额头上瞬时冒出一层冷汗。

怎么……可能……

事实上，定西侯听到这个消息时也吓了一跳。他第一时间跑过来，结果看到的比他想象的还要吓人。

那个说是要死了的猎户半坐在软轿子上，不仅醒了，还正举着一根棍子"噼里啪啦"地打人。

"你们这些忘恩负义的东西！我杜大山没有你们这样的兄弟！人家大夫尽心救治我，你们居然连同他人诬告欺辱刘大夫！我打死你们这些恩将仇报的浑蛋！"

那猎户一边打一边骂，虽然气力看起来很小，但精神看起来绝对不是个要死的人。

猎户面前跪着四五个男人，迎着打骂，一声不吭，低着头，老实得不能再老实，还有一些女人在掩面哭。

猎户到底没多少力气，无力地扔下棍子，靠在软轿上喘气。

一个与他一般年纪的妇人立刻上前，关切地查看他的情况，却被这猎户一巴

掌扇在脸上。

"还有你这个贱人！他们不懂事，你也跟着闹！我要休了你，不休你我没脸见人！"

那妇人跪在地上大哭起来。

定西侯视线搜寻，很快看到了自己的儿媳妇。此时的美人算不上美人，穿着毫无美感的大褂子，裹着头巾，面色憔悴。

齐悦笑眯眯地看着这边的热闹，没有丝毫劝阻的意思，反而在刘普成要开口说话的时候拦住了他。

"人之常情嘛，可以理解。"刘普成看着这女子的神情，明白她这是怨气未消，心里有些想笑，又很是感动。

"我理解啊。"齐悦笑道，"但理解不代表他们没错啊，错了，自然要受到惩罚。"

这丫头……刘普成摇摇头，没看出来还是个很记仇的。

看这猎户的力气的确耗尽了，而那妇人已经开始寻死了，齐悦才迈步上前。

"你才好了，不可妄动心火。"

这不是劝和，只是关心下病人，围观的弟子们互相看了眼，抿着嘴笑。

齐娘子连句场面话也不肯说啊。

猎户喘着气，一连声再次对齐悦道谢。

"你们这些浑蛋，都过来给刘大夫和少夫人叩头。"他又攒起力气喊道。

那几个男人还有妇人们立刻过来冲刘普成和齐悦叩头，一面"啪啪"地打自己的脸。

"好了好了，只要人好了就好了。"刘普成忙去搀扶。

齐悦只是抱着手，笑眯眯地看着。

"那可不一定，暂时是没有生命危险了，但要说彻底好了那可不敢，说不定回去就又反复了，我们可不敢跟你们承诺什么。"她在后面扒拉下刘普成，不许他弯身去搀扶这几个人。

那几个人也不是傻子，自然明白齐悦的意思，顿时羞愧不已。

"我知道你们担心家人，听到不治的消息急火攻心，但是你们不该打我的老师。"齐悦收了笑，慢慢说道，"你们有你们的道理，我也有我的道理，所以，以后千金堂不会再接诊你们家任何一人。"

此言一出，别说猎户一家人惊愕，刘普成也是才知道，那些弟子更是瞠目结舌。

"齐娘子，不可如此……"刘普成说道。

齐悦打断了他。

"老师的意思是，我不是千金堂的人，做不得这个主，是吧？"

刘普成看着她，皱眉。

"我不是这个意思。齐娘子，医者仁心，怎么可以因为一时误会就说出拒绝诊治的话呢？"他叹息道。

齐悦紧紧地闭着嘴，没有说话，但是每个人都能看到她眼中的倔强与坚持。

"刘大夫，你什么也不用说了，少夫人说得对，我们不配再上千金堂来。"软轿上的猎户喘着气说道，冲齐悦拱手，"少夫人豪爽，有理说理，有仇说仇，是个痛快人，这一条是我们杜家该有的惩罚，我们认了。"

定西侯府的人都看傻了。常云成看着齐悦，自始至终，这女子没有往他这里看过一眼。

有理说理，有仇说仇……

定西侯不由得打了个激灵，有些心虚。

"这是好了？"他重重地咳了下，迈步过来。

见他过来，四周人纷纷问好，那猎户的家人更是跪伏在地上，就连软轿上的猎户都挣扎着翻下来。

"侯爷仁慈，侯爷仁慈。"

他们不会说话，更是第一次见到这么尊贵的人，除了将这句话翻来覆去什么也说不出来，伏地叩头不停。

以前这些贱民见了他是敬畏，此时这些贱民的敬畏中多了几分感恩……

被贱民敬畏感激的感觉也不错，定西侯忍不住捻须点头。

"也不容易，遭了这么大的罪。"他悲悯地说道，一面示意管家："拿些钱来，让他们回去好好养养。"

这一下猎户们更是感恩不尽。

"打开门，送他们出去。"定西侯大声说道。

"从角门那边走就是了，不要太张扬了。"齐悦说道，一脸淡然。

一旁的张同听了，忍不住呛了一下。

他不由得看向一旁的胡三，却见胡三亦是一脸淡然，只不过相比齐悦的淡然，胡三装的痕迹实在是太明显。

"我怎么恍惚听见少夫人嘱咐你一大早就出去将猎户好了的消息散播开？"张同忍不住低声问胡三。

"开什么玩笑,我师父有那么无耻吗?再说,这是事实,还用炫耀散播?"胡三低声说道,看着张同,一脸嫌弃,如同受了多大的侮辱一般。

张同忙道歉。是啊是啊,应该是他听错了,堂堂侯府少夫人哪会这么无聊。

定西侯听说只是开角门,觉得太低调了。

"侯爷,不过是一个猎户,哪里能开正门呢?"齐悦看着他,微微一笑。

这个,也是这个理。定西侯哈哈笑着,再次遗憾这次救治的不是什么大人物,要不然得多风光。

"还是月娘你考虑周到,气质沉稳,不错不错。"

她喊的是"侯爷"。

常云成看着齐悦,事实上,他的视线一直没有移开。

侯爷,而不是以前的"父亲"。

父亲,这个称呼,已经不值得她再喊出来了吧……

角门打开的时候,所有人都被吓了一跳。

门前人山人海,甚至整条街道上都是人,这么多人,却安静得很。当猎户一家人抬着软轿出来时,人群陡然发出惊讶的呼声,呼声如同风浪,瞬时席卷了街道。

原本有些遗憾的定西侯得知后立刻第一时间赶到门口。这……这……这种平民百姓营造出来的风光感觉也不错啊!

猎户杜大山醒来之后,就被胡三拉住讲了所有的事,包括打赌,看到这一幕,他立刻从软轿上坐起来。

"让我下来,我要自己走出去。"他大声喊道。

"这才醒过来,而且伤在腿上。"家属们低声劝阻。

杜大山一棍子敲在他们身上。

"让老子下来,老子没你们这么不要脸。"

这一下没人敢说话了,兄弟们搀扶着杜大山下了软轿。

看到这杜大山的动作,呼声消去,人们安静下来,所有人都不敢置信地看着这边。

跟在后面的齐悦、刘普成等人自然也看到了,一怔之后,明白了他的用意。

"这个男人倒真是个男人。"齐悦笑道,"我喜欢……"

阿如在身后狠狠地拧了她一下,所幸外边的呼声又起来了,淹没了她的话。

齐悦回头冲阿如龇牙表示自己很疼,阿如冲她瞪眼,下意识地扫了旁边一眼,

428

就见不知道什么时候站过来的常云成正看着她们。

世子爷没听到吧……一定没听到。

阿如低下头,而齐悦早已经转过视线,根本没在意身边有谁站过来。

杜大山伴着呼声一步一步走出来,不由得也激动起来,好像是他自己做了什么了不起的大事——胡三的讲述非常到位,且跌宕起伏,声情并茂,杜大山听的时候已经完全忘记了自己是个筹码,而是觉得自己是参赌的一方,当然,他是站在少夫人和刘大夫这一方的,现在他们赢了!

在这么多人的注视下、关注下,他们赢了!

杜大山猛地推开扶着自己的兄弟们,将手里用来打人的棍子举了起来。

"看到没,老子活着呢!"他大声喊道,瞪圆了双眼,虚弱苍白的脸上满是激动,"老子活着呢!谁再敢说刘大夫是庸医,老子第一个拧下他的头!"

等齐悦和刘普成站出来时,叫好声更热烈了。

"刘大夫神医啊!"

"少夫人神医啊!"

挨打之后,原本以为没有希望之后,突然享受到这种热情,千金堂的所有弟子都激动得汗毛倒竖。

"这种感觉怎么样?"齐悦低声问刘普成。

刘普成有些无奈地看了她一眼。这姑娘好像越来越自信了。他不由得想起第一次见这姑娘时,她脸上和眼中的惶恐惊惧,见到病人就如同见到了洪水猛兽,从什么时候起,她慢慢没了这些恐惧?现在,她一脸淡然,那是来自内心满满自信的淡然。

而且,她越来越……调皮了。

是啊,她本来就是自己孙女一般的年纪,正是青春年少好风光的年纪。

"还有更好的感觉呢。"齐悦嘻嘻一笑。

"啊?是什么啊?"胡三立刻问道。他好容易从众多人中挤过来站到齐悦身后,以表明自己大弟子的地位,当然,比阿如姑娘要低一等。

"收赌债啊。"齐悦笑道,扬了扬眉。

她来真的啊?

听到齐悦的话,刘普成的第一反应是这个。

同行嘛,抬头不见低头见,再说冤家宜解不宜结,稍微退一步,给对方一个台阶下,你好我好大家好,岂不是很好?

难道真要去逼着人家跪?这……这……只怕不好吧。

"当然来真的啊,"齐悦看着刘普成,一脸郑重,"要不然,咱们这么玩命干什么?"

啊?干什么?当然是救人一命啊。刘普成无语,还要说什么,齐悦已经冲众人抬起手。

"嗨,不知道王庆春王大夫是不是已经准备好了?"她大声说道,"大家已经看完死人复活了,那想不想看活人跪大街啊?"

这话太泼了。

刘普成等人连同定西侯府的下人都忍不住皱眉,但这些围观的都是市井小民,他们才不管什么礼仪儒雅,他们就爱看人打脸,打得越痛看得越爽,随着齐悦这句话,大家本就高涨的情绪更是被调动起来了。

叫好声、呼哨声四起,人潮开始向外拥去。

很快,定西侯府门前恢复了往日的安静,只有喧嚣声从远处传来。

猎户一家不知道什么时候随着人群退去了,门前呆立的只有齐悦、千金堂的人以及定西侯、常云成。

每个人脸上都是不敢置信。

"真的去逼王大夫下跪了吗?"有人喃喃地说道。

这汹涌的人潮挤上门叫嚣着要你下跪,该是多么恐怖的场面。

"恐怖吗?同情王大夫吗?"齐悦说道。她看向前方,神情已经平静,只是这平静之中带着隐隐的焦躁,"有什么好同情的?如果输的是我们,那么此时面对这恐怖的就是我。"

是我,是我,我一个人……

你们这些浑蛋,想要欺负我,来啊,试试啊,欺负我,没那么容易!

我什么都没有!我也什么都不怕!

"这没什么好同情,也没什么好感慨的。"她吐出一口气,微微仰起下巴,"敢玩就要敢接受后果,要不是他们回春堂一开始故意针对咱们,挑拨这些家属闹事,怎么会有如今的结果?出来混,迟早是要还的。"

出来混,迟早是要还的。

这句话划过众人耳边,让大家心里各有滋味。

事实上,这场好戏并没有如百姓们所期待的那样上演,当所有人都拥到回春堂,准备提醒王庆春愿赌服输时,回春堂已经人去楼空,大门紧闭了。

就在当天,王庆春一家老小一起离开了永庆府,房产、药铺飞快地贱卖了,一夜之间，名满这条街的回春堂消失在众人的视线里，就好像从来没有出现过一样。

真是输不起啊，居然跑了。

"无情啊。"齐悦知道后感叹道。

这就是人生命运的无情，一步错，全盘皆输。

常云成站在她身前，看着这女子慢慢地揣起手。

"女人家，这个动作太难看了。"他忍不住说道。

齐悦看了他一眼，保持这个姿势没动，越过他向前走去。

常云成转身跟上。

"你当时为什么会替千金堂担起这个？"他问道，"讲仁义吗？"

齐悦看了他一眼。

"你当时干吗把我拉进家门？借这个机会赶我走，不是正合你的意吗？"她没有回答，反而问道。

常云成被她问得有些不知所措。

"我说话算话。"他闷声答道。

齐悦反倒皱了下眉头。

"什么话？"她嘀咕了一声，但旋即不再追究。

二人沉默地走着。

"不全是出于仁义。"齐悦忽地开始回答他的话，"很简单啊，人心换人心。"

她说到这里，转头看了眼常云成，微微一笑。

"因为刘大夫对我很好，所以我便要对他好。"她说道，"就这么简单。"

常云成在她一旁慢慢地走着。

阿如在身后放慢脚步，留出一段距离。

"你是傻呢还是胆子大？就没想过会有什么后果？"常云成沉默了一刻，问道。

齐悦从鼻子里嗤笑一声。

"我说过了，"她再次看了常云成一眼，"人心换人心。在那么紧迫的一件事前，要是我去考虑后果，考虑怎么安排部署，考虑怎么解释运作，考虑后续的得失……那也就没有做的必要了。"

"为什么？"常云成皱眉问道。

"因为，我要是有时间想那么多，就代表这个人不值得我相护。"齐悦说道。

爸，对不起，那时候看着你一个人面对质疑，我没有不管不顾地站出来。

爸，我很高兴我有机会弥补了。

这种感觉真棒！

没有原因，没有顾忌，就是护在她身前……

常云成心头不断滚过这句话。

"那你输了的话，真的会去跪吗？"他忽地问道。

齐悦转头看了他一眼。

"说说而已，我又不是什么男子汉大丈夫，说话算话这种事可没必要当真。"她露出白白的牙齿，笑了。

常云成一愣，旋即也笑了。

"我就是不去跪，又能把我怎么样？来打我啊。"齐悦笑着转过头继续前行，还晃了晃头，说道，声调高扬，带着一种贱贱的……可爱。

"可爱"这个词浮现在常云成的脑海中，他不由得停下脚。

齐悦并没有理会他，自行而去。

看着那女子越走越远直至消失，就好像再也见不到一般，常云成只觉得心里有些发慌。

他不想，不想见不到她……

"齐月娘。"他喊道。

那女子没有停脚，他只得追上去。

"那天……"常云成跟上齐悦，迟疑了一刻说道，"那天的事，对不起。"

齐悦停下脚，带着几分惊讶看向他。

"哪天？"她皱眉问道，"你要说对不起的时候太多了，具体是哪天？"

这女人！

常云成噎了下。

"其实，说不说也没什么。"齐悦说道，"你这个人呢，我是看明白了，小事犯浑，但在大事上还是很讲道理的。这几次的事多谢你了，虽然我自己做也能做好，但你能站出来压阵，帮助还是挺大的，所以，谢谢了。"

她说着，转头看着常云成，笑了笑。

这是几天来第一次看到她对自己笑，常云成只觉得心头压着的巨石被掀开，呼吸顿时顺畅起来。

这个女人，跟她相处、说话其实很轻松，很舒服。

"哦对了，"走了几步，齐悦想起什么，又道，"还有件事我想跟你说。原本我以为不用说了，但看起来还是说开的好。"

"你说。"

"其实你不用想那么复杂。"齐悦斟酌了一下,还是不知道该怎么说,"你不用因为要对我好或者不好受到压力而忽喜忽怒地折腾自己也折腾我。"

常云成看着她皱眉。这是什么乱七八糟的?

"简单地说吧。就是你听你娘的话吧,不用对我好,也不用把我当你媳妇看,我知道,你们都不喜欢我嘛,这没什么,我不介意。"

常云成的脸色更难看了。

"你在说什么鬼?"他沉声喝道。

还是听不懂啊?齐悦搓搓手。

"就是说,既然你心态正常了,那……"她一拍手道,"我们谈谈和离的事吧。"

常云成看着她。

这臭女人!这臭女人!她知道自己在说什么吗?

常云成狠狠地甩了下手,脸色变得很是难看。

"这样你和你母亲都解脱了。"齐悦没有在意他的脸色,他的脸色不都是这样,"当然我也解脱了。"

常云成深吸一口气,看着齐悦。

"我已经说过'对不起'了。"

齐悦看着他,点点头。

"对啊,所以我们可以心平气和地好好谈谈和离……"她认真地说道。

话没说完,常云成越过她大步走了。

齐悦一愣。

"哎喂。"她忙喊道。

常云成已经走远了。

浑蛋!

这个女人!

常云成从来没想到"浑蛋"这个词原来也可以用在女人身上,而且很是贴切。

常云成的闷气一直到吃晚饭的时候才稍稍散去,但很快他又焦躁起来。

那个女人根本没回来。

"去看看少夫人在做什么,还不回来吃饭?"他猛地打开门喊道。

院子里的丫头们吓了一跳,忙忙地去了,不多时回来了。

"少夫人已经休息了。"丫头小心地说道。

又睡在那个院子里？这女人是故意的吗？常云成的手抓紧了门帘。

"少夫人已经睡了半天了，阿如姐姐也在睡，鹊枝姐姐和阿好姐姐说……说请世子爷担待，少夫人她们已经三天三夜没合过眼了……"丫头结结巴巴地说道。

常云成的闷气焦躁顿时烟消云散，取而代之的是愧疚担忧。

这女人……

常云成担忧了一夜，天亮之后，他终于做了决定。

他亲自接她回来，亲自去问一声。

这样，她应该消气了吧？

常云成在门外踌躇半响，终于一咬牙，迈进了院子。

院子里两个丫头在收拾东西，见他进来，都愣了下，旋即，一个低头缩身退开了，另一个则满脸笑地迎上来。

"世子，奴婢鹊枝。您有什么吩咐？"

常云成没说话。她还没起吗？这么大的动静，她听不到吗？怎么也不出来？

"世子爷？"鹊枝不解地问道。

"少夫人呢？"常云成只得问道，一面往屋子里看。

"少夫人去侯爷那里了。"鹊枝笑嘻嘻地答道。

什么？去父亲那里了？常云成愣了下。这么早就去问安吗？

不知怎的，他的心里有些不安。

同样，听说少夫人来求见，定西侯也有些不安。

"月娘啊，这么早，怎么没多休息？"他满脸堆笑地说道，甚至不知不觉中没了长辈的威严，指挥小厮丫头们快倒好茶，端上好点心。

"休息好了。"齐悦含笑说道，既没吃茶，也没吃点心，只是看着定西侯，微笑，"记挂着要紧事，便来找侯爷了。"

定西侯被她笑得更不安。

"什么要紧事啊？在月娘你好好休息面前，什么事都不算事。"他堆起更和蔼的笑说道。

下一刻，他就见美人冲自己有些不文雅地露齿一笑。

"侯爷真是贵人多忘事。"齐悦虽然休息了一天一夜，但眼睛依旧红肿，笑起来很是诡异，"休书的事啊。"

休书……

434

定西侯心里哆嗦了一下。

这也是来收赌债了吗?

"休书?什么休书?"定西侯一脸不解地问道。

装傻?齐悦有些傻眼。她猜想了很多种定西侯的反应,但是没想到定西侯居然直接装傻。

亏他装得出来!

"好好的,说什么休书?"定西侯已经换了一副惊愕愤怒的神情。

"侯爷。"齐悦无奈地笑了,"我不是来质问侯爷的,休书的事咱们可以商量一下,结果一样,但是形式最好变一变,比如和离。"

"月娘,你不要说了,这件事我一定会好好地查一查,一定会给你个说法,你放心,只要我在一天,谁也别想欺负你。"定西侯大手一挥,果断地要结束这个话题。

齐悦急了。

"侯爷,白纸黑字都写了,连您的印信都盖了,怎么能就这样算了?侯爷您男子汉大丈夫,说出的话砸在地上一个坑。"

那是那是,定西侯忍不住得意地笑。不是,不是,他忙又收住笑。

"月娘,哪有这回事?你是误会了,看错了。"他正容说道。

这才叫睁眼说瞎话,齐悦可算是见识了,一时间张大嘴,都不知道说什么好。

"我怎么会看错?侯爷,您别开玩笑了,我亲眼看到来。"她皱眉说道。

"哪有?在哪儿?"定西侯伸手,"我看看,哪个胆大的敢假冒我的印信?"

"常……世子爷撕了。不信您叫他来,他也看到了。"

定西侯第一次觉得自己这个不招人喜欢的嫡子做了件贴心的事。

"月娘,撕了就是没了,没了就是没了,你不要多想了。你这几天这么累,快休息去,什么事都不要操心。"他语重心长地说道。

什么叫没了就是没了?

齐悦看着定西侯。她也是成年人,哪里不知道这位侯爷的想法。

"侯爷,"她叹口气,说道,"其实,我不敢保证次次都能救活人,这种事,说到底还是赌运气,但是我又做不到见死不救,所以,我会惹来很多麻烦,这一次侥幸没有给侯府带来麻烦,但是下一次,下下一次,总会惹来麻烦的……"

她说到这里时,有人"唰"地掀帘子进来了。

"世子爷来了。"同时传来小厮急急的喊声。

带着一身寒气的常云成站定了。

"云成你也来了,吃过饭了没?"定西侯忙笑道,带着几分打趣,"这才一会儿没见,就跟着媳妇来了?"

齐悦和常云成的脸色都僵了僵。这跟这个有关系吗?

"还没吃呢。父亲也没吃呢吧?耽误父亲用饭了,我们先告退了。"常云成说道。

好儿子好儿子。定西侯忍不住满脸的欣慰喜悦,连连点头。

"好好,快,月娘辛苦了这么几天,快去吃饭,让厨房做些好的饭菜。"他迫不及待地端茶赶人。

"我吃过了……"齐悦说道。开什么玩笑,她还什么都没说呢。

常云成伸手攥住了她的手,转身就将她拉了出去。

他们前脚走,定西侯后脚就忙忙地吩咐人。

"快,快,收拾东西,我去燕云湖的庄子上住两天,正是赏湖景的好时候。"

大冬天的赏什么湖景?小厮们一头雾水,但这个爱好风雅的侯爷的审美、思维都与他们这些俗人不同,众人不敢怠慢,立刻传话,收拾要带去的物品,准备马车,挑选跟去的人,忙得脚不沾地。

这边齐悦被常云成拖出定西侯的书房。

"你干吗?"齐悦用力地挣,却挣不脱,常云成死死地攥住她的手不放。齐悦的力气在他的眼里完全可以忽略不计。

"你又弄疼我的手了!"齐悦气愤不已,任谁被打乱原本设想好的事都会很生气。

她干脆紧走几步,挡在常云成身前,用另外一只手去抓常云成的手。

常云成任她动作。

"就你那力气,能掰开才怪。"他看着这女子气急败坏的样子,忍不住笑道。

齐悦伸手揪住了他的衣襟。

"很好玩是不是?"她看着他,眼睛红红的,不知道是熬夜熬的还是……

常云成的笑收了起来。

"你们这样耍我很好玩是不是?"齐悦看着他,声音并没有提高,语速也慢慢的,"看着我跟狗一样招之即来挥之即去很好玩是不是?高兴就给笑脸,不高兴就冷脸相对很舒服是不是?"

常云成看着她,没有松开手,反而握紧了,另一只手盖住了她揪住自己衣襟的手。

"我知道，我清楚得很，是我死乞白赖的赖在你们家，很讨厌，我也觉得讨厌，我很抱歉。我一开始不知道怎么办，不知道出去后人生地不熟的怎么办，我就没脸没皮地赖在你们家，你要相信，我比你们还难受。现在好了，你们说出来了，我也准备好了，大家好聚好散，这样玩有意思吗？"

常云成依旧不说话，只是握着她的手。

齐悦的胸口剧烈地起伏。

"还有你，你又装什么淡定呢？"她用力要甩开常云成的手，却是无果，"敞开说话就那么难吗？大家坐下来好好说不行吗？一惊一乍一喜一怒的闹什么？很有意思吗？"

常云成等她说完，才点头道："好。"

"好什么好？"齐悦一口气说出来这么多，心里舒服了些。

"敞开说话，坐下来好好说话。"

齐悦喘着气看他，又想抽手。

"好，去你那儿还是我那儿？"

"你说。"常云成握着她的手没有放。

"我那儿。"齐悦再次抽手，"松开。"

常云成松开了。

齐悦伸手揉着自己的手腕，愤愤地看了他一眼，转头就走。

看着齐悦和常云成一前一后进了院子，正在说话的阿如、阿好、鹊枝等人忙迎上来。

"摆饭。"齐悦说道。

看着她的脸色，阿如没敢多问，忙示意大家依言行事。

饭菜很快摆上来，色香味俱全，而且这次有齐悦最爱的白粥小菜，当然，还有常云成喜欢的肉蛋。

看着齐悦闷头吃饭，常云成放下筷子。

"不如先说吧，带着闷气吃饭对身体不好。"

齐悦抬头看他。

"哎呦，你还懂养生啊。"她半讽刺地说道。

一旁侍立的鹊枝眉头不由得一跳，悄悄看了眼阿如，见她神情平静，似乎什么也没听到。

"是，懂一些。"常云成答道。

齐悦看了他一刻，吐了口气。

"我没事了，吃完再说吧。"她说道，眉间的焦躁渐渐地缓了下去，继续低头吃饭。

常云成这才拿起筷子。

"你尝尝这个牡丹饼，是父亲特意从京城要来的方子。"他迟疑了一下，夹起盘子里一块切好的焦黄饼子递过去。

齐悦接过。

"多谢。"她神情平静，恢复了客气的态度。

"你再尝尝这个鱼羹。"常云成又说道，将一个小盖碗送到齐悦面前，"早上吃点儿鲜咸的，对身子有好处。"

他说完，见她看过来，便一笑。

"府里的妈妈从小就会教的，什么能吃，什么不能吃，什么时候吃，吃多少。"

古代人比现代人还会养生。齐悦心里说道，不再言语，低着头，慢慢地吃饭。

早饭在前所未有的融洽气氛中结束了，鹊枝等人也舒了口气。

看着二人在屋子里坐定，鹊枝亲自捧茶后，就在阿如的示意中带着小小的遗憾退出去了。

"反正被休我是绝对不同意的。"齐悦开门见山地说道。

常云成看着她，点点头。

"是，我也不同意。"

齐悦面色稍缓。

"你看，你我的婚事都不是咱们俩能做主的。虽然我的身份配不上你，但是我其他的地方没有错，所以被休是绝对不合理的，和离的话，对你我都公平。"

常云成看着手里的茶杯，没说话。

"这一点你没意见吧？"齐悦问道。

常云成笑了笑，还是没有说话。

"这不是我死心眼，反正都是离开，结果成了就是了。"齐悦也没在意，看向门外，"我得对我自己负责，有错我担错，没错却非要逼着自己担错的话，就算是达成了自己想要的结果，对我来说也是不可原谅的。"

"是。"常云成看着她，笑了笑，"这话说得好，我喜欢。"

齐悦冲他一笑，这笑很友善，但也很客气。

"你看，其实很简单，我们坐下来说开了就好。你也不用纠结，你母亲对我的担心防备完全没必要，其实我早就有这个打算了，只是一开始……"她带着几分欣慰说道。

· 438 ·

说到一开始，齐悦不由得陷入了回忆，一开始她还存着回去的希望……

"只是还没准备好，还不知道自己要走的路，说不害怕那是骗人的……"她笑道，带着几分感慨。

"一开始？"常云成忽地说道，打断了她的话，"你是说，你早就准备这样做了？"

"是啊，所以你们真是多虑了，我真没打算赖在你们家一辈子，看把你和你母亲吓的。"齐悦撇撇嘴。

那也就是说，自己那些纠结、那些煎熬以及做出的那些事，在她眼里都是笑话……

常云成笑了，只不过这笑有些骇人。

"算了，过去的事就不说了，现在我做好准备了。"齐悦抬头看向常云成，"这么说，关于和离这一点我们达成一致了？"

"没有。"常云成突然站起来。

"那好，咱们再说说这财产……哎？"齐悦带着几分轻松拍了下手，还没放下就愣住了，带着几分惊愕看着常云成，"你说什么？"

常云成居高临地下看着她。

"我说，"他微微一笑，"走也好留也好，你以为你做得了主？"

齐悦看着他，瞪大眼。

"你这么快就忘了我说过的话了？"常云成笑道，走近几步，伸手捏了捏她的下巴，"和离？你想得还真美！"

齐悦愣住了。

好好的，怎么又变脸了？

"你有什么看法你说啊，说出来大家商量啊。"她一巴掌拍开常云成的手，"别这样不尊重人。"

"我没什么看法。"常云成淡淡地说道，"收拾东西，回去。"

他说罢，握住齐悦的胳膊就走。

齐悦一把拽住桌子不迈步。

"少来这套，我才不会去你那破地方住。"她喊道。

常云成回头看她，冷冷一笑。

"是破地方啊，"他重复了一遍，手上的力度加大，"但住还是不住，由不得你做主。"

他稍用力一带，齐悦就被拽了过来。

好好的，这又是怎么了？

"你到底怎么了？"齐悦跌在他身前，只得伸手撑在他身上，又是急又是气，问道，"你这人最让人讨厌的就是这点，你想什么说出来啊，总让人猜很烦的！有什么不能说的？"

"不能。"常云成依旧神色淡淡，看着齐悦笑了笑，说道。

又是这种笑！夜猫子笑！

"那好，你说，你想怎么样？"齐悦深吸一口气，忍着情绪问道。

"我不想怎么样。"常云成笑道，转身向外走去，当然，齐悦被他牢牢地抓在手里。

院子里阿如等丫头都吓呆了。

"世子爷。"阿如站出来，拦住常云成，"你……少夫人她还没休息好。"

鹊枝吓了一跳。天啊，阿如这是疯了吗？敢去拦世子爷？

她正惊愕，身边一直见人就躲的阿好也跑了过去，站在了阿如旁边，虽然没说话，但用行动表达了阻拦的意思。

好吧，反正自从来了这少夫人身边，就没遇上什么正常的事。

鹊枝叹口气，跟着站过去。

看到三个丫头挡住路，常云成也不恼怒，笑了笑。

"收拾东西。你们少夫人还没休息好，所以赶快回去好好休息。"他说道，然后迈步。

"我不去你那儿。常云成，这不是你一直以来的心愿？你妹的，你如愿了还发什么疯？！"齐悦脚底打滑，推着常云成的胳膊，喊道。

常云成脚步一停，深吸一口气。

"你妹的，"他重复了一遍，点了点头，"好，很好。"

他转过头看着扑腾的齐悦。

"怎么？不想走？"他问道，似笑非笑，活动了下另一只手，"要不，我帮帮你？"

齐悦立刻想到那次被这小子扛在肩上。他真敢，自己可丢不起那人！

"世子爷，你到底想怎么样？"她吐了口气，缓和语气说道。

"不怎么样啊。"常云成笑了笑，再不说话，转头大步前行。

他硬要走，三个丫头哪里敢真拦，只得眼睁睁地看着一脸愤怒的少夫人被世子爷拉走了。

"那个……"鹊枝看了看还愣着的两个丫头，开口提醒道，"咱们收拾收拾？"

阿如叹口气。

"这……这……世子爷亲自来接少夫人回去，这是好事啊。"鹊枝又笑道。

虽然这气氛一点儿也不像好事。

可是这真的是好事啊。以前世子爷都不许少夫人进院子，少夫人想尽办法进去了，到底还是被赶出来了，再看看现在，世子爷可是亲自来拉少夫人的。

这才半年而已，世子爷和少夫人之间关系的转变真是让人欣慰啊。

但很显然，她的感触并没有得到认同。

"阿如姐姐。"阿好一脸担忧地看着阿如。

"看来又有少夫人烦的了。"阿如叹口气，摆摆手，"走一步看一步吧。"

这……这有什么好烦的？鹊枝想。她要是能被世子爷亲手拉着进世子爷的院子，梦里都要笑醒了，还烦！少夫人简直是身在福中不知福啊。

这个人就是不讲道理。齐悦咬牙看着屋子里的常云成，愤愤地收回自己原本的话。

屋子里没什么好收拾的，齐悦不过是几天没回来睡，一切摆设都没变，丫头们略微整理一下，便忙忙地退了出去。

"你到底想怎么样？"齐悦说道。

常云成慢悠悠地伸手摘下墙上的宝剑擦拭，没有理会她。

"你真是莫名其妙！"齐悦压不住脾气，几步走过来，"你不是一直不想看到我，想让我滚得远远的？现在不是如……哦——"

她说到这里，恍然大悟。

"哦——我明白了。"她拉长声调说道。

常云成转过头看她。

齐悦伸手拍了下头。她知道自己哪里错了！

哎呀呀，她真是犯了个大错误，一把年纪了，还这么冲动。

男人嘛，爱面子，自己甩人可以，被人甩那就是奇耻大辱了！这种心态古今中外都一样。

他当然希望自己滚出去，但是，前提是他想，而不是自己主动！

齐悦心里啧啧：原本以为这个男人虽然经常欠抽，但至少在大是大非前还是个明白人，没想到……

伤自尊了？恼怒了？非要跟我对着干？

行，行，我不急，咱们接着耗。

常云成看着原本怒气满满的女子瞬时露出笑，不由得打了个寒战。

这臭女人又在想什么鬼花样？

他哼了声，低下头继续擦宝剑。

那女人却没有再说话，似乎满腔的怒气一瞬间被丢到了九霄云外。

"阿如，我要出门，收拾一下。"她面向外说道，又看向这边："世子爷，我出门一下总可以吧？"

常云成放下手里的宝剑。

"去哪儿？"

你个事儿妈！齐悦心里骂道，面上和和气气。

"我去千金堂看看。刘大夫本来就有伤，又累了这么多天，我不放心，去看看。"

常云成点点头。

"好，去吧。"

呸，德行，真把自己当个人物了！齐悦心里啐了口，转身。

阿如等丫头已经进来了，等伺候她换了衣裳出来，却见常云成披着大斗篷在外边站着。

他也要出门？不过齐悦懒得问，她现在一点儿也不想跟这个人说话。

她不说，常云成也没说话，见她出来，径直向外走去。

马车早已经等候在二门口，还有七八个护卫拿着棍棒意气风发地候着。看到齐悦走过来，管家忙殷勤地迎上去。

"少夫人，都备好了，您看人够不够。世子爷，您也要出去？"他笑呵呵地说道，说了一半才看到齐悦后边的常云成，忙躬身施礼。

齐悦笑了。她又不是总是出去打架！

齐悦扶着阿如的手上了马车，还没坐好，见常云成也上来了。

"哎，哎，你干吗？"齐悦忙伸手挡住门，瞪眼问道，"家里的马车多得很，你不会连这个也故意和我抢吧？世子爷，咱们都不小了，小孩子脾气还是别闹了。"

常云成拨开她的手坐进来。

"所以，你也别闹了。"

"谁在闹啊？世子爷，自始至终……好吧，一开始是我先挑头闹的，但我也道过歉了。"齐悦吐口气，看着他说道。

常云成抬手。

"走吧。千金堂。"他对外说道。

马车轻微晃动了一下，行驶起来。

齐悦不说话了，转过头，透过飘动的车帘看着外边。

第十六章　探　亲

马车在沉默中来到千金堂门口，下了车，齐悦不由得吓了一跳。

千金堂外面好多人啊，她第一眼还以为又被闹事者围攻了。

"乡亲们，乡亲们，我们这里主治的是跌打损伤，别的病症还是请到别家去，不要在这里等候，免得耽误了病情。"四五个弟子大声喊道。

但挤在门口的人没有一个散去。

"没事，我们等得，让刘大夫给瞧瞧，心里才踏实。"还有人说道。

齐悦松了口气，和阿如对视一眼，都笑了。

"还是那句话，结果决定一切啊。"她感叹道。

"没有过程的努力，也就没有结果啊。"阿如低声笑道。

齐悦笑了，冲她伸手点了点。

"说得没错，阿如越来越像一个智者了。"

阿如一副已经习惯被她打趣的样子。

常云成站在她们身后，神情平静。

她们一行人很快吸引了门前人的注意，弟子们看过来，顿时满面惊喜。

"师父，你来了！"他们大声喊道，跑过来。

这一声"师父"让门前的众人也瞬时热闹起来。

齐悦被这么多热情的目光看得有些不好意思了，幸好这些人敬畏她的身份，不敢上前。

几个弟子亲自引路带她进去。

"老师还好吧？有没有休息好？"齐悦一面问道，一面看着排队等候的人。

走进堂内，人更多，连抓药的都挤满了柜台。

可见广告效应多厉害。

"休息好了，大师兄在接诊，师父在旁看着。"弟子们答道。

"我看老师一眼就走。"她说道，"别耽误他时间。"

刘普成听到消息，已经出来了，胳膊还打着夹板，挂在脖子上，看起来很是滑稽。

"世子爷，少夫人。"他恭敬地行礼，亲自带他们进了屋子。

因为常云成在场，气氛有些严肃，齐悦亲自看了刘普成的伤才放下心来。

"你的胳膊受了伤，一些小手术不能做，叫我来，正好跟着老师你实践一下。"

因为常云成在，刘普成笑着连说"不敢"。

正说话，外边传来大嗓门喊"师父"的声音。

胡三抱着一个大盒子进来了。

"师父。"他高兴地冲齐悦跑过来。

刘普成在一旁咳嗽了一下。

"世子爷。"胡三这才看到常云成，忙恭敬地施礼。

"拿的什么？"齐悦含笑问道，指了指他怀里的盒子。

拘束感瞬间消失了，胡三高高兴兴地将盒子放在桌子上，然后打开。

"师父你的针还有剪子、镊子都打好了，你看看行不行。"

齐悦忙起身，阿如自然也跟过去。刘普成也想看，但还记着屋子里有个常云成不能被晾在一边，强忍住没动。

"不错不错。"齐悦一个个拿起来认真地看，满脸赞叹惊讶，"怪不得说古代……"

她重重地咳了两下。

"师父，你怎么了？"胡三立刻关心地问道。

常云成往这边看了看，目光在胡三身上瞟了眼。

"没事没事。"齐悦咽下不该说的话，冲他笑道，"真是能工巧匠啊，做得不错！"

看到胡三亦是通红的眼，齐悦说道："你也熬了好几天了，跟其他人轮班歇息一下。"

"我知道，师父。"胡三嘿嘿笑，"我本来是要休息的，不过这些针刀让他们看着我不放心。"

常云成端起茶杯吃到嘴里才反应过来。

他不在外边吃茶，更何况这医馆的茶太次了。

"将这些发给大家吧，看大家什么时候有空，我们来练习缝合。"齐悦笑道，放下那些针刀。

这一下刘普成也顾不得主人之礼了，忙走过来。

"什么时候都有空，看少夫人你的时间。"

"好啊，大家可以轮班，这一班听课，那一班上班，只是可能会累些。"齐悦笑道。

"师父，能多学东西，大家求之不得，谁还怕累？"胡三喊道，"要说累，也是师父您累。"

真是，瞧那狗腿子样！

常云成再次瞟了胡三一眼。这人谁啊？好像有点儿面熟。

"你去发给大家吧，顺便告诉他们做好准备，自己分好班。"刘普成说道。

胡三应了声，却没走。

"师父，你也要多休息，要不然徒儿会心……"他继续说道。

常云成只觉得嗓子眼痒痒，有人替他咳嗽了出来。

"出去。"阿如瞪了胡三一眼。

胡三还是很怕她，忙抱起东西出去了。

"老师，你快忙去吧，我也没事。"齐悦说道。

她出来本来是想避开常云成的，但是现在常云成跟着，目的没达到不说，还给刘普成添了些麻烦。

刘普成点点头，亲自送他们出去，刚到大堂就听见一阵喧哗。

虽然猎户的事解决了，但还是在大家的心里留下了阴影，听到喧哗，大家的脸色微微一变，忙走出去一看，不由得愣住了。

四五个衣饰华丽的富家公子正挤在柜台前，手下的奴仆正在驱赶那些排队的人。

"滚开穷鬼，我们公子先来的！"

对这种豪贵惹不起躲得起，虽然满面怨愤，但大家还是让开了。

"哪个是瞧病的大夫？来给小爷瞧瞧。"

"这些药都是卖的吧？来来，我抓药。"

这四五个公子笑闹着。

柜台前的伙计都有些不知所措。

"小爷，您到底要什么药？"他们结结巴巴地问道。

"不拘什么，这是钱，看着拿吧。"几个人"噼里啪啦"地往柜台上扔钱袋，听声响就知道肯定不少。

这……这……哪有这样拿药的？

伙计们都傻了，齐悦和刘普成也愣了，这种闹事的倒是罕见。

"可是，可是……"伙计们都不知道说什么了。

"行了，你们就看着抓吧。"一个少年公子从一旁站起来，说道。

他一直坐在一角，刚才大堂里乱哄哄的，都没人注意他，此时站起来众人才看到他。

看到这少年，齐悦等人都愣了下。

"黄公子？"她不由得说道。

"这是小爷让他们赢来的钱，押你们千金堂赢，自然该花在你们这里。"黄子乔没看到齐悦他们，对着伙计们大声说道，"没事，收下，抓药。"

其他人立刻跟着笑。

"是啊是啊，黄小爷慧眼如炬，这可是我第一次赢这么多钱。"

"原来黄小爷才是赌神。"

"那几个后来偷偷抽回赌注的傻瓜可是后悔得肠子都青了。"

大家乱哄哄地说道。

"当然，不肯押齐娘子赢，真是傻瓜。"黄子乔哼道，伸手拍拍自己的胸腹，吓得旁边的仆从忙小心地护着，"小爷我的肚子，是齐娘子亲手划开又缝上的，我都好好的，一个伤了腿的人，有什么死了活了的？屁大点儿事，还开赌，这不是明摆着给大家送钱花吗？这种送上门的钱，不要是要遭天打雷劈的。"

听了他的话，堂里顿时哄然，大家看着这知府公子，仿佛在看什么稀罕物。

活的啊……

齐悦看着看着，惊讶怔忪消失，取而代之的是心里暖暖的。

这孩子……

许是熬夜熬得眼有点儿伤了，她竟忍不住想流泪。

原来，她不是一个人。

原来外边还有人这样替她打气。

"喂，别拍了，拍裂了伤口还要重新缝的。"她提高声音说道。

黄子乔正再次抬手准备拍肚子，听了这话，不由得打了个哆嗦。

"谁咒小爷……"他气呼呼地循声转头，一眼看到含笑而立的齐悦，不由得怔住了,旋即涨红了脸,呆站在原地。

"小爷,你怎么了?"原本就心惊胆战的仆从吓得几乎魂都没了,"你的脸怎么这样了?你的眼怎么直了?大夫,大夫,快来人……"

黄子乔又羞又恼,一巴掌将这扯着嗓子鬼喊的仆从打到一边去了。

跟他一起来的这些人也都好奇地看过来,他们不认识齐悦,但都认识常云成,顿时满面惊喜,旋即又转为惊吓。

"世子爷,您也来瞧……"一人张口就恭敬地问好,话到嘴边又觉得在医馆这种场合招呼实在是不好打,"瞧瞧热闹啊。"

常云成淡淡地"嗯"了声,算是还礼了。

原本热闹的大堂里安静下来。

"胡闹什么,没事别影响人家正常做生意。"常云成说道,目光扫过这些人。

"是,是,"这几人忙说道,一面拱手,"我们这就告退了。"

说罢他们就向外走去。

黄子乔也往外走。

"黄少爷。"齐悦忙喊道。

黄子乔的脚步停下来,有些不自然地转过身。

"既然来了,也到了复诊的时候,正好让刘大夫瞧瞧。"齐悦笑道。

黄子乔哼了声。

"小爷我哪有工夫来复诊?诊费都给了,上门去。"他粗声粗气地说道,说罢就脚不沾地地走了。

仆从慌乱地冲常云成和齐悦施礼,跟着退了出去。

齐悦抿嘴笑。

刘普成也在笑。

"齐娘子,你可安心了?我说过公道自在人心,没事的。"

齐悦点点头。

"是,老师,我知道了。"她说道,"说给猎户家的那话,我收回了。"

刘普成带着几分欣慰点头笑了。

回去的路上,阿如坐在车外边,对齐悦讲了从胡三那里问来的满城下注的事。

"哇,早知道我也下注了,买我自己,岂不是赚大发了?"齐悦哈哈笑道,想到什么,"阿如,你回去从库房里捡个好东西送去知府府,说是我给黄公子的谢礼,谢谢他替我捧场。"

阿如应了声"是"。

被自己家人用休书拦在门外，外人却为她摇旗呐喊，这种感觉不太好受吧。

常云成垂下视线，只是安静地坐着，神色淡淡，看不出喜怒。

马车里又恢复了安静，在街上疾驰而过，两边护卫相护，街道上行人纷纷让路。

街边躲避的人匆忙间撞在一起。

"哎呀，脚，脚，新鞋。"被撞的那人喊道。

撞人的忙道歉，回头一看，不由得啐了口。

"哎呀，棺材仔，真是晦气！"他说道，三步并作两步地躲开了。

棺材仔撇了撇嘴，抖了抖身上的新衣服，跺了跺脚上的新鞋。

"棺材仔，听说你赢大钱了？"旁边店铺的小伙计冲他笑道，"瞧你打扮得跟新郎官似的。"

棺材仔冲他咧嘴一笑。

"是啊，真是转运了。"他说道，揣起手，想到什么，回头看了眼："定西侯府。"

护卫簇拥的豪华马车已经远去了。

"那个打赌救人的侯府少夫人？会剖腹疗伤的女人？"他喃喃地说道，带着几分好奇，再次看了眼那远去的马车。

真有这样的女人？不知道是什么样的女人……不过，跟他又有什么关系呢？

棺材仔摇头，笑了笑，沿着冬日阴暗的墙边慢行而去。

两人进了门，刚走了没几步，就见有丫头急忙忙地跑过来。

"世子爷，少夫人，不好了。"她一脸焦急地说道，"夫人要回善宁去。"

这有什么不好的？齐悦不解。再说，善宁是什么？

常云成却已经变了脸色，越过她，疾步向荣安院去了。

"善宁是夫人的娘家。"阿如忙跟齐悦低声解释道。

齐悦"哦"了声，打了个哈欠。

"回娘家嘛，挺好的，这有什么不好的？"

阿如笑了。

丫头们都跟着常云成走了，这里也没别人。

"哪能随便回娘家呢，没有娘家人来请，自己回去，那是……那是绝对不能的。"她说道。

448

还有这规矩啊.齐悦"哦"了声。

"真够不自由的。"她嘀咕一句便不言语了。

"少夫人,咱们不过去看看?"阿如只得主动问道。

"咱们?"齐悦笑了,"就别过去火上浇油了。"

说到这里,她眼睛一亮,自己还有重要的事呢。

"咱们去找侯爷。"

"少夫人,你别去了,这多不好。侯爷这样已经算是认错了,这件事就这样算了吧。"阿如忙劝道。

这孩子还以为自己只是要个说法呢。齐悦看着她,笑了笑,没有再说什么。

只是齐悦一问侯爷,才知道居然出门了。

这人居然躲了,真是服了他了。

齐悦无语。

"还能躲一辈子不成?"齐悦摇头,只得回院子,"走走,睡觉去。"

这边齐悦闷闷地回去睡觉,那边常云成已经跪下拦住了谢氏。

"母亲,到底怎么了?儿子哪里做错了?你说,我改。"他说道,面色焦急。

谢氏居高临下地看着他。

"那好,你说,你是听我的,还是听那女人的?"她缓缓问道。

常云成愕然抬头看着谢氏。

"母亲,何出此言?我自然是听母亲的……"

谢氏看着他,冷笑一声。

"你今天做什么去了?"

常云成迟疑了一下。

"跟那女人出去玩得挺高兴吧?"谢氏冷笑着问道,"这个,总不是你父亲逼你的吧?"

"不是的。"常云成忙说道,"我……我是想去千金堂看看,毕竟……毕竟这件事也算是跟侯府有关系,我去看看还有什么后续的事要办没。月娘她,她听说了便也要去,她跟刘大夫他们也算是患难与共了,我没理由不让她去。"

谢氏看着他,一脸审视。

"果真?"

常云成重重地点头。

"以后别去了。"谢氏面色稍缓,伸手拉起他,说道,"一个医馆,有什么好看

的？那些贱民就如同吸血的蚊虫，一旦沾上就甩不掉，离他们远点儿。"

常云成站起来。

"母亲，他们还好。"

这孩子就是有什么说什么，不会为了顺着自己而胡乱说话。谢氏听了，不但没有生气，反而更放心了——所以他不会说谎话骗自己。

"你父亲办的荒唐事，却总是要你来担后果。"谢氏叹口气，示意常云成坐下，"那女人没闹你吧？"

常云成有些不自然地笑了笑，摇头。

"没有，她怎么敢？再说，她有什么好闹的？"

"她是那种知道分寸的人吗？"谢氏冷笑，不屑地道。

常云成摸了摸鼻头。

"母亲，其实，月娘她……她……"他迟疑了一下说道。

"她，我自有打算，你放心。"谢氏看着常云成纠结的神情，很是心疼。

"快要过年了，我走不开，你回来这么久还没去看过你外祖父他们，不如趁送年礼去一趟吧。"谢氏说道。

常云成点点头，应声"是"。

"我刚回来时去看了外祖母，她身子不太好，我也很记挂她。"

说到母亲，谢氏的神情更加柔和。

"是，她年纪大了，你能去见见就见见吧，下一次不知道……"她叹息道。

常云成的神情也有几分黯然。外祖母的身子一直不好，如果……那女人去看看甚至治好的话……

那样母亲是不是就能喜欢她一些？

常云成的神情瞬时高兴起来。

"我这就去准备。"

"还跟小时候似的，一说去外祖母家就猴儿急。"谢氏笑道。

常云成摸了摸鼻子，带着几分尴尬告退了。

常云成回到院子时，齐悦已经睡了。

"少夫人和阿如姐姐都累极了，回来就睡了。"秋香看着常云成的脸色，小心地说道，就怕世子爷因为少夫人没等他而生气。

常云成看了眼那边隔间垂下的帘子。

"可吃过饭？"他低声问道。

秋香愣了下。

"没。"她慌忙答道。

常云成皱眉,又看了眼那边,才进去换洗了。

秋香揉揉眼。我的天,我没看错吧?世子爷的神情是……有些担心?

齐悦睡到半夜醒来时,屋子里的炭火依旧烧得暖暖的,她从被子里伸出手,借着地灯的光起身了。

外边一片寂静,显然已经是后半夜了。

因为习惯屋子里不留伺候的人,齐悦自己起身倒水,才走过去点亮灯,外边就传来脚步声。

"醒了?"常云成的声音紧接着传来。

齐悦吓了一跳,看着他掀帘子进来。

"你睡觉这么轻啊?"齐悦皱眉说道,"那不能怪我吵到你。"

常云成看了她一眼。

这女人的脑子总是跟常人不一样,想的都是什么!

"有夜宵你吃不吃?"他问道。

齐悦一面看他,一面端着水喝。

"看什么看?"常云成被她看得没来由地恼火,还带着几分心慌:她猜出夜宵是自己特意让人给她做的了吗?这……这简直太丢人了。

"你挺好看的。"齐悦随口说道,仰头将半杯水喝完。

常云成被这没头没脑的回答弄得莫名其妙。

"我本来就好看。"他闷声说道。

齐悦"扑哧"笑了。

"拿夜宵来。"常云成气急,转头对外喝道。

门外响起一阵细碎的脚步声,不多时,两个值夜的小丫头进来将食盒摆在桌子上,恭敬地施礼退下了。

常云成掀开食盒,香气顿时溢出来。

齐悦不由得吸吸鼻子,被引得食指大动。

"这是排骨栗子汤。"常云成一面说,一面将汤端出来。

齐悦坐下来,搓搓手。

"你没在里面下药吧?"她又抬起头看常云成。

"下了,足够毒死一头牛。"常云成淡然答道。

齐悦哈哈笑了，伸手接过碗，吃了一大口。

"嗯。"她挑挑眉毛。不错不错，比她在现代吃过的还要好吃，毕竟这里的排骨栗子都原生态无污染，熬制汤羹的材料也都新鲜天然。

常云成坐下来，也盛了一碗，桌上的灯照出两边的人低头吃得欢快香甜。

"你这个人当朋友还不错。"齐悦忽地说道。

常云成手中的汤勺停了下。

"这个无须你判定。"他淡淡地说道。

齐悦撇撇嘴，不再说话，三口两口吃完，放下碗。

"再吃些。"常云成说道。

"不了，还要接着睡，不能吃太多。"齐悦摆摆手，站起身来。

常云成低着头咬了块肉。

"后天去善宁府。"

善宁府？

"你母亲的娘家？"齐悦问道。

怎么说得这么绕口？

"我外祖家。"常云成皱眉说道。

齐悦"哦"了声，不再言语。

常云成慢慢地喝汤，夜风"呼呼"地打在窗户上，渗进来的风吹得烛火一阵跳动。

屋子里多了个人，这冬夜倒也别有一番味道。

常云成的嘴角不由得微翘。

"哎，那个，你吃完了没？"齐悦问道，"我还想再睡会儿。"

常云成停下手，垂下头。

小丫头收拾了东西，重新熏了香，退了出去，常云成也起身走向自己的卧室。

"喂，多谢了。"齐悦在他身后说道。

常云成的脚步没有停，仿佛没听到，掀起帘子走了。

这个人啊，还真是……矛盾得很。齐悦摇摇头，吹灭了桌上的灯。

常云成一直等到齐悦睡下才熄灯，灯影里，他嘴边笑意浓浓。

这一次睡醒后，齐悦对阿如说道："今天我打算教他们缝合术，你也来学吧。"

阿如点点头。

"少夫人。"阿好忽地唤道。

齐悦和阿如都看向她。

阿好有些胆怯，但还是鼓起勇气说道："我……我也想学。"

齐悦笑了，点点头。

"好啊。"

这一次出门，阿好被带上了。

"你学这个做什么？"鹊枝听说了，好奇地问道。

"我也想像阿如姐姐那样帮到少夫人。"阿好说道。

鹊枝手指绞着小辫子，若有所思。

"我……也想学。"她忽地说道。

阿好惊讶地看着她。

"我也想帮少夫人。"她笑着看向阿好。

那一日，她亲眼看到少夫人的神技造成了多大的轰动。

她亲眼看到侯爷面对这样的轰动是怎么样的前倨后恭。

她看到了那些敬畏崇拜的眼神。

那种感觉，也许比当上通房、姨娘要好吧……

这一次，常云成没有跟着，齐悦身边多出两个丫头来，引来千金堂弟子们好奇又害羞的注视。

"好了，好了。"齐悦拍拍手，看着收拾出来的屋子，里面已经按照她的要求摆了桌子、凳子，"大家都坐吧。"

弟子们应声"是"，各自夹着自己的针线包和皮子，寻位子坐下。

阿如迟疑了一下，也带着阿好和鹊枝坐下来。

齐悦站在台上，有些紧张。其实她也带过实习生，只不过当老师手把手地教还是第一次，她不由得深吸一口气，回忆当初老师是怎么教自己的。

"在学缝合之前，我们还要了解很多东西，比如人的皮肤、肌肉，我们用到的工具……"她看着大家，说道。

话没说完，众人有些惊慌地站了起来，桌椅板凳挪动的声音打断了她的话。

"师父，你怎么能站着？"

"对啊，师父，你站着我们怎么好坐着？"

弟子们惶惶地说道。

齐悦愣了下，哈哈笑了。

"别想那么多，这是为了教学方便。"她笑道，费了一番口舌才让大家都坐下，

但每个人还是坐不踏实，或者只坐一角，或者干脆虚坐着，简直比站着还难受，最后齐悦只得让他们也站起来。

"缝合是将已经切开或者外伤离断的组织创缘相互对合、消灭死腔，达到止血、伤口早期愈合以及重建器官结构的目的……"

"手工缝合的手法临床上有很多种……单纯对合缝合……"

虽然很多话对弟子们来说如同天书，但所有人都不敢分神，奋笔疾书，认真地记下齐悦说的每一个字。

刘普成轻轻地从门外走进来，手里也夹着针线包、皮子以及纸笔，示意大家不要多礼，走到最后一张桌子前站好，认真地听讲。

齐悦的课上午、下午各一场，好让弟子们轮换，而她讲课之余便跟着刘普成学辨药。

"娘子其实是很懂医理的，只是不会用药，所以那些望闻问切就罢了，要紧的是学药。"刘普成说道。

在学药的间隙，齐悦又画了一些器具要胡三去打制。

"这是上次制药的时候用的锅碗瓢盆？"胡三看着图纸，惊讶地说道，"师父是要多多制造那些药吗？"

这句话把刘普成也吸引过来。上一次那用针管打进人体的药起到的效果让他震惊，那么小的一管子药，竟然能那么快起效。

这种药要是能广泛使用，那些突发病症将会大大减少。

"那种药，以后再说吧。"齐悦笑道，"我还是觉得，吃的汤药更好一些。"

胡三"嘿嘿"笑了。

"师父其实还是不愿意承认那种药吧？"

齐悦也哈哈笑了。

"我还是觉得保险一点儿好，万一出了什么事……"她想起什么，一拍手，"对了，老师，下次我们再接危重病人的时候，要给他们下病危通知书，让他们签下免责文书，免得再遇到不讲理的病人家属，就是告官，咱们也说得清，免得污了咱们的名。"

刘普成笑了。

"大夫的名只有自己能污，单靠几句话几件事是污不了的。"他摇头笑道，"这个无须担心。"

古代的大夫靠的是病人口口相传，靠的是扎实的医术，行就是行，不行就是不行，简单得不能再简单。

齐悦便点点头，不再强求。对这样一个觉得救人命最大的大夫来说，要他还没救治就考虑患者死后怎么办实在是太为难他了。

"不过，齐娘子你说的住院诊疗我觉得很好，我打算在这里收拾出几间屋子当作病房。"刘普成又说道。

齐悦眼睛一亮。

"啊太好了。"她高兴地喊道，转身审视院落。

千金堂以治疗跌打损伤为主，虽然在这一行颇有名气，但毕竟不算什么大医馆，院落并不大。

"最好再扩充一下，既然要住院，还要有专门的消毒室。"齐悦一边四下看一边规划，"还要有手术室……"

"那这地方可不够。"刘普成含笑说道。

齐悦皱眉点点头，视线落在两边。

"这旁边是做什么的？"

刘普成一愣，知道她的意思了。

"这个……"他迟疑道，"都是积年的店铺，只怕不好办。"

"先试试，不行的话，咱们再去外边买。"齐悦越想越激动，"也许可以办个简化版的现代医院。"

医院？是太医院吗？这个他知道，只是"现代"……

"什么叫现代？"刘普成虚心求教。

齐悦讪讪地笑了。

"我的一个师父说过，也是药铺，但是跟医馆、药铺又不太一样。"她斟酌着说道。

刘普成对于她师父的事很感兴趣，但这姑娘不说，他也不好问，此时听她说来，不由得也有些激动。

"是什么样的？"他忙问道。

是什么样的……齐悦叹口气，带着几分追忆，看向晴朗的天空，一瞬间，似乎时空转换，她又回到了现代，就站在医院里，四周是熟悉的嘈杂的一切……

齐悦回到家是吃晚饭的时候，常云成坐在屋子里看书。

齐悦和他打了个招呼，他"嗯"了声算是回应。

这简单的一声"嗯"已经算是稀罕事，看起来他心情不错。

不过，已经有了教训，齐悦是绝对不会再上前和他多说话的。要搬走的事还是再放放，或者等定西侯回来。真是笑话，白纸黑字的休书砸在脸上，说没事就真没事了吗？

常云成有些不悦地将书扔下，听着那边齐悦和丫头们"叽叽喳喳"地说笑。

有什么可说的？不就去了趟药铺吗？哪有那么多可笑可说的？一个药铺而已。

"要做的事好多好多啊。"齐悦在灯下伸了个懒腰，激动地说道。

阿如侧头看她在纸上写画的东西。

"这是床吗？"她问道，一面又端过来一盏灯。

"是啊。"齐悦点头。

"那这下边是什么？"阿如伸手指了指。

"是轮子。这样的床让病人移动起来方便些。咱们这里是看跌打损伤的，病人大都行动不便，这样的话，就不用三四个人抬来抬去，一个人推着就行了。"

阿如听了，想着那场景，便点头笑。

"少夫人怎么想到的？真厉害。"

"哪里是我想到的，是我常见的……"齐悦话说到一半，见常云成掀帘子进来了，忙咽下到嘴边的话。

"你下去吃饭吧。"齐悦说道。

阿如点点头，又对屋子里的常云成施礼，退了出去。

"在外边吃了什么？"常云成问道。

齐悦刚低下头准备接着写字，听他问，便抬起头。

"也没什么，胡三买了一些小吃，我跟着吃了些。"

胡三？又是那个贼兮兮的男人。

常云成皱眉，再看齐悦又低下头写写画画，明显没有和自己多说几句话的意思。

他站在屋子里，看着那边灯下认真书写的女子。她时而笑，时而皱眉，时而表情恍然，那样专注自在，那样赏心悦目……

"铮铮"琴声响起的时候，齐悦吓了一跳，忙四下乱看，对面卧室里，常云成盘膝而坐，正在抚琴。

果然是世家公子，会舞刀弄枪，也会琴棋书画。

齐悦歪头看了一刻，便收回视线，接着筹划自己的医院。

琴声低柔，投在窗上的人影安然，外边站着的丫头第一次觉得院子里的气氛

· 456 ·

真好。

夜色渐深，齐悦放下笔，站起身来，站在隔间的门前看着常云成。

常云成按住琴，余音袅袅而散。

齐悦鼓掌。

"真不错啊，弹得果然好。"她笑道。

常云成没理她，似乎毫不在意，但低头时，嘴边闪过一丝得意的笑。

"时候不早了，我要睡了，那个，大家是室友，和平共处，互相体谅，你可别再弹了。"齐悦说道，伸手挂上帘子。

愕然的常云成抬起头，那个臭女人的身影已经被帘子挡住了。

他愤愤地乱拨琴弦，杂乱的琴声在室内回荡。

这女人真是不知好歹！

不过，常云成并没有故意再弹琴，齐悦意外地一夜好眠，所以一大早自然醒来时只觉得神清气爽。

洗漱过后来到饭桌边，常云成已经吃得差不多了。

"你快点儿，磨磨蹭蹭的，耽误时间。"看着齐悦进来，常云成沉着脸说道。

齐悦坐下来。

"我现在有的是时间，不怕耽误。"她笑道，接过鹊枝盛好的饭。

常云成看着她数着米粒吃饭。

"你东西收拾好了没？"

"收拾？"齐悦停下筷子，抬头看他，有些不敢置信，旋即眼中迸发出惊喜。

这惊喜让常云成郁闷的心情顿时好了。

这门亲事是谢家人不愿接受的，所以齐月娘从来没去过谢家，这次自己要带她去，表明自己把她当……妻子相待……

妻子……

这个词划过心头，常云成不由得微微怔了下。

我常云成的妻……

她一定很开心……

"你是说让我搬出去？"齐悦问道，放下手里的筷子。

"你这臭女人！脑子糊涂了啊？"常云成再压不住脾气，手"啪"地拍在桌子上。

碗筷盘碟被震得一阵跳动，侍立的丫头们也吓得哆嗦了一下。

"你才脑子有病！"齐悦也"啪"地拍了下桌子。

刚稳下来的碗筷盘碟再次跳动。

"你有什么话能不能痛快地说？我又不是你肚子里的虫，你想什么我怎么知道？发什么脾气！"她喝道。

常云成瞪眼看着她。这臭女人什么臭脾气！

"我不是跟你说了吗？今天去善宁府。"他喝道。

"你去吧，说一遍就是了，你出门还用得着我批准……哎？"齐悦亦是瞪眼看着他，喝道，说到这里，她一愣，"你不会是要我也去吧？"

"废话。"常云成看着她，恨得牙痒痒，"你也知道，我出门还犯得着和你说吗？"

"误会误会，是我理解错了。"她立刻换了笑脸，冲常云成摆手，"不过，你说话也太简练了。"

饭桌上的气氛终于缓和了，四周的丫头们松了口气。

"不过，我就不去了吧。"齐悦又说道。

常云成才缓和的脸色又难看起来。

"我去那里做什么？又不认识……"齐悦没理会他的脸色，接着吃饭，"再说，你外祖家的人肯定也不喜欢我，还是别去给人添堵了。"

"我跟你说话怎么就这么费劲呢？"常云成站起来。

齐悦抬头看他。

"我说，让你跟我去，我不是问你去不去。"常云成一字一顿地说道。

齐悦也变了脸色。

"喂，常云成，你又欠抽了是不是？"她一丢筷子就要起身，但还是慢了一步，被常云成一把抓住手腕。

"常云成，你要气死我吗？"

齐悦的喊声从屋子里传来，站在院子里的丫头们吓得不知所措。

阿如和阿好忙要过去，就见常云成拉着齐悦大步走了出来。

"收拾你们少夫人出门要带的东西。"他说道，不理会手里齐悦的挣扎，大步向外而去。

阿如和阿好还能说什么，愣了一刻，便慌忙去收拾了。

谢氏已经在二门等着了，亲自查看了马车以及要带的东西，正要问世子爷吃过饭了没，就见常云成大步走来，她脸上的笑便露出来，但旋即便是一愣，目光落在常云成身侧的齐悦身上。

这个女人来干什么？他为什么还拉着她的手？拉那女人的脏手做什么？

她还没来得及想，又听得车响。那边的甬路上走来一辆马车，旁边跟着仆妇丫头，其后是十几匹马以及两辆供仆妇丫头坐的青布车。

"夫人。"饶郁芳扶着仆妇的手走下车，冲谢氏恭敬地施礼，"有劳夫人着世子爷相送。"

谢氏看着饶郁芳——温柔娴雅，看在眼里心里舒坦。

"顺路的事，也省得你姨母操心。她身子不好，又赶上过年，家里事也多。"谢氏笑道，携了她的手，让她站在自己身边，看向常云成走来的方向。

饶郁芳跟着看过去，先看到常云成，待要害羞地回避视线，却看到了跟在常云成身边的女子，她微微一怔，不由得凝神看去。

齐悦今日因为要出门讲课，不愿意在千金堂那些弟子面前打扮得太华丽，所以穿得很简单，头发也是简单地绾起来。

这个女人，穿着打扮还不如一个丫头，饶郁芳不由得愣了下，不是说是个美人吗？

齐悦用另一只手拧常云成的腰。

"小浑蛋。"她低声骂道。

常云成也不回身，另一只手反手打了下齐悦作恶的手。

"你敢胡闹试试。"他亦是低声喝道。

这浑蛋可是脑子不正常，什么都做得出来。

他不怕丢人她还怕呢！

齐悦恨得咬牙，但还是老实了。

还治不了你了。常云成嘴角微微一翘，笑了，在谢氏等人面前站定。

饶郁芳不敢多看，低下头回避。

"母亲。"常云成带着笑喊道，同时松开了齐悦的手。

"母亲。"齐悦只得微微低头，说道。

谢氏看到儿子想笑，但看到齐悦实在是笑不出来，所以神情很是古怪。

"你来了，这是你……妹妹。"她干脆转过头看饶郁芳，对常云成介绍道。

从哪里冒出个妹妹？

常云成有些奇怪地看过去。

饶郁芳低头施礼。

"世子爷。"

常云成微微点头还礼，便不再看她。

"母亲，月娘听说外祖母身子不适，想要去看看，看有什么帮得上的。"他看着谢氏说道，眉宇间皆是欢悦。

谢氏和齐悦都被他的话吓了一跳。

齐悦瞪眼看着常云成，被他丰富的想象力震惊了。

谢氏则因为儿子要带着这个女人踏入谢家的门震惊了。

一定是这个女人听说了，硬黏上来的！

场面一时冷了下来。常云成有些意外，怎么母亲的神情跟他想的不一样？

这样齐月娘都不能讨得母亲的一点点喜欢吗？

饶郁芳察觉到气氛不对，不解地抬起头，这一次便看清了眼前的少夫人，不由得也露出惊讶之色。

懒妆素服，云鬓高悬，脂浅粉淡，韵致超绝，难以言表。

果然……美人……

饶郁芳最终还是只能想到这个词。

"你外祖母有请先太医院的掌院诊脉。"谢氏强忍下恨意，淡淡地说道。

这也是儿子对外祖母的关心，不能当面斥责伤了他的孝心，等背后再细细地给他说吧。

"多一个人看也是好的。"常云成见母亲没反对，放心了，含笑说道。

"我觉得还是那掌院什么的看比较……"齐悦在一旁忍不住插话。

话没说完，常云成转头看她，眼神带着威胁。

齐悦咽下了话。好吧，你看得起我，到时候失望了可别怪我。

"好了，不早了，你快去吧。"谢氏说道，一眼也不想看到这女人，恨不得她立刻就走，但想到她立刻走是和儿子一起走，心里顿时又恨不得他们不走。

可是探亲的事已经安排好了，不去不行。

谢氏再次恨恨地看了齐悦一眼。

齐悦自然看到她眼中的敌意，撇撇嘴。你那宝贝儿子以为谁稀罕呢。

"这是你婶娘姐夫饶家的妹妹，从这里到善宁府的驿站，然后回京城去，你一路上照顾好她。"谢氏拉过饶郁芳对常云成说道。

是饶家的人啊，常云成这才知道这个妹妹是哪里来的妹妹。

见他看过来，饶郁芳不由得心跳加快，低下头再次施礼。

"有劳世子爷了。"

自己曾经在他面前说过话，虽然没见面，但自己的声音他应该还记得吧。

令饶郁芳遗憾的是，常云成最终也没说出"哦，是这个妹妹啊"这句话。

"好，我知道了，请婶娘放心。"常云成说道，再次冲谢氏施礼，"那我们去了。"

他没有再看饶郁芳一眼，转身走开了。

饶郁芳和谢氏告辞，向自己的车走去，余光看到那少夫人推了常云成一下，而常云成反手抓住她的手，亲自扶她上车。

这是打情骂俏吗？

当着这么多人的面……

哪里有半点儿传说中的厌恶……

饶郁芳心里不由得微微酸涩。

也是，那样的美人，哪个男人会不喜欢呢？

她坐进车内，车帘放下来，挡住了视线。

四辆马车并十几骑人马驶出了定西侯府。

谢氏一直看着，直到看不见马车才转身。

"这个女人可真是千般万般算计。"她喃喃地说道。

苏妈妈叹口气，低声说道："偏她找的好理由，世子爷又记挂老夫人……"

谢氏停下脚步。

"不能再等了，得快点儿让新人进门。"她吐了口气，"去，请侯爷回来，跟他说他那厉害儿媳妇出门了，不用躲了。"

苏妈妈忍着笑应声"是"。

"常云成，你外祖母的病我真不会看，我不会诊脉。"马车里，齐悦对常云成瞪眼说道，"你自己瞎吹，到时候掉了面子可别怪我。"

常云成没理她，靠在车厢上闭目养神。

"我还有好些事呢，得去几天啊？"齐悦又问道。

常云成还是不理会她。

"这算我帮你了吧？"齐悦便又换了话题。

常云成睁开眼，看着她。

"你帮我？"他反问道。

"难道是你帮我啊？"齐悦亦是反问道。

"你心里明白就好。"常云成说道，抱臂在身前，又闭上眼。

我明白什么呀？合着一大早不由分说不管人愿不愿意就逼着人一起出门去走亲戚还是帮忙啊？齐悦再次气结。

没法交流了,这小子根本就听不懂人话!

齐悦干脆拿出让阿如带来的纸笔,将小桌子收拾好,坐下来写写画画。

常云成微微睁开眼,看了看专注做自己事的齐悦,嘴边浮起一丝笑,活动了下身子,换了个更舒服的姿势靠在软枕上,伴着鼻息间若有若无的清香闭上眼,不知不觉地睡着了……

直到被送走,饶郁芳都没找到机会跟常云成说上半句话。定西侯府的车队在第二天午后驶进了善宁府城。谢家接到先头小厮的报信,已经派人来接。

齐悦坐着的马车一直到了谢家内宅才停下。

阿如扶着她下车时,看到居然只有四五个仆妇候着。

这场面让定西侯府跟随齐悦而来的仆妇们脸色都很难看,这虽然是谢家打了齐悦一耳光,但她们脸上也火辣辣地疼。

或许是被常云成那日的态度弄得心里发毛,见到谢家如此待自己,齐悦心里反而松了口气,觉得自在了很多。

齐悦被仆妇引着向内走去。

"少夫人舟车劳顿,好好歇息吧。"

"多谢了。"齐悦说道。

阿如皱眉:"还是先拜见老夫人吧。"

那仆妇回头看了她一眼,眼中带着几分不屑,笑道:"不用了,老夫人说了,让少夫人好好歇息,她年纪大了,精神不好,就不见那么多人了。"

一共就外孙、外孙媳妇二人而已。跟来的定西侯家的仆妇都听不下去了,担忧地看了少夫人一眼。

齐悦"哦"了声,神情轻松愉悦。

她们刚走到一间屋子前,身后传来丫头的唤声。

"少夫人。"两个丫头匆匆走过来,冲着这些人中一眼就能认出身份的齐悦施礼,"世子爷请你过去见老夫人。"

此话一出,这里的人都愣了下。

"可是,老夫人吩咐说让少夫人先歇息。"仆妇忙说道,只怕这丫头不知道事传错了话。

"世子爷在老夫人那里,刚刚说了请少夫人过去。"丫头说道,眼中闪过一丝无奈。

齐悦明白了,踌躇了一下。算了,他既然开口了,就不要让他的话掉在地上,自己就当聊表孝心了。

她点点头，说了声"好"。

看着一众人又沿着原路回去了，最先引路的仆妇们一脸无奈还有些尴尬。

一路上，谢家的丫头仆妇见到她们一行人，无不停步，惊讶又好奇地打量，一直到了老夫人的院子里，那打帘子通报的丫头也不忘多看她几眼。

齐悦迈进屋，暖香扑面而来，脚下铺着软软的毯子。

令齐悦意外的是，屋子里并没有多少人，除了正座上一个头发花白的老妇，坐着的便只有常云成一人，其余侍立的都是丫头仆妇。

"这是外祖母。"常云成说道。

便有一个丫头拿来蒲团放下。

齐悦迟疑了一刻。算了，就当敬老了。

她跪下叩头，喊了声"外祖母"。

却没有人应声，自然也没有人叫起。

故意的？齐悦便抬起头，座上那老太太不知什么时候闭上眼，歪着头，似乎睡着了。

这也太无聊了！

齐悦撇嘴，摇头。我敬你老，但不代表会纵你老，她便要起身。

"起来吧。"常云成开口了。

没想到他居然不顾长辈先开口了，倒让齐悦起身的动作不由得顿了下，座上的老妇人也睁开了眼，相比齐悦微微的惊讶，她的眼神却是不怎么高兴。

齐悦站起身，走到常云成身边坐下来。

谢老太太的脸色更难看了。

"我让你坐了吗？"她猛地喝道，"真是没规矩！"

齐悦吓了一跳，常云成也面色难看地站起来。

这老太太中气十足，哪里像有病的样子？

"外祖母。"常云成开口喊了声。

"瞧你那没出息的样！"谢老太太瞪他，"一个大男人家，长辈和媳妇说话，关你什么事？"

常云成神情尴尬。

齐悦忍不住笑了。果然是谢家人啊，喜怒毫不掩饰，看来那谢氏深得其母真传。

"你们都出去吧。"谢老太太直接摆手赶人了。

常云成看了齐悦一眼，见这女人面上丝毫没有惶恐不安，反而带着些笑意，似乎在看事不关己的热闹。

对她来说，这些难堪已经无所谓了吗？

常云成深吸一口气，说道："外祖母，月娘医术高超，让她给您诊诊脉。"

"你疯了吗？"谢老太太问道，一面冲他招手。

常云成不解，但还是依言走过去。

谢老太太拉住他的手上下打量他。

"我看看你还是我的外孙常云成吗？怎么这次净说些奇怪的话？"

常云成顿时黑脸。

齐悦再忍不住，低下头笑。

"外祖母，我没说笑。"常云成带着几分隐忍的烦躁，说道，"你要不信，去我们永庆府打听一下就知道了。"

谢老太太不咸不淡地哼了声。

"我可没那闲工夫。"她靠在椅背上，"你这趟要是来看我的，就好好地看我，咱们祖孙两个好好说说话；你要是有别的心思，现在就可以回去了。"

她嘴里说"你要是有别的心思"时，眼看的却是齐悦。

很显然，那"别的心思"的幕后主使说的是齐悦。

不知怎的，看着常云成复杂的脸色，齐悦突然有些同情：所谓的里外不是人就是他现在这样吧。

"外祖母，世子爷，我先告退了。来的路上颠簸，我还真有些不习惯，想要歇息一下，方才外祖母已经把地方安排好了，多谢外祖母体恤。"她含笑说道，低头施礼。

这句话也是在对常云成解释。常云成看向她。

齐悦抬起头，冲他微微一笑。

常云成转开视线。

"那你快去吧。"谢老太太说道，眼中闪过一丝不屑，看着齐悦退出去，再看向常云成，抬手打了他一下。

"外祖母。"常云成皱眉喊道。

"瞧你那没出息样，没见过女人啊？"谢老太太瞪眼，说这话时，再次抬手去戳常云成的额头。

常云成侧身躲开。

"外祖母，我都多大了。"他皱眉说道，有些无奈，但神情很柔和。

"多大了也是我的外孙。"谢老太太转头对旁边的丫头说道："去，请夫人、少夫人、小姐们回来，那个碍眼的走了，咱们自家人好好说话。"

常云成眉头皱起，一直没有展开。外边说笑声传来，得知齐月娘要来拜见于是退而不见的女眷们又进来了，室内一下子又热闹起来。他不由得看向门外，透过那些逐一进来的女子，似乎看到那个女子孤独离开的背影。

吃晚饭的时候没有人来请齐悦，阿如站在门口，脸色很难看。

"这就是谢家的待客之道吗？"她就要出去理论。

齐悦伸手拉住她，笑道："你说对了，这还就是谢家的待客之道。"

"少夫人，"阿如难掩气愤，"咱们走，不吃她家的饭。"

"你错了，咱们吃的不是她家的饭，是……世子爷的饭。"齐悦笑道，按着她坐下来，"咱们走了，打的不是谢家的脸，是世子爷的脸。"

阿如自然也明白这一点。

"虽然世子爷硬拉我来有失考虑，但……罪不至于受这夹板气。"齐悦笑道。

阿如看着她，神色缓和下来。

"少夫人，您能这样替世子爷着想，真是太好了。"

不知怎的，听阿如这样说，齐悦竟忍不住微微红了脸。

"这也不叫替他着想，正常人都会这样想的。"她站起身，借着活动手脚，背对阿如，说道。

两人说着话，门外谢家的仆妇送饭菜过来了，热热闹闹地摆了一桌子。

"哇，还不错啊，真丰盛。"齐悦笑道，招呼阿如，"正好，咱们吃个自在饭，省得还要赔笑说话。"

阿如笑着过来了。她知道少夫人高兴就是高兴，不高兴就是不高兴，绝不会强颜欢笑。

"好啊，尝尝这谢家厨子的手艺。"她拿起筷子帮齐悦布菜。

谢家前厅的宴席正热闹，小戏台上锣鼓敲成一片，两个小戏子正将跟头翻得花一般，引得谢家的孩子们叫好声不断。

常云成看着戏台，思绪却有些游离。

"你小时候最爱看外祖母家请的武戏，还和兆哥儿偷偷在后院练翻跟头，结果摔得头都破了。"谢老太太笑道。

"还有这事？"常云成收回神，笑道。

"成哥儿都忘了。"坐在谢老太太一旁的一个中年妇人含笑说道,"三妹妹为此还把家里的下人好一顿骂,吓得我们兆哥儿再也不敢玩翻跟头了。"

常云成笑了,另一边一个与他差不多年纪的年轻人也笑了。

"我现在可不敢跟弟弟比了,我是文弱书生,弟弟已经是上马杀贼的好将官了。"

常云成冲他举起酒杯,那年轻人也举起酒杯,二人隔空遥遥地碰了下,都仰头一饮而尽。

谢老太太没笑,拉下脸,斜了那妇人一眼。

"这次成哥儿带少夫人来了?"那妇人只是看着常云成笑,再次说道,"怎么没见她来吃饭?"

谢老太太没有特意邀请,常云成也没有再说。

"她第一次出门,坐不惯车,也吃不下什么,就没让她来扫兴了。"常云成答道。

这种场合还是不让她来的好,来了反而受到冷落,更加难堪。

不知道她吃了没,现在在做什么。在家里她就喜欢一个人待着看书,来到这陌生的环境,想来更加寂寞孤独吧……

中年妇人的笑打断了常云成的思绪。

"成哥儿真是体贴。看来下一次来就不光带着媳妇,还要带着儿子了……"

"吃饭也堵不住你的嘴!哪里来的这么多话?"谢老太太陡然喝道,将手里的筷子重重地摔在桌子上。

戏台上的锣鼓声恰好停了,所以花厅里的人都听到了这声吼。

孩子们都忙站了起来。

中年妇人又是羞又是急,也站了起来。

"闲的你。"对面的一个中年男人瞪眼喝道,忙过来冲谢老太太施礼,连连请母亲息怒。

常云成自然也站了起来。

谢老太太沉着脸,那中年妇人也低头认了错,才被中年男人喝退了。

戏台上的人不知道发生了什么,锣鼓停了也没敢再敲,直到一个仆妇急匆匆地冲他们摆手示意,那班主领会了,戏台上的热闹才又开始了。

或许是习惯了谢老太太的脾气,这段插曲没给宴席造成什么影响,大家又说笑吃喝起来。

看谢老太太还拉着脸,常云成笑着给她夹了菜。

"外祖母，舅母这是关心我。"

"关心你？她当咱们都是傻子吗？"谢老太太哼道，"明明是恶心人的话，还非要故作姿态地说出来，这种行径，这种心态，比这话还恶心人！"

常云成淡淡一笑，饮了口酒。

他当然听得出来，外祖母是明嘲，舅母是暗讽，总之那个女人在她们眼里就是个可笑的存在。

也许他来错了，他想得太简单了。

在家里受冷眼就够了，还让她出来受冷眼。

半夜，常云成醒了，睡眼蒙眬中也没注意自己睡在哪里。腹中胀得厉害，他起身想去小解，却因为酒意尚存，脚步虚浮，一下子歪倒在旁边的小床上，直接压住了那睡着的人。

"齐月娘。"他低声喊道。

睡着的人被这陡然一压惊醒，发出一声惊叫。

这一声惊叫也让常云成惊醒了，他未起身，手一抓，就将此人甩在地上。

"你是什么人？"他怒喝一声，抬脚就要踩上去。

"世子爷，奴婢翡翠，奴婢翡翠。"地上的人惊恐地尖声喊道，忙忙地叩头。

常云成的脚落在翡翠身边的地上，发出闷闷的一声响，翡翠甚至能感觉到地面抖了抖，吓得她出了一身冷汗。这要是踩在自己身上……

翡翠是谢老太太身边的丫头，常云成认得。

"你在这里做什么？"他沉声问道。

"世子爷您酒喝多了些，老太太让我伺候您，怕您晚上要水吃。"翡翠半点儿不敢耽误，一口气说完。

常云成手抚了抚头，想起来自己是因为心情不好喝得有些多，然后被老太太送回来……

"少夫人呢？"他喝问道。

"少夫人在另外的院子里歇着，老太太见您喝多了，便让您在这边的暖阁歇下，没让您去少夫人那边。"翡翠再次一口气没歇地说出来一溜话，差点儿憋死。

常云成听明白了。他在小床上坐下来，让自己清醒一下。

翡翠跪在地上，又是怕又是冷，身子不停地哆嗦。

"带我过去。"常云成站起身来说道。

翡翠一时没反应过来，被常云成踹了一脚。

"少夫人那里。"常云成带着几分恼怒喝道。

翡翠这才起身，忙忙地想伺候常云成穿衣，被常云成一把推开。

常云成自己披上大斗篷出了门。

寒夜风冷，巡夜的婆子缩着手小跑而过，陡然看到对面走来两人，吓了一跳，走近了，还没来得及喝问，提着灯的翡翠冲她们摆手。

"这大冷天的，世子爷怎么这样出来了？"婆子们受惊更甚。

常云成没有理会她们，翡翠自然也不敢停留，低着头疾步而去。

二人很快远去，留下尤在惊讶的婆子们。

穿过两座院子，翡翠才在一座屋子前站定。门前也没个伺候的丫头婆子，屋檐下只挂了两盏灯，看上去就不像是有人住的地方。

她就被故意扔在这种地方。

"你回去吧。"常云成说道，提脚迈上台阶。

翡翠不敢开口阻拦，只得眼睁睁地看着他上去了。

推门声惊醒了门边的阿如。

"谁？"她裹衣而起，低声喝问道。

"是我。"常云成答道。

阿如惊讶得一时没反应过来，外边的常云成并没有催促，还是阿如很快回过神，挑亮自己床边的小灯。

齐悦也被惊醒了。她新换了环境，本就睡得不踏实，听得阿如起身，便也起身："怎么了？"

阿如已经披衣下床开了门。

"是世子爷过来了。"她一面对齐悦说道，一面拉开门。

齐悦也吓了一跳，忙下床。

门打开了，常云成带着深夜的寒气走进来。

看着明显被从睡梦中惊醒的主仆二人疑惑不解的神情，常云成突然不知道该说什么。

"怎么了？"齐悦走过来问道。

怎么了……常云成苦笑了一下，他也不知道怎么了……

阿如又点亮两盏灯，屋子里明亮起来。

"怎么穿着这个就过来了？"齐悦看清常云成的穿着，更是惊讶，忙伸手拉他，"快过来。"

她本是要拉常云成的胳膊，不想常云成抬起手，接住了她的手。

齐悦不由得打了个哆嗦，不知道因为这手上的凉意，还是因为这意外的接触。

"怎么能穿成这样？你自己过来的？"她忙说话岔开，一面引他到内室。

内室的两个炭炉烧得正旺。

阿如捧茶过来，齐悦忙借着接茶挣开了常云成的手。

"怎么这个时候过来了？"齐悦再次问道。

常云成被她们主仆二人看得莫名地恼火。

"我想什么时候过来就什么时候过来，怎么了？"

齐悦笑了："哦，你外祖母家嘛，也是你的地盘喽。对不住对不住，又问傻话了。"

阿如迟疑了一下，看了看说话的二人，退出内室。

室内一阵沉默。

齐悦没有再说什么，转过身去床上翻找什么。

常云成也没有说话，手攥着茶杯慢慢地转。

屋子里只有炭火和烛火偶尔发出的"啪啪"声，安宁温暖。

"其实你不用介意。"齐悦说道，背对着他整理什么。

常云成看向她。

齐悦转过身来，抱着一床被子和一个枕头走到临窗的炕前铺开。

常云成没有说话，只是看着她利索地铺床。

"意料之中嘛，受冷落是应该的，你外祖母一家要是热情招待我，我才奇怪呢，只怕连饭都不敢吃了。这样挺好，晚上我吃得可饱了。"齐悦笑道，铺好床褥，拍了拍手，"好了，你在这里睡吧，床我可不让……"

常云成看着她，忽地伸手将她拉过来拥在怀里。

齐悦吓得惊叫一声，一手死死地抵住他。外间的阿如也匆忙地跑进来，陡然看到这场景，吓得忙转过身，想要退下，又担心齐悦，站在那边不知所措。

齐悦挣扎，常云成却只是抱着她，并没有进一步的动作，渐渐地，齐悦收起慌乱。

齐悦迟疑了一下，伸出一只手拍了拍常云成的后背。

"那个，差不多行了啊，你一个男人家，又不是小孩子，哪来这么多……多愁善感的？"她嘀咕道。

带着这样的媳妇出门走亲戚，被亲戚家毫不留情地嫌弃，对他这个男人来说是很丢脸的事吧，谁不想有个能风风光光带出去的伴侣呢？只可惜他没有选择的机会。

齐悦叹口气，还要再说些什么，忽地被常云成用力勒了下。突如其来的贴近让齐悦再次紧张起来，那还没收回的手按住了常云成的腰，紧张之下顺手捏拧他结实的腰肉。

"别乱动！"常云成沉声喝道。

"谁乱动啊？"齐悦哭笑不得，再次伸手推搡他，"喂，你半夜扰人清梦，又这样逾矩，是来结仇的吧？"

常云成松开她。

"聒噪。"他闷声说道，就那样倒在临窗的炕上。

终于从这别扭的姿态中解脱了，齐悦吐了口气。

"你盖好啊。"她说道。

常云成头枕着手，闭着眼，微微的鼾声响起，竟然已经睡着了。

齐悦无奈地叹口气，只得脱下他的鞋，给他盖上被子。

阿如站在门口向这边张望，齐悦冲她摆摆手，做了个睡觉的手势，吹灭了灯。

屋子里再次陷入黑暗，重归夜的静谧。

谢老太太天一亮就知道了常云成半夜跑回了自己媳妇屋里睡，一时间以为自己还没睡醒，待亲眼跑去暖阁里看了才确信，气得摔了一个茶杯。

"来人，给我挑两个好看的丫头送给成哥儿，我就不信了，怎么就被那女人迷了心窍？"她又开始招呼管事的。

儿子们知道消息，忙赶过来，尴尬地劝说。

"要说美人，还有哪个比得了姑爷家里的？"大儿子说出心里话。

谢老太太愣了下，也醒悟过来，这才作罢，只是余怒未消，常云成走的时候她干脆不送。

常云成在谢老太太门前叩头拜别，和齐悦走了出来。

众人围上去笑着道别。这是齐悦来了之后第一次见其他的谢家人，自然又引来无数好奇、探究、惊艳的目光。

齐悦一直含笑，落落大方，丝毫没有受到冷待的失落难过，跟随常云成一一见过谢家的人。人家都是来时见亲戚，她倒好，走时才拜见。

"这是兆哥儿媳妇。"大舅母含笑介绍。

"弟妹。"兆哥儿媳妇忙施礼。怀里的孩子哭闹得厉害，她行礼时就有些慌乱。

"怎么了？"齐悦不由得问道。听孩子的哭声不像是正常哭闹，她的职业病便犯了。

"不太舒服，有点儿泻肚。"兆哥儿媳妇说道。

"我瞧瞧。"齐悦伸手掀开包被，见这是一个月份不大的孩子，"几个月？"

"快要满三个月了。"兆哥儿媳妇下意识地顺口答道。

"吃得怎么样？睡得可好？"齐悦一面查看，一面问道。

兆哥儿媳妇愣住了，扭头去看婆婆。

"成哥儿媳妇还会瞧病啊？"大舅母笑道。

齐悦点点头。

"是，我是大夫。"她亦是含笑说道。

大舅母只是开个玩笑，没想到人家居然点头接住了，她反而不知道说什么好。

"是啊，月娘的医术很好，在我们永庆府很有名。"常云成在一旁跟着说道。

这一次不只大舅母，所有人都愣住了。

齐悦没理会她们的反应，用小包被挡着风，认真查看了孩子的情况，眉头渐渐皱起来。

腹泻？是有些像，但是又不像……

"那个，咱们进屋子里去，这里风大，没法仔细看。"她抬头说道。

大舅母等人此时也回过神了。

"不用了，不用了。"大舅母淡淡地笑道，"已经看过大夫了，吃着药呢，不敢劳你费心，快些回家吧。"

齐悦"哦"了声。病人家属不打算求医，她自然不能强硬地要诊治。

"大夫怎么说的？"她还是忍不住，问了一句。

"说是呕泻之症，让为孩子暖暖肚，吃些汤药。"兆哥儿媳妇不知怎的答了，答完了才忙去看婆婆，果然见婆婆白了自己一眼。

"已经吃了几天药了吧？呕和拉肚的次数一天超过三次了吗？"齐悦问道，又低头看了眼包被里的孩子。

"吃了药了，都要好了，一天也就拉个两次而已，没有吐，没事没事，你们快走吧。"大舅母打断齐悦的话，笑道。

说话间，孩子已经不哭了，闭上眼睡了。

"哭闹半日了，可算睡了，快带孩子进去吧。"大舅母说道。

兆哥儿媳妇不敢不听，忙应声进去了。

"走吧。"常云成说道。

齐悦"哦"了声，又看了眼已经抱着孩子走进屋的女子的背影。

她总觉得这孩子的症状特别熟悉，好似在哪里见过。不过她接诊的病症多了，

看起来熟悉的自然也多。

"要是吃几天药还不好的话,你们找大夫查查别的原因,我觉得也许不是腹泻。"齐悦说道,收回视线。

大舅母笑了笑,客气而疏离。

马车晃动着远去了,谢家门前的人纷纷回转。

"相公。"兆哥儿媳妇从一旁转出来,吓了兆哥儿一跳。

"你怎么还没回去?母亲不是说了吗?好好带浩哥儿回去睡。"兆哥儿拉下脸说道,看了前方一眼,那边父亲母亲被仆从簇拥着,一边说笑一边走进屋。

"我心里不踏实。"兆哥儿媳妇说道,低头看着怀里的孩子,"已经吃了好些天的药了,还是这样,不见好。"

兆哥儿闻言也皱眉,低头看了看媳妇怀里的孩子。这个孩子来得也艰难……

"安小大夫不是说了,这孩子禀赋弱,再养养吧。"他说道。

"世子爷既然说了,那少夫人是不是真的是大夫啊?"兆哥儿媳妇忽地问道。

兆哥儿的神色有些纠结。

按理说,常云成绝对不是说瞎话的人,但是……

"真是可笑。"大舅母一边走一边对身边的人说道,"没娘的孩子金贵,我们有娘的孩子就不金贵了?拿我们孩子卖好,也太欺负人了!还跟老太太说什么神医,让老太太一口啐了回去,又来我这里,欺负我不敢啐啊?"